古代文史名著选译丛书

主编 章培恒 安平秋 马樟根

论衡选译

修订版

译注 黄中业 陈恩林
审阅 许嘉璐

凤凰出版传媒集团 凤凰出版社

图书在版编目（CIP）数据

论衡选译 / 黄中业，陈恩林译注. -- 南京 : 凤凰出版社，2011.5
（古代文史名著选译丛书）
ISBN 978-7-5506-0427-8

Ⅰ. ①论… Ⅱ. ①黄… ②陈… Ⅲ. ①古典哲学－中国－东汉时代②论衡－译文 Ⅳ. ①B234.84

中国版本图书馆CIP数据核字(2011)第046102号

书　　名　论衡选译
译 注 者　黄中业　陈恩林
责任编辑　王华宝　李艳丽
出版发行　凤凰出版传媒集团
　　　　　凤凰出版社(原江苏古籍出版社)
　　　　　南京市中央路165号　邮编 210009
　　　　　发行部电话025-83223462
集团网址　凤凰出版传媒网　http://www.ppm.cn
照　　排　江苏凤凰制版有限公司
印　　刷　江苏凤凰扬州鑫华印刷有限公司
　　　　　扬州市江阳工业园蜀岗西路9号　邮编 225008
开　　本　960×1304毫米　1/32
印　　张　10.375
字　　数　168千字
版　　次　2011年5月第1版　2011年5月第1次印刷
标准书号　ISBN 978-7-5506-0427-8
定　　价　22.00元
（本书凡印装错误可向承印厂调换，电话:0514-85868858）

《古代文史名著选译丛书》编委会

《古代文史名著选译丛书》修订版出版说明

呈献在读者面前的这套《古代文史名著选译丛书》是2011年的修订版。全书共134册，包括了中国从先秦至清末两三千年间的著名典籍。每部典籍都选其精粹(《论语》《老子》则全文收录)，收录原文，加以简明的注释，力求准确地译为现代汉语，并于每一篇之前写有对该文的提示性说明。这是近一个世纪以来，规模最大、收录种类相对齐全、译注质量较高的一套普及传统文化的今译丛书。

这套丛书，原在1992年—1994年由巴蜀书社分三批出齐，印行过万套；不久，又由台湾的出版机构买去海外版权在台湾及海外发行，可见这套丛书当年在两岸受欢迎的程度。时隔17年，丛书编委会决定重新修订，改由江苏凤凰出版集团所属的凤凰出版社出版。

这套丛书是由教育部属下的全国高等院校古籍整理研究工作委员会（简称古委会）于 1985 年策划的。古委会组织了全国 18 所大学的古籍整理研究所的所长任编委会编委，由我们三人任主编，在全国范围内选请学有专长的学者承担各书的译注。从 1986 年—1992 年，历时 7 年完成。当时，编委会制订了严明、可行的体例和细则，译注者按要求完成书稿。每部书稿完成后，都在全国范围内请编委会之外的专门研究这一学术领域的两位专家初审，合格后再请两位编委参照初审意见审改，然后退还原译注者改正。待原译注者改正后，再由编委会集中常务编委和部分编委、相关专家在一地将每部书稿从头至尾审改。这样的集中审稿会一般都在 8—15 天，7 年中开了 12 次审改会。审改后，三位主编再集中在一起逐一审定，交付出版社。这一工作程序，使得这套丛书的译注质量有了一定的提高。所以，这套丛书，在一定程度上是个人与多人合作的结果。关于这套丛书的编纂始末，我们曾在 1992 年 4 月全书交稿后写有一篇文章，这次附在修订版书末，便于读者了解。

这次修订，是交由原译注者自己修改。少数译注者已去世，则书稿一仍其旧。个别译注者已联系不上，也保持原貌。

1992年—1994年出版时，书前有当时古委会主任周林先生写的序。周林先生是这一丛书的发起者。他已于1997年6月去世，至今已14年了。为了尊重历史，也为了纪念他，修订版仍用他的序。

我们三人在1985年—1992年主持这套丛书工作时，年龄大的是从51岁到58岁之间，年龄小的是从44岁到51岁之间，那时尚有精力组织、参与这一工作，今天我们都已年逾古稀。全书修订版出版之际，心情似乎比当年更惴惴不安地期待着读者的评头品足，期待着不要对读者贻误太多。

回想这套丛书，真应该感谢我们的祖先为我们留下了这样深厚、丰富的思想、文化遗产，使我们今天仍然受用无穷。应该感谢这套丛书的全体译注者、审阅者、编委和当年的出版者巴蜀书社、今天的出版者凤凰出版社，是他们的学识、辛勤与真诚使得这套丛书得以面世。

章培恒　马樟根　安平秋

2011年3月15日

序

《古代文史名著选译丛书》与广大读者见面了。这是丛书编委会的同志与众多专家学者通力协作、辛勤耕耘的结果。

中华民族在五千年漫长的岁月里，创造了光辉灿烂的文化，给人类留下了丰富的精神财富。“观今宜鉴古，无古不成今”。今天，以马克思主义的科学理论为指导，整理研究我国古代文化典籍，做到汲取精华，剔除糟粕，古为今用，推陈出新，使人们在正确认识民族历史的同时，得到爱国主义的教育，陶冶道德情操，提高全民族的文化素质，促进社会主义文化的繁荣，使文明古国的历史遗产得以发扬光大，这是我们每个炎黄子孙的责任。而要做到这样，对古籍进行整理与研究是重要的基础工程。但是，整理与研究古籍仅作标点、校勘、注释、辑佚还不够，还要有今译，使老年人、中年人、青年人都愿意去读，都能读懂，以便从中得到教益。

基于以上认识，全国高等院校古籍整理研究工作委员会于1986年5月组成了以章培恒、安平秋、马樟根三位同志为主编的《古代文史名著选译丛书》编委会，确定了以全国十八所大学的古籍整理研究所为主力承担这一看似轻易、实则艰巨的今译任务。在第一次编委会议上，拟定了《凡例》、《编写与审稿要求》、《文稿书写格式》和一百余种书目。以每一种书为十万至十五万字计算，这套丛书大约有一千余万字，应该说是一项大工程。经过一年的努力，完成了第一批三十六部书稿的译注任务。在各研究所的专家与所长把关的基础上，于1987年5月和7月，先后在复旦大学、北京大学召开了部分编委参加的审稿会，通过了二十五部书稿，作为《古代文史名著选译丛书》与广大读者见面的第一批作品。与此同时，在1987年7月6日，邀请了在京的十几位专家教授与编委会十几位编委一起座谈这套丛书与古籍今译的问题。专家们肯定了今译工作的必要性与深远意义，并以他们数十年的教学科研和创作的经验，说明今译是一项难度很大的工作，是培养人才，使之打下坚实基本功的一种有效方法；专家们还对《古代文史名著选译丛书》提出了宝贵的建议，这对当时的审稿工作和保证《丛书》的质量起了很好的作用。

实践证明，古籍的今注不易，今译更难。没有对作品的深入、透彻的研究，没有准确、通俗、生动的语言表达能力，要想做好今译是不可能的。两年多来，全国高等院校古籍整理研究工作委员会在探索古籍的今注、今译的道路上，做了一些工作。这部丛书的出版，是系统今译的开始，说明古籍整理研究工作有了新的进展。更可喜的是，一批中青年学者参加了今注今译工作，为古籍整理增添了新生力量，相信他们会在实践中，在学习中，成长成熟。我希望，这套丛书的编委会和高校各古籍整理研究所要敞开大门，加强同国内外专家学者的联系，征求他们和广大读者的意见，并向有真才实学而又适宜做今译工作的专家学者约稿，以提高古籍译注的水平，使《古代文史名著选译丛书》的第二批、第三批作品的质量更上一层楼。

这是一套以文史为主的大型的古籍名著今译丛书。考虑到普及的需要，考虑到读者对象，就每一种名著而言，除个别是全译外，绝大多数是选译，即对从该名著中精选出来的部分予以译注，译文力求准确、通畅，为广大读者打通文字关，以求能读懂报纸的人都能读懂它。我希望这套丛书能成为中小学教师的语文、历史教学的参考书，成为大专院校学生的课外读物，成为广大文史爱好者的良师益友。由于系统的古籍今译工作还刚刚起步，这套丛书定会有不少缺点、错误，也诚恳地希望读者批评指正。

巴蜀书社要我为这套丛书写序，我欣然接受了。我相信这套丛书不仅会使八十年代的人们受益，还将使子孙后代受益，它将对祖国的繁荣昌盛起到点滴的作用。最后借此机会向曾给予我们支持、帮助的专家学者和巴蜀书社的同志表示衷心的感谢！并殷切地希望台湾同胞、港澳同胞、海外侨胞和我们一同做好祖先留给我们的文化遗产的整理工作，为中华民族灿烂的文化再放异彩而努力！

周　林

1987年10月于北京

目　录

前　言

《论衡》是东汉前期杰出的唯物主义思想家王充倾注毕生精力写成的一部重要著作。

王充，字仲任，会稽上虞（今浙江上虞）人，生于汉光武帝建武三年（27），汉和帝永元中（89—104）病逝，享年七十岁左右。

王充出身"细族孤门"，祖籍魏郡元城（今河北大名县）。先祖因从军有功，受封于会稽郡阳亭，后失去封爵。祖父王汎，因"横道杀伤，怨仇众多"，携家徙居钱塘（今杭州）。父王诵，在钱塘又因与"豪家丁伯等结怨"，迁徙浙江上虞定居。

王充八岁进学馆学书法，十五六岁时赴洛阳太学求学，从著名史学家、古文经学家班彪学习。他

“好博览而不守章句，家贫无书，常游洛阳市肆，阅所卖书，一见辄能诵忆，遂博通众流百家之言”（《后汉书·王充传》）。

大约在三十二岁以后，王充返归乡里，先后担任上虞县功曹、会稽郡都尉府掾功曹、郡太守五官功曹从事（五官掾），因与长官政见不合，被“废退穷居”，以教书为业。汉章帝元和三年（86），年登花甲的王充到扬州部的丹阳、九江、庐江等郡避难，应刺史董勤之召，到州里任治中（州刺史的助理）。章和二年（88），王充罢州家居，友人谢夷吾上书朝廷极力推荐，章帝“特诏公车征，病，不行”。王充晚景凄苦，“贫无供养，志不娱快”（《自纪篇》），处境艰难，唯以著书为事。

据《论衡·自纪篇》，王充一生所著书籍，有《讥俗》、《节义》、《政务》、《论衡》、《养性》等多种。但流传到今天的，只有《论衡》一部。学术界有人说王充的《讥俗》、《节义》、《政务》、《养性》诸书已混杂于今本《论衡》中；有人说这些书的基本内容和观点虽然可在今本《论衡》中探知，但它们已经佚失了，今本《论衡》不包括它们[1]。

---

① 参见蒋祖怡《王充卷·自序》。

今本《论衡》有三十卷本和三十五卷本两种，皆为八十五篇。其中第四十四《招致篇》仅存篇目，无正文，实存八十四篇。

王充生活的时代，正当东汉王朝的前期，汉光武帝刘秀吸取西汉末年暴发赤眉、绿林等农民起义的教训和西汉统治的经验，曾采取一系列措施大力加强封建专制主义政体，稳定社会政治经济秩序，使农业、手工业和商业都得到了较大的发展，我国的封建社会因此而进入了一个稳步上升的时期。在意识形态领域，刘秀继承董仲舒“天人合一”的唯心主义神学体系，并大肆宣扬西汉后期流行的谶纬迷信，强化对人民群众的思想统治。他还说自己所以能当皇帝，就是因为应了“刘秀发兵捕不道，卯金修德为天子”(《后汉书·光武帝纪》)的谶言，因而提倡用谶言决疑。凡“名应图箓”者，都可以享受高官厚禄。到汉章帝建初四年(79)，章帝亲自在洛阳白虎观主持召开了由“太常、将、大夫、博士、议郎、郎官及诸生、诸儒”参加的大会，“讲议五经同异”(《后汉书·章帝纪》)。根据会上的辩论写成的《白虎通义》，就是融合儒家经书与谶纬迷信为一体的作品，它集中地表达了东汉统治阶级封建专制主义的正统思想。与此同时，一些代表地主阶级中下层利益的知识分子，由于从自身所接触的下层社会的实际出发，批判地吸收古代思想中的优秀遗产，并正确地运用汉代所取得的自然科学成就，因而能在更高的思想文化层次上维护封建统治，批判和否定唯心主义神学目的论及谶纬迷信思想。王充的《论衡》和他前辈学者桓谭的《新论》就是这类作品的代表。

桓谭及其所著《新论》坚持天人相分的朴素唯物论，激烈反对"天人合一"，"极言谶之非经"提出治国应以"仁义正道为本"，因此被刘秀斥为"非圣无法"(《后汉书·桓谭传》)，几乎杀头。王充继承并发挥了桓谭的思想，更加旗帜鲜明地向唯心主义神学目的论及谶纬迷信思想提出了挑战。

王充《论衡》一书哲学思想的核心是朴素的元气自然论。

元气一名，始于《春秋繁露·王道》和《淮南子·天文训》，被认为是天地所由产生的元始的气。元气与气相联系，说明它是由先秦诸子的气概念发展来的。但是，在董仲舒的神学目的论中，由元气组成的自然之天变成了"聚众精以自刚"的神灵之天，具有了道德和灵性。天所产生的万物，都是有目的的，即“天生五谷以养人。……天之常德，在于利人”（《春秋繁露·止雨》）。后来，谶纬家把董仲舒的这种思想进行神学的解释，说“中宫大帝……含元出气流精一也”（《春秋文曜钩》），认为元气是由神产生的。

王充则不然，他在《论衡》一书中对元气作了唯物主义的解释，认为元气是自然界的本原、天地间的一切，从天上的日月星辰，到地上的飞潜动植，都是由元气构成的。“天地合气”产生万物，产生人类（《物势篇》）。自然界的物类所以千变万化、各不相同，就是因为构成它们的元气不同。如，“日者，火之精也”（《感类篇》）。“雷者，太阳之激气也”（《雷虚篇》）。“万物之中有智慧”（《辨祟篇》）的人，是“阴阳气也”（《订鬼篇》）。元气构成天地，万物生长于天地之间，受元气支配。万物生时“禀气于元”，万物死后，“复归元气”（《论死篇》）。天地作为由元气组成的物质实体，没有口目，没有嗜欲，没有意识，是自然无为的。“天地合气，万物自生”，天地“无心于物而物自化，无意于物而物自生”（《自然篇》）。

王充的元气自然论在唯心主义神学目的论大肆泛滥的汉代，正如黑暗中燃起的火炬，闪烁着真理的光辉，有力地批判了统治阶级把天奉为造物神的正统思想。

王充进一步说，天地间的一切自然灾变也是由元气的变化产生的。“灾变时至，气自为之”，“气变之见，殆自然也”（《自然篇》）。并不是什么天对人的谴告，他说所谓天能谴告人的说法，不过是“衰乱之语”，是儒生们主观臆造出来的。这就揭示了“天人合一”的神学目的论的虚伪性。

王充运用元气自然论来观察认识事物，坚持了一条朴素唯物主义的认识路线。

汉代谶纬神学的认识路线，是唯心主义的先验论。他们说“圣人前知千岁，后知万世”（《实知篇》），能“生而知之”。在他们看来，圣贤人物的知识是先天的，不是后天学习得来的。先知者有“达视洞听之聪明”，能够预见“方来（未来）之事”（《实知篇》）。王充反对这种先验论的观点，说“天地之间，含血之类，无性（生）知者”，“不学自知，不问自晓，古今行事，未之有也”（《实知篇》）。圣人、贤人所以能先知，原因在于他们事先对事物进行了“阴见默识，用思深秘”的细致观察，并没有什么特殊的“达视洞听之聪明”（《实知篇》）。王充指出：“世间之物，可思而知，愚夫能开精；不可思而知，上圣不能省”（《实知篇》）。圣人也需要学习，“不学不成，不问不知”（《实知篇》）。

王充把人的认识过程归纳为三个步骤：（1）人的认识要以感觉经验为依据，“须任耳目以定情实”，“如无闻见，则无所状”（《实知篇》）。反对离开感觉经验去认识事物。（2）在感觉经验的基础上，主张对认识内容进行逻辑分析和推理，即运用“揆端类推”、“方比类物”、“案兆察迹”、“原始见终”等方法，进行去粗取精、去伪存真的加工改造功夫。（3）对任何事物所做出的结论，都要用事例进行检验。“凡论事者，违实不引效验，虽甘义繁说，众不见信。事有证验，以效实然”（《知实篇》）。王充提出的认识方法，充满着理性精神，符合认识论的科学规律。这就有力地批判了唯心主义的先验论。

基于唯物主义的元气自然论，王充坚持了无神论观点，对汉代各种鬼神迷信思想进行了深刻的批判。

王充说天是自然之天，这就否定了把天当作造物神的唯心主义思想。针对当时流行的“死人为鬼，有知，能害人”的说教，王充指出：“死人不为鬼，无知，不能害人。”他质问道：“人死血脉竭，竭而精气灭，灭而形体朽，朽而成灰土，何用为鬼？”（《论死篇》）他用火和燃烧物的关系，形象地比喻人的形体和精神的关系，说：“人之死，犹火之灭也。火灭而耀不明，人死而知不惠，二者宜同一实。”“天下无独燃之火，世间安得有无体独知之精”（《论死篇》）。这就指明了人的精神必须依赖形体而存在，世间根本没有什么死人的灵魂，从一定的理论高度上批判了灵魂不灭的谬论。

同批判“人死为鬼”的说教相联系，王充批判了汉代的淫祀之风，指出人们所祭祀的各种鬼神，其实都是不存在的。人们对天地、社稷、山川、百神的祭祀，不过是报功的意思。如祭祀社稷，就是“报生谷物之功”（《祀义篇》）。人们祭祀祖先，也是“缘生事死，示不敢忘先”（《祀义篇》），“宗庙先祖，己之亲也，生时有养亲之道，死亡义不可背，故修祭祀，示如生存”（《祭意篇》）。所有的祭祀对象都是无知所欲的东西，“百神无鬼，死人无知”（《祭意篇》）。祭不祭祀鬼神与人们的祸福毫无关系。这就把鬼神赶下了神圣的祭坛，揭露了祭祀求福免祸的虚妄，这在汉代是相当进步的。

王充以敏锐的观察力和渊博的学识，用他犀利的笔锋对汉代流行的荒谬邪说、迷信、禁忌开展了广泛的、几乎是无所不包括的批判。他批判“天地故生人”、“天用五行之气生万物”(《物势篇》)的神学目的论,说天地不能“故生人也”。人和万物都是“因气而生,种类相产”(《物势篇》)的,天不能依照“五行相生”的教条来生产人和万物。他批判所谓天能赏善罚恶、“行善者福至,为恶者祸来,福祸之应皆天也”(《福虚篇》)的说教,指出在社会上,有人“多横恣而不罹祸”,有人“顺道而违福”(《祸虚篇》),那么天的福祸之应究竟在哪里?如果说天能按照人的德操赐给人年寿,那为什么“恶人之命不短,善人之年不长”(《福虚篇》)?他批判君主政治能影响水、旱等自然灾害的天人感应谬论,说水、旱、晴、雨是阴阳之气自然运行引起的自然变化,“春温夏暑,秋凉冬寒”是自然界的规律。这些都不是人力所能为的,与君主的政治无涉,不论君主怎样施政,都不能改变“春生而秋杀”的自然规律。那种认为君主能“以赏罚感动皇天,天为寒温以应政治”(《寒温篇》)的言论,是儒生们捏造的欺人之谈。他批驳各种迷信禁忌,揭露各种迷信骗术,说“凡人在世,不能不作事,作事之后,不能不有吉凶”,那些江湖术士就利用这一点，“积祸以惊不慎，列福以勉畏时”，“见吉则指以为前时择日之福，见凶则刺以为往者触忌之祸”（《辨祟篇》）。他指出所谓“卜者问天，筮者问地”（《卜筮篇》）纯属谎言，“卜筮之人空钻龟而卜，虚揲蓍而筮，戏弄天地，亦得兆数……由此言之，卜筮不问天地，兆数非天地之报，明矣！”他告诫崇尚迷信禁忌的人们说：“诸占射祸祟者，皆不可信用。信用之者，皆不可是”（《辨祟篇》）。对于消灾弭祸来说，“解除无益”，“祭祀无补”，“巫祝无力”（《解除篇》），因为祸福的产生“在人不在鬼，在德不在祀”（《解除篇》）。他深刻地指出：“衰世好信禁，不肖君好求福”（《讥日篇》）。迷信禁忌的流行只有利于那些“巧惠（慧）生意，作知求利，惊惑愚暗，渔富偷贫”（《辨祟篇》）的江湖骗子。他批判方士所宣扬的人可以“得道仙去”和“度世不死”的虚妄之言，指出：“人，物也，虽贵为王侯，性不异于物。物无不死，人安能仙？”“诸学仙术为不死之方，其必不成！”（《道虚篇》）王充认为，世界上的万物，有生就有死，有始就有终。人作为万物的一种，无法逃脱生与死的辩证发展过程，所以根本不可能“度世不死”。

不但如此，王充针对儒家大师孔孟的某些言论和思想也展开了诘难。在汉代，孔子和孟子作为封建正统思想的代表人物，已被尊崇为“圣人”和“贤人”。王充敢于打破封建禁区，批评“世儒学者好信师而是古，以圣贤所言皆无非”，这是十分难能可贵的。他大胆地指出：“贤圣之言，上下多违，其文，前后多相伐”（《问孔篇》）。并以《论语》和《孟子》两部书为靶子，逐一批驳孔孟言行中的自相矛盾之处。他提倡为了追求真理，要敢说圣贤没有说过的话，“非必须圣人教告乃敢言也”（《问孔篇》）。他诘问道：“苟有不晓之问，追难孔子，何伤于义？诚有传圣业之知，伐孔子之说，何逆于理？”（《问孔篇》）在王充看来，孔、孟这两位圣贤人物同样不能摆脱“贪官好仕”、“行无常务”、“言无定趣”（《问孔篇》的俗儒习性。王充的这些言论在东汉时代确实起到了解放思想、破除迷信的积极作用。

在政治上，王充从维护统治阶级的根本利益出发，抨击豪强大族，揭露他们垄断仕途的行径。他说：“处尊居显，未必贤，遇也；位在卑下，未必愚，不遇也。”（《逢遇篇》）又说：“怀银纡紫，未必稷契之才；积金累玉，未必陶朱之智。或时下愚而千金，顽鲁而典城。”（《命禄篇》）他揭露官场的丑恶、吏治的腐败，指出有些官吏不学无术，胸无点墨，只会“舞文巧法，徇私为己，勉赴权利。考事则受赂，临民则采渔，处右则弄权，幸上则卖将。一旦在位，鲜冠利剑；一岁典职，田宅并兼”(《程材篇》)。他特别对官场上阿谀奉承、损人利己的“佞人”进行了深刻揭露，指出他们“食利专权”、“迎合上心”、“损下益上，愁民悦主”、“误设计数，烦扰农商”、毁谤贤能、阻塞贤路等种种丑行，说他们是“恶中之巧者”，并大声疾呼“圣王刑宪，佞在恶中”(《答佞篇》)，主张对大佞绳之以法。

对汉代儒生们“闻一增以为十，见百益以为千”(《语增篇》)的浮华虚伪文风，王充也本着“是非之实有所定”的精神，进行了揭露和批判。他说“十则言百，百则言千”(《儒增篇》)是一种歪曲历史、夸大事实的恶劣作风。这种“增过其实”、“失实离本”的弊病在所谓“万世不易”的儒家经典中同样存在，所以他提醒人们不要迷信“经典”，不要“以为载于竹帛上者，皆圣贤所传，无不然之事”(《儒增篇》)。他主张“凡天下之事，不可增损，考察前后，效验自列”(《语增篇》)。王充这种敢于怀疑圣贤，怀疑儒家“经典”的科学求实精神，在今天对于我们也有一定的借鉴意义，应予以充分肯定。

但是，王充同一切历史人物一样，总会有其局限性，使他不论在政治上还是在思想上都还存在着不足之处。

政治上，他斥责豪族官吏无知、贪婪、侵渔人民，但对被压迫被剥削的广大人民群众也没有表露出多少同情。他一生政治上失意，生活上潦倒，可始终寄希望于朝廷，并一再著文称赞汉代和汉代的帝王。

从思想上说，王充提出了元气自然论，但并没有把它坚持到底。当他用元气论来观察社会现象时，他一方面否定了死生寿夭、富贵贫贱由天安排的神学说教，另方面却走上了命定论道路，用气构成人和万物的思想来作牵强附会的解释，说："命当贫贱，虽富贵之，犹涉祸患矣。命当富贵，虽贫贱之，犹逢福善矣。"(《命禄篇》)他认为在"命"面前，人的一切主观努力都是徒然的，人是命运的玩偶。这样，他就没有也不可能找到造成人们吉凶祸福和富贵贫贱的社会根源。

从命定论出发，王充的无神论不可能是彻底的。他否定了天是造物神、死人能变成鬼神，这值得肯定。但他又承认了鬼神的存在，说鬼神是太阳之气、老物精、值日神、星象之气等等。这样，他就又回到了有神论的道路上。在认识论上,他对知识来源的认识也很肤浅,不懂得实践的重要意义,也没有摆脱经验论的局限,不懂得光凭感觉经验是不能把握事物的本质和规律的。

尽管王充还存在着这些缺点和局限,然而瑕不掩瑜,王充唯物主义的自然观和认识论以及他的无神论观点在我国古代思想史上达到了很高的水平,占据重要的地位,值得我们研究和借鉴。

《论衡》一书,卷帙浩繁,我们选译了较有代表性的十二篇,以飨读者。从《物势篇》到《谴告篇》六篇由黄中业注译,从《自然篇》到《自纪篇》六篇由陈恩林注译。我们以"通津草堂本"为底本,在注译过程中吸收了刘盼遂《论衡集解》、蒋祖怡《论衡选》、北京大学历史系《论衡注释》和北京人民出版社出版的《论衡选注》等书的成果。完稿之后,承东北师大教授陈连庆先生作了修改,在此谨致谢忱。王充思想体大精深,限于我们的学力和水平,注译中定有舛错不当之处,敬祈方家指正。

黄中业（吉林大学古籍研究所）
陈恩林（吉林大学古籍研究所）

物 势 篇

《物势》是《论衡》的第十四篇。本篇进一步发挥《自然篇》中的见解，集中地阐明了“万物自生”的道理，批驳了汉代儒者“万物故生”的谬论，是一篇批判神学目的论的战斗文字。本篇篇名中的“物”字指人和动物，“势”字指人和动物，由于禀赋的不同而具有的优势或劣势。文中，首先用“天地合气，人偶自生”的观点，批驳了汉儒的“天地故生人”；接着又举出许多实例，驳斥了“天用五行之气生万物”的“五行相生相剋”说的虚妄，阐述了“万物自生”的道理。王充从朴素唯物主义出发，用偶然性批驳神学目的论，在当时是进步的。但他把人和万物的产生看作完全是偶然的，这就不可能从根本上摆脱神学的桎梏；他把人与人之间斗争胜负的原因归之于自然禀赋的差异，这就抹杀了人的社会性。

儒者论曰："天地故生人[①]。"此言妄也。夫天地合气，人偶自生也，犹夫妇合气，子则自生也。夫妇合气，非当时欲得生子，情欲动而合，合而生子矣。且夫妇不故生子，以知天地不故生人也。然则人生于天地也，犹鱼之于渊，虮虱之于人也，因气而生，种类相产。万物生天地之间，皆一实也。

或曰[②]："天地不故生人，人偶自生，若此，论事者何故云'天地为炉[③]，万物为铜，阴阳为火，造化为工'乎[④]？案陶冶者之用火烁铜燔器[⑤]，故为之也。而云天地不故生人，人偶自生耳，可谓陶冶者不故为器，而器偶自成乎？夫比不应事，未可谓喻；文不称实，未可谓是也。"

---

① 故：故意，有意识地。 ②"或"字原本作"传"，此处据本篇文例改作"或"。本篇中凡以"或曰"开始的段落，都是王充所要驳斥的汉儒的观点。 ③ 论事者：议论这类事的人，这里指贾谊。 ④ 引文参见贾谊的《鹏鸟赋》，原文是："天地为炉，造化为工，阴阳为炭，万物为铜。" ⑤ 烁（shuò 朔）：熔化。燔（fán 凡）：烧。

曰①：是喻人禀气不能纯一，若烁铜之下形，燔器之得火也，非谓天地生人与陶冶同也。兴喻，人皆引人事。人事有体，不可断绝。以目视头，头不得不动；以手相足，足不得不摇。目与头同形，手与足同体。今夫陶冶者初埏埴作器②，必模范为形③，故作之也；燃炭生火，必调和炉灶，故为之也；及铜烁不能皆成，器燔不能尽善，不能故生也。夫天不能故生人，则其生万物，亦不能故也。天地合气，物偶自生矣。夫耕耘播种，故为之也，及其成与不熟，偶自然也。何以验之？如天故生万物，当令其相亲爱，不当令之相贼害也。

或曰："五行之气④，天生万物。以万物含五行之气，五行之气更相贼害。"

---

① 本篇中凡用"曰"字开始的段落，都是王充用以驳斥汉儒观点、阐述自己见解的议论。 ② 埏（shān 山）：和泥。埴（zhí 直）：黏土。 ③ 范：陶范。形：通"型"，模型。 ④ 五行：我国古代朴素唯物主义者认为，万物是由金、木、水、火、土五种物质元素构成，并把它们叫做五行。汉代儒者把五行说和"天命论"结合在一起，宣扬天有意识、有目的地用五行创造万物，并牵强附会地把五行和社会现象联系在一起，为维护封建王朝的统治服务。如董仲舒宣扬万物相争时的胜负，都是由"金胜木"、"木胜土"、"土胜水"、"水胜火"、"火胜金"这一神秘的教条所决定的。参见董仲舒《春秋繁露·五行相胜》。

曰：天自当以一行之气生万物，令之相亲爱，不当令五行之气，反使相贼害也。

或曰："欲为之用，故令相贼害，贼害，相成也。故天用五行之气生万物，人用万物作万事。不能相制，不能相使；不相贼害，不成为用。金不贼木，木不成用；火不烁金，金不成器。故诸物相贼相利。含血之虫相胜服、相啮噬、相啖食者，皆五行气使之然也。"

曰：天生万物欲令相为用，不得不相贼害也，则生虎、狼、蝮蛇及蜂、虿之虫①，皆贼害人，天又欲使人为之用邪？且一人之身，含五行之气，故一人之行，有五常之操②。五常，五行之道也③。五藏在内④，五行气俱。如论者之言，含血之虫，怀五行之气，辄相贼害。一人之身，胸怀五藏，自相贼也？一人之操，仁义之心，自相害也？且五行之气相贼害，含血之虫相胜服，其验何在？

---

① 蝮（fù付）蛇：一种毒蛇。虿（chài拆去声）：蝎子。② 五常：指仁、义、礼、智、信五种封建道德规范。③"行"：原本作"常"，今据十五卷本改。④ 藏（zàng脏）：同"脏"。

或曰[1]:"寅,木也[2],其禽,虎也[3]。戌,土也,其禽,犬也。丑、未亦土也,丑禽牛,未禽羊也。木胜土,故犬与牛羊为虎所服也。亥,水也,其禽,豕也。巳,火也,其禽,蛇也。子,亦水也,其禽,鼠也。午,亦火也,其禽,马也。水胜火,故豕食蛇。火为水所害,故马食鼠屎而腹胀。"

曰:审如论者之言,含血之虫,亦有不相胜之效。午,马也。子,鼠也。酉,鸡也。卯,兔也。水胜火,鼠何不逐马?金胜木,鸡何不啄兔?亥,豕也。未,羊也。丑,牛也。土胜水,牛羊何不杀豕?巳,蛇也。申,猴也。火胜金,蛇何不食猕猴?猕猴者,畏鼠也。啮猕猴者,犬也。鼠,水。猕猴,金也。水不胜金,猕猴何故畏鼠也?戌,土也。申,金也[4]。土不胜金,猴何故畏犬?东方,木

---

① "或"字原本无,今据本篇文例增补。 ② 寅,木也:按照阴阳五行说法,十二地支分别配于五行,如寅、卯属木,巳、午属火,辰、未、戌、丑属土,申、酉属金,亥、子属水。参见《淮南子·天文训》。 ③ 其禽,虎也:从汉代起,十二支分别配属十二种动物,即子鼠、丑牛、寅虎、卯兔、辰龙、巳蛇、午马、未羊、申猴、酉鸡、戌狗、亥猪。上述完整的配属,最早即见于本篇。 ④ 金:原误作"猴",据刘盼遂说改。

也①，其星，苍龙也②。西方，金也，其星，白虎也③。南方，火也，其星，朱鸟也④。北方，水也，其星，玄武也⑤。天有四星之精⑥，降生四兽之体。含血之虫，以四兽为长，四兽含五行之气最较著。案龙虎交不相贼，鸟龟会不相害。以四兽验之，以十二辰之禽效之，五行之虫以气性相刻，则尤不相应。

凡万物相刻贼，含血之虫则相服，至于相啖食者，自以为齿牙顿利⑦，筋力优劣，动作巧便，气势勇桀⑧。若

---

① 东方，木也：按照阴阳五行的说法，五方和五行相配属，东方属木，南方属火，中央属土，西方属金，北方属水。参见《吕氏春秋·十二纪》。 ② 苍：青色。按照阴阳五行说法，五色和五方相配属，青色属东方，赤色属南方，黄色属中央，白色属西方，黑色属北方。苍龙：我国古代天文学家将黄道附近的恒星定为二十八宿（xiù 秀），分成东、南、西、北四组，每组七宿。东方七宿连在一起，像一条龙，青色属东方，所以用“苍龙”称东方七宿。 ③ 白虎：西方七宿连在一起，像一只虎，白色属西方，所以用“白虎”称西方七宿。 ④ 朱：红色。朱鸟：古人认为南方七星宿连在一起像一只鸟，红色属南方，所以用“朱鸟”称南方七宿。 ⑤ 玄武：玄指黑色，武指龟甲。古人认为北方七宿连在一起像一个龟，黑色属北方，所以用“玄武”称北方七宿。 ⑥ 四星之精：王充认为，天地日月星辰都是物质实体，它们运行就施放出“气”来，四星之精指苍龙、白虎、朱鸟、玄武四组星运行时施放出的气。 ⑦ 顿：通“钝”。⑧ 勇桀（jié 杰）：勇猛，凶猛。

人之在世，势不与适①，力不均等，自相胜服。以力相服，则以刃相贼矣。夫人以刃相贼，犹物以齿角爪牙相触刺也。力强角利，势烈牙长，则能胜；气微爪短，胆小距顿，则服畏也。人有勇怯，故战有胜负，胜者未必受金气，负者未必得木精也。孔子畏阳虎②，却行流汗，阳虎未必色白，孔子未必面青也。鹰之击鸠雀，鸮之啄鹄雁③，未必鹰、鸮生于南方而鸠雀、鹄雁产于西方也，自是筋力勇怯相胜服也。

一堂之上，必有论者。一乡之中，必有讼者。讼必有曲直，论必有是非。非而曲者为负，是而直者为胜。亦或辩口利舌，辞喻横出为胜；或诎弱缀跲④，蹥蹇不比者为负⑤。以舌论讼，犹以剑戟斗也。利剑长戟，手足健疾者胜；顿刀短矛，手足缓留者负。

夫物之相胜，或以筋力，或以气势，或以巧便。小有气势，口足有便，则能以小而制大；大无骨力，角翼不劲，

---

① 适（dí 敌）：通“敌”。 ② 阳虎：春秋时期鲁国大夫季孙氏的家臣。孔子畏阳虎事，书未记，刘盼遂疑王充用《庄子》盗跖篇事，把盗跖误记为阳虎，其说近是。 ③ 鸮（xiāo 消）：猫头鹰。鹄（hú 胡）：天鹅。 ④ 诎（qū 屈）：言辞钝拙。弱：无力。缀跲（chuò jiá 辍颊）：这里指才思短浅。缀，与“黜”通，短。跲，跌倒。 ⑤ 蹥蹇（lián jiǎn 连减）：这里指口才不好。

则以大而服小。鹊食猬皮，博劳食蛇[1]，猬、蛇不便也。蚊虻之力不如牛马，牛马困于蚊虻，蚊虻乃有势也。鹿之角，足以触犬；猕猴之手，足以搏鼠。然而鹿制于犬，猕猴服于鼠，角爪不利也。故十围之牛[2]，为牧竖所驱；长仞之象[3]，为越僮所钩；无便故也。故夫得其便也，则以小能胜大；无其便也，则以强服于羸也[4]。

【翻译】

儒者论说道："天地有意识地创造了人。"这种说法，是虚妄的。实际情况是天下和地上的气相互结合，人便偶然地自生。这犹如夫妇二气相合，便会自然地生出子女来。夫妇二气相交合，并非是当时想要求得儿子，而是由于情欲冲动才交合，交合而后生子。夫妇尚且不是有意识地生孩子，由此知道天地也不是有意识地创造了人。那么，人生在天地之间，就像鱼生在深水里、虱子生在人身上一样，凭借着气而产生，是同种类的东西相繁殖。万物生于天地之间，都是同样的情况。

---

① 博劳：即伯劳，一种鸟。 ②"围"字原本误作"年"，孙人和据《太平御览》卷八九九引《论衡》文改。 ③ 仞（rèn 任）：古代以七尺或八尺为一仞。 ④ 羸（léi 雷）：瘦弱。

有人说①："说天地不是有意识地创造了人，人是偶然地自生，若是果真如此，议论这类事情的贾谊为什么会说出'天地之间如熔炉，万物像是炼出的铜，阴阳二气如炭火，自然变化像工匠'这样的话来？考察从事制陶炼铜的工匠用火冶炼铜和烧制陶器，都是有意识地去做的。如果说天地不是有意识地创造了人，人是偶然地自生的，那么能够说制陶冶铜的工匠不是有意识地去做器具，而器具便会偶然地自然形成吗？打的比方与事实不相应，不能算是把道理讲明白了；写的文章与事实不符合，不能说是正确的。"

我们说②：前面的比喻，是说人所承受的气不能完全一样，就像熔化的铜水注进模子、烧制的陶器得到火焰一样，各不相同，并不是说天地生人与制陶冶铜在各方面都完全相同。打比方，人们都引用人和事。每个人，每件事，都是一个整体，不能截然分开，对比喻也不能片面理解。用眼睛看头顶上的东西，头不能不动；用手量脚板的长短，脚不能不摇。这是因为眼和头同在一身、手和脚也同在一体的缘故。现今制陶冶铜的工匠，开始

① 本篇译文凡以"有人说"开始的段落，都是王充所例举并准备驳斥的汉儒谬说。 ② 本篇译文凡以"我们说"开始的段落，都是王充对汉儒谬论的反驳。

时用水拌粘土,必须按一定的形状做出坯子或模子来,这是有意识作的;生火烧炭,必须管好炉灶,调和炉温,掌握好火候,这是有意识作的;至于铜器不能都炼铸成功,陶器不能都烧制精美,则不是工匠有意识制造出来的。天地不能有意识地创造人,就是天生万物,也不可能是有意识的。天地二气相合,万物就偶然自生了。播种除草,是有意识作的,至于庄稼成熟与否,则是偶然出现的自然现象。这用什么来验证呢?如果天是有意识地生出万物,那就应当使万物之间相亲相爱,而不应当是使万物之间互相残害。

有人说:"金、木、水、火、土五行之气,是天用来创造万物的。由于万物包含了五行之气,是五行之气的相互循环克制,使得万物也相互残害。"

我们说:假如天能生万物,它就应当用五行之气中的一行之气来造成万物,使其相亲相爱,而不应当使用五行之气造物,反而使其相互残害。

有人说:"天为了使万物相互为用,所以才使令万物互相残害;互相残害,是为了让万物相互依存。所以天用五行之气造成万物,人利用万物来作成万事。不能相互制约,就不能相互为用;不互相残害,就不能各自被对方利用。金不伤害木,木便不能成为器用;火不冶炼金,金便不能成为器具。所以万物相互残害而又相互于对方有利。凡含有血气的动物，在竞争中制服对方、咬杀并吞食弱者，这都是五行之气所造成的。”

我们说：如果天生万物是想使其相互为用，不得不使其相互残害，那么天所生虎、狼、毒蛇以及蜂、蝎之类，都伤害人民，这是不是天又有意识要让人供这些猛兽毒虫享用呢？况且说一个人的身体，含有五行之气，所以一个人的行为，有仁、义、礼、智、信五种品德和操行，即所谓“五常”。五常，是五行之道。五脏在人体之内，人体具备五行之气。果然像发议论的人如董仲舒所说的这样，凡含有血气的动物，具有五行之气，就互相残害。那么，一个人的身体内部，具有五脏，它们也就该互相贼害了？一个人的操行中，仁和义这两种道德观念也就要互相贼害了？况且五行之气相互残害、含有血气的动物相互制服的说法，从哪里可得到验证？

有人说：“寅属木，配属禽兽，属虎。戌属土，配属禽兽，属犬。丑、未也属土，丑配禽兽属牛，未配禽兽属羊。木胜土，所以犬与牛羊被虎所制服。亥属水，配禽兽属猪。巳属火，配禽兽属蛇。子也属水，配禽兽属鼠。午也属火，配禽兽属马。水胜火，所以猪吃蛇。火被水所害，所以马吃了老鼠屎便腹内发胀。”

我们说：果真如发议论的人所说的那样，含有血气的动物，也有不相制服的证明。午，属马。子，属鼠。

酉，属鸡。卯，属兔。水胜火，鼠为什么不追逐马？金胜木，鸡为什么不啄兔？亥，属猪。未，属羊。丑，属牛。土胜水，牛羊为什么不杀害猪？巳，属蛇。申，属猴。火胜金，蛇为什么不吞食猕猴？猕猴这种动物，怕老鼠。咬猕猴的，却是狗。鼠，属水。猕猴，属金。水不胜金，猕猴为什么怕老鼠？戌，属土。申，属金。土不胜金，猕猴为什么怕狗？东方，属木，所配星座是苍龙七宿。西方，属金，所配星座是白虎七宿。南方，属火，所配星座是朱鸟七宿。北方，属水，所配星座是玄武七宿。天上有苍龙、白虎、朱鸟、玄武四组星座所施放出来的气，即"四星之精"。四精之气下降到地上，便构成龙、虎、鸟、龟四种动物的形体。含有血气的动物，以龙、虎、鸟、龟四兽为首领，四兽含有五行之气最为明显。考察龙与虎相遇不相互残杀，鸟与龟相会也不相互伤害。用四兽来检验，用十二辰所代表的动物来考察，所谓具有五行之气的动物是按照五行彼此间互相克制的观点，就更不符合事实了。

凡万物的相互克制，对于含有血气的动物来说便是相互制服，至于相互吞食，自是由于牙齿的钝利，筋骨力气的优劣，动作的灵便敏捷，气势的勇猛凶暴。犹如人生在世，势不匹敌，力不均等，自然相互在竞争中制服对方。以势力相制服，就必然用兵刃相残害。人用兵刃相残害，犹如动物用齿角牙爪来相互争斗刺杀。力气强而角又锋利，气势猛而牙又长大，便能制服对方；力气微弱而爪又短，胆量小而爪又钝，就不得不惧服。人有勇敢与怯懦之分，所以交战有胜负之别。胜利者未必承受的是金气，失败者未必承受的是木气。孔子惧怕鲁国季孙氏的家臣阳虎，因此后退而走，汗流浃背，阳虎未必是脸白而属金，孔子未必脸青而属木。苍鹰搏击斑鸠、麻雀，猫头鹰捕啄天鹅、大雁，未必是苍鹰、猫头鹰生于南方而属火，鸠雀、鹅雁产于西方而属金，自是由于筋力勇怯的不同而在竞争中取胜或惧服。

一个庭堂之上，必然会有争论的人。一乡当中，必然会有打官司的。分辩必有曲直，争论必有是非。理非而曲的人是负者，理是而直的人是胜者。也可能口才好、擅长辩论、言辞明白流畅的人是胜者，或者言辞软弱无力、口才不好、语言不连贯的人是负者。用口舌争辩，犹如用剑戟搏斗。剑利戟长，手足的动作强健敏捷的人是胜者；刀钝矛短，手足的动作缓慢迟钝的人是负者。

动物的相争取胜，或因筋骨力气，或因气势勇猛，或因灵巧敏捷。小的动物而有气势，口足敏捷，便能以小制服大；大的动物而无骨力，触角羽翼没有力量，便会受制服于小。鹊啄食刺猬的皮，伯劳鸟吃蛇，是因为刺猬、蛇的身体不灵便。蚊虻的力气不如牛马，牛马却苦于蚊虻的螫咬，是蚊虻处于有利的形势。鹿的角，足以触伤狗；猕猴的手，足以捕鼠。然而鹿受制于狗，猕猴屈服于鼠，是因为触角爪牙不利。所以，十围粗的牛，被牧童所驱使，体长的大象，被越族的牧童所管束，是因为身体不灵便的缘故。因此有口足角爪上的便利，就能以弱小胜强大；没有这些便利，便会以强大屈服于弱小。

书虚篇（节选）

《书虚》是《论衡》的第十六篇。它与《变虚》、《异虚》、《感虚》、《福虚》、《祸虚》、《龙虚》、《雷虚》、《道虚》以及《语增》、《儒增》、《艺增》合称“九虚三增”，是一组带有论战气息的文章。这组论文的写作，是王充针对当时“汉有实事，儒者不称；古有虚美，诚心然之；信久远之伪，忽近今之实”的迷信古书风气，本着“疾虚妄”的精神而写作的。目的在于“使世俗务实诚也”（见《论衡·对作》）。

《书虚》列于“九虚”之首，内容为揭露汉代儒生解经著作（即所谓“传书”）的虚妄不实，举出“传书”中十二个虚妄失实的例子，一一辨析，驳斥其失实之处。王充指出：虚妄之书的产生，是儒生“欲立奇造异，作惊目之论，以骇世俗之人；为谲诡之书，以著殊异之名”。而虚妄之书的流传，王充认为在于人们的盲从：“信虚伪之书，以为著于竹帛之上者，皆贤圣所传，无不然之事，故信而是之，讽而读之。”这样，就有力地批判了当时尽信古书的“泥古”风气。

世信虚妄之书，以为载于竹帛上者，皆贤圣所传，无不然之事，故信而是之，讽而读之。睹真是之传与虚妄之书相违①，则并谓短书②，不可信用。夫幽冥之实尚可知，沉隐之情尚可定，显文露书，是非易见，笼总并传非实事，用精不专，无思于事也。

夫世间传书、诸子之语③，多欲立奇造异，作惊目之论，以骇世俗之人；为谲诡之书，以著殊异之名。

---

① 传（zhuàn 篆）：泛指解释儒家经书的书籍以及经书以外的其他书籍。真是：真实而正确。 ② 短书：汉代用二尺四寸长的竹简写儒家经典，一般书籍写在短于二尺四寸的竹简上，称为“短书”。这里的“短书”含有贬意。 ③ 诸子：指先秦到汉代的各派学者或他们的著作。

传书言：延陵季子出游[①]，见路有遗金。当夏五月，有披裘而薪者。季子呼薪者曰：“取彼地金来！”薪者投镰于地，瞋目拂手而言曰[②]：“何子居之高，视之下；仪貌之壮，语言之野也？吾当夏五月披裘而薪，岂取金者哉！”季子谢之，请问姓字。薪者曰：“子皮相之士也[③]，何足语姓名！”遂去不顾。世以为然，殆虚言也。

夫季子耻吴之乱[④]，吴欲共立以为主，终不肯受，去之延陵，终身不还，廉让之行，终始若一。许由让天下[⑤]，不嫌贪封侯[⑥]。伯夷委国饥死[⑦]，不嫌贪刀钩[⑧]。廉让之

---

① 延陵：春秋时吴国地名，在今江苏常州市。季子：季札，吴王寿梦之子，因居于延陵，故称延陵季子。延陵季子的这个故事见于《韩诗外传》。 ② 瞋（chēn 沉阴平）目：张目，瞪着眼睛。拂手：甩手，以表示轻蔑。 ③ 皮：外表。相（xiàng 象）：看，相面。皮相：以貌取人。 ④ 季子耻吴之乱：耻：以……为可耻。吴之乱：据《公羊传・襄公二十九年》记载，吴王寿梦有四子，即诸樊、余祭、夷昧、季札。因季札最为贤能，他的三位哥哥愿他承继王位，约定不传子而传弟。传至夷昧死，其子僚自立为王。诸樊之子公子光不服，派人刺杀吴王僚，并表示拥戴季札做王。季札不肯接受，公子光则自立为王。“吴之乱”即指公子光派人杀吴王僚这件事。
⑤ 许由：传说是尧时的隐士，尧要把君位让给他，他以为耻，拒不接受，逃至箕山隐居。 ⑥ 嫌：在这里是“得”的意思（依黄晖说）。 ⑦ 伯夷：商末人。武王灭商，他不肯吃周朝的粮食，饿死在首阳山。 ⑧ 刀钩：指不值钱的财物。

行，大可以况小，小难以况大。季子能让吴位，何嫌贪地遗金？季子使于上国，道过徐，徐君好其宝剑①，未之即予。还而徐君死，解剑带冢树而去。廉让之心，耻负其前志也。季子不负死者，弃其宝剑，何嫌一叱生人取金于地？季子未去吴乎？公子也；已去吴乎？延陵君也。公子与君，出有前后，车有附从，不能空行于涂，明矣。既不耻取金，何难使左右，而烦披裘者？世称柳下惠之行②，言其能以幽冥自修洁也。贤者同操，故千岁交志。置季子于冥昧之处，尚不取金，况以白日。前后备具，取金于路，非季子之操也。或时季子实见遗金，怜披裘薪者，欲以益之；或时言取彼地金，欲以予薪者，不自取也。世俗传言，则言季子取遗金也。

传书或言：颜渊与孔子俱上鲁太山③。孔子东南望，吴阊门外有系白马④。引颜渊，指以示之，曰："若见吴阊门乎？"颜渊曰："见之。"孔子曰："门外何有？"曰："有如系练之状⑤。"孔子抚其目而正之，因与俱下。下而颜渊发白齿落，遂以病死。盖以精神不能若孔子，强力自极，

---

① 好(hào 号)：喜欢。 ② 柳下惠：春秋时鲁国大夫展禽，因食邑柳下，谥惠，故称柳下惠，以廉洁有德行而著称于世。 ③ 颜渊：孔子弟子。太山：即泰山。这段故事见于《韩诗外传》。 ④ 阊(chāng 昌)门：吴国国都的西门。 ⑤ 练：白色绸子。

精华竭尽，故早夭死。世俗闻之，皆以为然。如实论之，殆虚言也。

案《论语》之文，不见此言。考《六经》之传[1]，亦无此语。夫颜渊能见千里之外，与圣人同。孔子、诸子，何讳不言？盖人目之所见，不过十里。过此不见，非所明察，远也。传曰："太山之高巍然，去之百里，不见埵块[2]，远也。"案鲁去吴，千有余里，使离朱望之[3]，终不能见，况使颜渊，何能审之？如才庶几者，明目异于人，则世宜称亚圣，不宜言离朱。人目之视也，物大者易察，小者难审。使颜渊处昌门之外，望太山之形，终不能见；况从太山之上，察白马之色，色不能见，明矣。非颜渊不能见，孔子亦不能见也。何以验之？耳目之用，均也。目不能见百里，则耳亦不能闻也。陆贾曰[4]："离娄之明，不能察帷薄之内；师旷之聪[5]，不能闻百里之外。"昌门之与太山，非帷薄之内、百里之外也。秦武王与孟说举鼎不任[6]，绝脉而死。举鼎用力，力由筋脉。筋脉不堪，绝伤而死，道理

---

①《六经》：指《易》、《诗》、《书》、《礼》、《乐》、《春秋》。 ② 埵：同"垛"，土堆。 ③ 离朱：又作"离娄"，古之明目者，传说他能于百步之外见秋毫之末。 ④ 陆贾：汉高祖刘邦的谋士，官至太中大夫，著有《新语》一书。《史记》卷九七有传。 ⑤ 师旷：春秋时晋国著名的乐师。 ⑥ 孟说（yuè 月）：秦武王时著名大力士。

宜也。今颜渊用目望远，望远目睛不任，宜盲眇；发白齿落，非其致也。发白齿落，用精于学，勤力不休，气力竭尽，故至于死。伯奇放流①，首发早白。《诗》云："惟忧用老②。"伯奇用忧，而颜渊用睛，暂望仓卒，安能致此？

儒书言：舜葬于苍梧，禹葬于会稽者，巡狩年老，道死边土，圣人以天下为家，不别远近，不殊内外，故遂止葬。夫言舜、禹，实也；言其巡狩，虚也。

舜之与尧，俱帝也，共五千里之境，同四海之内，二帝之道，相因不殊。《尧典》之篇，舜巡狩东至岱宗，南至霍山，西至太华，北至恒山。以为四岳者，四方之中，诸侯之来，并会岳下，幽深远近，无不见者，圣人举事，求其宜适也。禹王如舜，事无所改，巡狩所至，亦复如舜。舜至苍梧，禹到会稽，非其实也。实舜、禹之时，鸿水未治。尧传于舜，舜受为帝，与禹分部，行治鸿水。尧崩之后，舜老，亦以传于禹。舜南治水，死于苍梧；禹东治水，死于会稽。贤圣家天下，故因葬焉。

吴君高说③："会稽本山名，夏禹巡狩，会计于此山，因以名郡，故曰会稽。"夫言因山名郡，可也。言禹巡狩

---

① 伯奇：西周大臣尹吉甫之子，因后母说坏话，被父亲放逐。 ② 惟忧用老：忧伤因而使人衰老。引文见《诗·小雅·小弁》。 ③ 吴君高：东汉初期人，王充的同乡，著有《越纽录》，或云即《越绝书》。

会计于此山，虚也。巡狩本不至会稽，安得会计于此山？宜听君高之说，诚会稽为会计，禹到南方，何所会计？如禹始东，死于会稽，舜亦巡狩，至于苍梧，安所会计？百王治定则出巡，巡则辄会计，是则四方之山皆会计也。百王太平，升封太山。太山之上，封可见者七十有二，纷纶湮灭者不可胜数。如审帝王巡狩则辄会计，会计之地如太山封者，四方宜多。夫郡国成名，犹万物之名，不可说也，独为会稽立欤？周时旧名吴越也，为吴越立名，从何往哉？六国立名，状当如何？天下郡国且百余，县邑出万，乡亭聚里，皆有号名，贤圣之才莫能说。君高能说会稽，不能辨定方名，会计之说，未可从也。巡狩考正法度，禹时，吴为裸国，断发文身，考之无用，会计如何？

传书言：舜葬于苍梧，象为之耕；禹葬会稽，鸟为之田。盖以圣德所致，天使鸟兽报祐之也①。世莫不然。考实之，殆虚言也。

夫舜、禹之德不能过尧。尧葬于冀州，或言葬于崇山。冀州鸟兽不耕，而鸟兽独为舜、禹耕，何天恩之偏驳也？或曰："舜、禹治水，不得宁处，故舜死于苍梧，禹死于会稽。勤苦有功，故天报之；远离中国，故天痛之。"夫天报舜、禹，使鸟田象耕，何益舜、禹？天欲报舜、禹，宜

① 这段故事见于《墨子》佚文。

使苍梧、会稽常祭祀之。使鸟兽田耕，不能使人祭。祭加舜、禹之墓，田施人民之家，天之报祐圣人，何其拙也，且无益哉！由此言之，鸟田象耕，报祐舜、禹，非其实也。实者，苍梧多象之地，会稽众鸟所居。《禹贡》曰："彭蠡既潴①，阳鸟攸居。"天地之情，鸟兽之行也。象自蹈土，鸟自食草。土蹶草尽，若耕田状，壤靡泥易，人随种之，世俗则谓为舜、禹田。海陵麋田，若象耕状，何尝帝王葬海陵者邪？

传书言：吴王夫差杀伍子胥②，煮之于镬③，乃以鸱夷橐投之于江④。子胥恚恨⑤，驱水为涛，以溺杀人⑥。今时会稽丹徒大江，钱唐浙江，皆立子胥之庙。盖欲慰其恨心，止其猛涛也。夫言吴王杀子胥，投之于江，实也；言其恨恚驱水为涛者，虚也。

屈原怀恨，自投湘江，湘江不为涛；申徒狄蹈河而死，河水不为涛。世人必曰屈原、申徒狄不能勇猛，力怒不如子胥。夫卫菹子路而汉烹彭越⑦，子胥勇猛不过子

---

① 彭蠡（lǐ 里）：湖名，即今江西省的鄱（pó 婆）阳湖。潴（zhū 猪）：积水。 ② 伍子胥：春秋时吴国大臣，因遭陷害而被迫自杀。 ③ 镬（huò 货）：大锅。 ④ 鸱（chī 吃）夷：皮制的口袋，可盛酒。 ⑤ 恚（huì 会）：愤怒。 ⑥ 这段故事见于《吴越春秋》等书。 ⑦ 菹（zū 租）：剁成肉酱。孔子门徒子路在卫国的一次政变中被剁成肉酱。

路、彭越，然二士不能发怒于鼎镬之中，以烹汤菹汁渖漎旁人①。子胥亦自先入镬，乃入江。在镬中之时，其神安居？岂怯于镬汤，勇于江水哉？何其怒气前后不相副也！且投于江中，何江也？有丹徒大江，有钱唐浙江，有吴通陵江。或言投于丹徒大江，无涛；欲言投于钱唐浙江，浙江、山阴江、上虞江皆有涛。三江有涛，岂分橐中之体，散置三江中乎？人若恨恚也，仇雠未死②，子孙遗在，可也。今吴国已灭，夫差无类，吴为会稽，立置太守，子胥之神，复何怨苦？为涛不止，欲何求索？吴、越在时，分会稽郡；越治山阴，吴都今吴。余暨以南属越，钱唐以北属吴。钱唐之江，两国界也。山阴、上虞在越界中，子胥入吴之江，为涛当自止吴界中，何为入越之地？怨恚吴王，发怒越江，违失道理，无神之验也。且夫水难驱，而人易从也。生任筋力，死用精魂。子胥之生，不能从生人营卫其身，自令身死，筋力消绝，精魂飞散，安能为涛？使子胥之类数百千人，乘船渡江，不能越水。一子胥之身，煮汤镬之中，骨肉糜烂，成为羹菹，何能有害也！

周宣王杀其臣杜伯，燕简公杀其臣庄子义。其后杜

① 渖漎（shěn chuāng 审窗）：用汤汁溅击。 ② 雠（chóu 仇）：通“仇”。仇雠：仇敌。

伯射宣王，庄子义害简公。事理似然，犹为虚言。今子胥不能完体，为杜伯、子义之事以报吴王，而驱水往来，岂报仇之义，有知之验哉？俗语不实，成为丹青。丹青之文，贤圣惑焉。夫地之有百川也，犹人之有血脉也。血脉流行，泛扬动静，自有节度。百川亦然。其朝夕往来，犹人之呼吸，气出入也。天地之性，上古有之。经曰："江、汉朝宗于海。"唐、虞之前也。其发海中之时，漾驰而已；入三江之中，殆小浅狭，水激沸起，故腾为涛。广陵曲江有涛，文人赋之。大江浩洋，曲江有涛，竟以隘狭也。吴杀其身，为涛广陵，子胥之神，竟无知也。溪谷之深，流者安洋，浅多沙石，激扬为濑。夫涛、濑，一也。谓子胥为涛，谁居溪谷为濑者乎？案涛入三江，岸沸踊，中央无声。必以子胥为涛，子胥之身聚岸涯也。涛之起也，随月盛衰，小大满损不齐同。如子胥为涛，子胥之怒，以月为节也？三江时风，扬疾之波亦溺杀人，子胥之神，复为风也？秦始皇渡湘水遭风，问湘山何祠。左右对曰："尧之女，舜之妻也。"始皇大怒，使刑徒三千人斩湘山之树而履之。夫谓子胥之神为涛，犹谓二女之精为风也。

传书言：孔子当泗水而葬，泗水为之却流。此言孔子之德，能使水却，不湍其墓也①。世人信之。是故儒者称论，皆言孔子之后当封，以泗水却流为证。如原省之②。殆虚言也。

夫孔子死，孰与其生？生能操行，慎道应天；死，操行绝。天祐至德，故五帝三王招致瑞应，皆以生存，不以死亡。孔子生时推排不容，故叹曰："凤鸟不至，河不出图，吾已矣夫③！"生时无祐，死反有报乎？孔子之死，五帝三王之死也。五帝三王无祐，孔子之死，独有天报，是孔子之魂圣，五帝之精不能神也。泗水无知，为孔子却流，天神使之；然则孔子生时，天神不使人尊敬。如泗水却流，天欲封孔子之后；孔子生时，功德应天，天不封其身，乃欲封其后乎？是盖水偶自却流。江河之流，有回复之处。百川之行，或易道更路，与却流无以异。则泗水却流，不为神圣也。

【翻译】

当今世人，相信虚妄荒诞的书，以为凡是记载在竹

---

① 湍（tuān 团阴平）：急流，这里指冲刷。 ② 原：追究。省（xǐng 醒）：考查。 ③ 语出《论语·子罕》，意思是说：象征着天下太平和圣王出现的"凤鸟"与"河图"（传说伏羲氏时出自黄河），不来不出，因而自己这一生是生不逢时，不能成就大业了。

简和绢帛上的，都是圣贤所传授，没有不对的事，所以信以为实，熟读并且背诵；看到真实可信的书同那些虚妄的书有不一致的地方，便轻蔑地称前者为“短书”，认为不足凭信。其实，暗地里的事尚且可知，深藏着的情尚且可察，何况写在书上的明明白白的文字、清清楚楚的记载，是非显而易见。笼统地都说它们与事实不符，这是用心不专、对事情没有进行认真思考的缘故。

世上解释《六经》的《传》书与诸子百家之语，大多是想立奇造异，故作惊人的议论，以恐吓世俗之人，编造些稀奇古怪的书，以标榜自己与众不同。

解释经书的《传》书上说：延陵季子出游在外，见路上有他人丢失的黄金。时值夏历五月，有一位披着皮衣的砍柴人路过这里。季子向那个砍柴人呼喊：“把地上的那块金子拿过来！”砍柴人闻听后，把镰刀扔在地上，睁圆双眼，把手一甩，答道：“你这个人怎么地位很高，眼光却如此短浅；相貌堂堂，说话却那么粗野？我到夏天还披着皮衣砍柴，难道是从地上拾取金子的人吗？”季子听罢樵夫的话，马上表示道歉并请问樵夫的尊称大名。砍柴人对他说：“你以貌取人，哪里值得我把姓名告诉你呢！”说完，便头也不回地走了。上面这段记载，世人信以为真，其实，不过是虚妄的话。

当初，吴国发生内乱，公子光派人刺杀吴王僚，贵族们想共同立季子为吴国国王，季子始终不肯接受，离开国都到延陵去，终身不返回。其廉洁礼让的行为，始终如一。以往在唐尧时期，尧想把君位让给许由，许由拒不接受，逃到箕山去隐居，因此他绝不会贪图封侯；商朝末年的伯夷，反对周武王灭商，武王克商后他义不食周朝的粟米，饿死在首阳山，因此他也绝不会贪图财物。廉洁礼让的行为，大可以说明小，小则难以说明大。季子能把吴国的君位让给他人，怎么会有贪图路上金子的嫌疑呢？季子曾北上出使中原各国，路过徐国时，徐国国君喜爱季子佩带的宝剑，季子因还要出使他国，不带剑不合于礼节，没有立刻赠予徐君。待季子回国时，他想把宝剑赠予徐君，徐国国君已死。为表达宿愿，季子解下佩剑，挂在徐君墓地的树上，然后离去。这是因为季子的廉让之心，以背弃先前默许的心愿为耻。他不负于死者，弃宝剑而去，怎会有呵叱生人为他从地上拾金的嫌疑？这件事，是发生在他离开吴国之前吗？他那时是公子。是发生他离开吴国之后吗？他那时已是延陵君。作为公子或封君，季子出游时前后必有护卫人员，他的乘车前后还应有随从的车子，不可能一个人徒行于路，这是很明显的事。果如《传》书所言，季子既然不以拾取他人丢失的黄金为耻，那么，他让随员为自己拾取有何难以办到？何必去麻烦披着皮衣的陌生人？世人都称赞柳下惠的德行，说他在无人知晓的暗处还能保持自己清白的操行。凡真正的贤者，有着共同的品德，所以虽相隔千年，但心志却是相通的。把季子放在暗处，尚且不会拾取金子，况且白日里，前后有跟从的车马、随员，拾金于路，这不符合季子的操行。当时的情形或许是这样：季子确实路见遗金，他可怜这个大热天还披着皮衣的砍柴人，想用路上的遗金周济这位樵夫；或者季子当时让樵夫拾金，是想把金子给砍柴人，而不是取为己有。然而，世俗之人却传言季子拾取他人遗失的黄金。

传书上说：孔子与他的高足弟子颜渊同登鲁国境内的泰山。在峰顶，孔向东南望，见吴国都城西门之外拴着一匹白马。他指给颜渊看，问："你看见吴国都城的西门了吗？"颜渊答道："我看见了。"孔子问："门外有什么？"颜渊答："好像有一条白色的绸子挂在那里。"孔子揉揉颜渊的眼睛，纠正道："那是白马。"随即孔子同颜渊一道从峰顶下来。到山脚下，颜渊便发白齿落，因此发病而死。大概这是因为颜渊的精力不如孔子，勉强地使用眼力极目而望，精气耗尽，因此早年夭折。上面这段记载，世俗之人闻之，皆以为是。按照实际情况说，不过是虚妄之言。

考察《论语》一书，不见有上述那段话。查解释《六经》的著作，也不见有上述的那段记载。如果颜渊目能见千里之外，与圣人相同，那么孔子和其他诸子的书为什么对此避而不谈？人的眼力所及，不过十里。超过这个距离的景物，就看不见了，这不是人所能看得清楚的，是因为距离太远了。《淮南子》书上说："泰山虽然高大，但远离百里，则不能见土块大小的形状。"这是太远的缘故。泰山距吴国都城有一千余里，使古代明目之人离朱眺望，尚且不能看见，何况颜渊，怎会看得清楚？如果颜渊的才能接近孔子，他的视力又异于常人，那么世人应该称赞被称为亚圣的颜渊，而不应该称赞离朱。其实，人的眼睛看物体，大者易见，小者难察。使颜渊处于吴都西门之外，以望泰山的形状，尚且不能看见；何况从泰山之上，察吴都西门外马的毛色，他不会看到，这是很明显的。不但颜渊不能见，孔子也看不见。何以验证呢？人的视力和听力的范围是差不多的。眼睛看不到百里处的景物，耳朵也听不到百里处的声音。汉儒陆贾曾说过："像离娄（即离朱）那样视力超群的人，也看不清帐帘后边的东西；像师旷那样听觉灵敏的人，也听不到百里之外的声音。"吴都西门与泰山之间，相隔不止是帐帘之内、百里之外啊。秦武王与大力士孟说举鼎，力不胜任，筋脉崩绝而死。举鼎用的是气力，气力来自筋脉。筋脉承受不住，脉绝受伤而死，这是合乎道理的。今颜渊举目远望,远望而视力不胜任,是应当变成瞎子的,而发白齿落,并非是远望所造成的。发白齿落,是颜渊用心学习,勤奋而不知休息,气力衰竭,以致于早死。西周大臣尹吉甫的儿子伯奇,因后母说他的坏话,被父亲放逐在外。他悲伤过度,头发早白。《诗经》上说:“惟忧用老。”伯奇是因为忧伤造成过早地衰老而发白,而颜渊是极目远望,瞬息之间,怎能发白齿落?

儒生所写的书上说:舜葬于九嶷山,禹葬于会稽山,是因为他们年老到各地巡游视察,中途死在边远的地方。圣人以天下为家,不区分远近内外,死在哪里就葬在哪里。说舜、禹,确有其人;说他们巡游视察,则不过是虚妄荒诞之言。

舜与尧,都是帝王,所辖治的国境都是方圆五千里,同在四海之内。二帝治国之道,前后沿袭,并无不同。《尚书·尧典》上说:舜巡游视察,东至泰山,南至霍山,西至华山,北至恒山。四山所以被称为四岳,是因为它们分处于东、南、西、北四个方面的中心。四方诸侯前来,不论是偏僻地区的,还是离得远的、近的,会于四岳之下,没有什么不便于朝见的。这是因为圣人办事,总是力求做得恰到好处。大禹王如同舜一样,办事无所更改,巡视所到的地方,也与舜相同。舜巡视到达九嶷山,禹到达会稽山,这不是事实。实际上,舜、禹的时代,洪水尚未治服。尧传位于舜，舜受命为帝，与禹划分区域，分别到各自区域去治水。尧死之后，舜年老，传位于大禹。舜到南方治水，死于九嶷山；禹到东方治水，死于会稽山。圣贤以天下为家，所以死在哪里便葬在哪里。

吴君高说："会稽本是山名，大禹巡游视察，大会诸侯，计功行赏于此山，于是把'会计'作为这个郡的名称，故称'会稽'。"说因山而名郡，是可以的；说大禹巡视天下，大会诸侯，计功行赏于此山，则是虚妄之言。巡视本不到会稽，怎么会在这里大会诸侯、计功行赏？姑且听信吴君高的说法，"会稽"确实就是禹计功行赏的地方，那么，禹到南方，又在什么地方大会诸侯、计功行赏呢？如果说禹刚到东方巡视，就死在会稽了，那么舜也曾到南方九嶷山巡视，南方怎么就没有取名"会稽"的地方呢？历代帝王在政治安定时则外出巡视，巡视时总是要大会诸侯、计功行赏，这样，四方的大山岂不都应叫做会稽山了？历代帝王当天下太平时，都要登泰山山顶，筑坛祭天。泰山顶上祭天遗址，至今可看清楚的有七十二处，杂乱而埋没的不计其数。如果真的帝王巡视便大会诸侯、计功行赏，那么像泰山祭天遗址一样的"会计"遗址，在四方应当很多。郡、国的命名，犹如万物的命名，大多说不清楚，怎么会单独给会稽郡取这样一个名字呢？会稽郡在周代原称吴越，那么又根据什么取的吴越这个名字呢？战国时，齐、楚、燕、韩、赵、魏六国的命名，情况又是怎样？天下郡、国将近一百，县、镇超过一万，乡、亭、村落、居里，都有自己的名号，即使是具有圣贤那样才能的人，也解释不清楚。吴君高能解说"会稽"，但不能辨定各地的名称；他关于"会计"的说法，是不可信从的。巡游视察，本是为考察、修正地方的法度。大禹时，吴越地区的人不穿衣服，被称为"裸国"；剪短头发，身刺花纹，被称作"断发文身"。考察那里的落后风俗，没有丝毫用处，又为什么要到那里去大会诸侯、计功行赏呢？

解释经书的《传》书上说：舜葬于九嶷山，大象为他耕地；禹葬于会稽，鸟为他种田。以为这是他们的圣明德政所带来的，上帝使鸟兽报答并佑助他们。世人没有不以此说为是的。考察实际情况，这不过是虚无荒诞之言。

舜、禹的德行不能超过尧，尧葬于冀州，也有人说葬于嵩山。冀州鸟兽不耕田，而鸟兽独为舜、禹种地，为何上帝的恩赐如此不公平？或者有人说："舜、禹治理洪水，不能安安稳稳地住在一个地方，故舜死葬于九嶷山，禹死葬于会稽。因为他们勤苦有功，所以上帝报答他们；他们的葬地远离中原的国土，所以上帝怜惜他们。"其实，上帝报答舜、禹，使鸟兽耕田种地，对舜、禹本人有何好处？上帝想报答舜、禹，应当使九嶷山、会稽的居民经常祭祀他们。能使鸟兽给禹舜耕田，却不能使人们祭祀他们。祭祀是把供品直接放在舜、禹的坟上，而耕田只是对当地的居民有好处。上帝报答圣人，怎么会这样拙笨，而且对舜禹没有任何益处呢！由此可见，使鸟耕田、象种地来报答舜禹的说法，是不符合实际的。实际情况是：九嶷山地区多产大象，会稽地区是百鸟的栖息之所。《尚书·禹贡》说：鄱阳湖既已蓄水，候鸟便来到这里栖息。这是自然现象，也是鸟兽活动的规律。大象行走必然要践踏土地，水鸟觅食常常要吃掉嫩草。土地被象践踏了，嫩草被鸟吃光了，土地好像是被耕过的样子。土壤松碎了，泥块扒平了，人们随后在土地上耕田，世俗之人则称之为鸟象为舜禹耕田。海陵地区麋鹿有成群掘食草根的习惯，土地被掘松之后，当地人民就在上面种植谷物，叫做“麋田”，其形状和大象践踏过的土地相似。然而，何曾有帝王埋葬在海陵呢？

书传上说：春秋末期的吴国国王夫差杀害大臣伍子胥，放在大锅内煮死，并放在皮制的口袋里，投放到大江之中。伍子胥的英灵愤怒，搅动江水，掀起波涛，淹死人民。现今会稽、丹徒县一带的长江、钱塘江两岸，都修建伍子胥庙。这大概是为了安慰伍子胥的怨恨之心，平息江中的狂涛恶浪。说吴王夫差杀伍子胥，将其尸抛进了江里，这是事实；说伍子胥因愤怒而搅动江水，掀起波涛，则不过是虚无荒诞之言。

屈原遭陷害被流放，怀恨自投汨罗江而死，江水不为此掀起波涛；申徒狄的进谏不被纣王采纳，抱石投河而死，河水不为此卷起狂澜。世俗之人一定会说："屈原、申徒狄不是勇猛的人，力量和怒气都不如伍子胥。"那么，孔子的门徒子路在卫国的一次政变中被剁成肉酱，汉初的大将彭越被刘邦烹杀，而伍子胥的勇猛不超过子路、彭越，然而二位勇士却不能发怒于大锅之中，用煮人的沸汤或肉汁溅击旁边的人。伍子胥也是先被投入大锅，然后才被扔到江中。在锅中时，子胥的神魂又在哪里，为什么不发怒呢？难道是在汤锅里胆怯，而在江水中就勇敢了吗？为什么他的怒气前后这样的不相一致！况且说投入江中，究竟是指哪一条江？有丹徒的长江，有钱唐的浙江，有吴县的通陵江。有人说投于丹徒的长江，但长江无狂涛；想说投于钱唐的浙江，浙江、山阴江、上虞江皆有狂涛。三江皆有狂涛，难道是把皮袋里伍子胥的遗体分散投于三江之中？一个人如怀仇恨欲报，在仇人未死或仇人子孙尚在时是可以的。现今吴国已灭，夫差的后代也找不到了，吴国已改成会稽郡，设置了太守。子胥的神灵，还怨恨什么，竟使江水波涛不止？吴、越两国存在的时候，分占了今天会稽郡这个地方。越国建都于山阴县，吴国建都于吴。现在的余暨县以南当初属于越国，钱塘江以北属于吴国，钱塘江是两国的国界。山阴、上虞县在越国境内，伍子胥入吴国江中，掀起波涛应当止限在吴国境内，怎么会入越国之地？怨恨吴国国王，发怒于越国江中，违背道理，这是伍子胥死后没有神灵的证明。况且，水难驱使，人易制服。人活着的时候，凭借的是筋力，死后使用的是灵魂。子胥活着的时候，不能驱使活人来保护自己，致使身死，筋力断绝消失，灵魂飞散，又怎能兴风作浪？让千百名像伍子胥这样的人乘船过江，他们不能单凭自己的身体飞越江面。子胥一人之体，被煮在大锅中，骨肉糜烂，成为肉酱，怎能为害他人？

传说西周的大夫杜伯被周宣王杀害后，他的阴魂出现，射杀了周宣王；燕国的大夫庄子义被燕简公杀害后，他的阴魂杀死了燕简公。这两件事情似乎合于情理，也还是虚言。伍子胥死时不能保持完整的躯体，效法杜伯、庄子义以报吴王杀己之仇，而是驱使江水往来作浪，难道这是他报仇的道理、他明智的证明么？世上流传的说法不真实，变成了文字记载。文字的记载圣贤看了也会被迷惑。大地上有千百江河，就像人体之有血脉。血脉流动，脉搏一张一弛，自有节奏。江河也是这样。早潮晚潮的到来，犹如人的呼吸，气出气入，是天地的本性，远古的时候就存在。《尚书·禹贡》说“江水汉水奔流到海”，在唐尧、虞舜以前，就是如此。潮水发于大海之时，不过是微波荡漾；潮水入三江之口，因为河床窄和水流浅，河水激起，形成狂涛巨澜。广陵曲江有波涛，文人曾作赋来描述它。长江浩浩荡荡，曲江也有波涛，归根到底都是那里江面狭窄的缘故。伍子胥在吴国都城被杀，却到广陵地区驱水作涛，可见他的神灵到底是无知的。溪谷水深，水流平静；河浅多石，流水激成急流。形成波涛和急流的道理，都是一样的。说子胥在河中掀起波涛，那么又是谁在溪谷里制造急流呢？考察波涛涌进三江，江边波涛汹涌，江心却没有波涛声。如果一定要认为是伍子胥在掀起波涛，那么他的尸体只能是聚集在岸边了。波涛的兴起，随着月亮的圆缺而发生变化。波涛的大小，是随着月亮的圆缺而不一样的。如果说是伍子胥掀起波涛，那他的怒气应是根据月亮变化的规律而变化的了。然而，三江有时刮风，风卷波涛也常常淹死人。那么说来，伍子胥的神灵又该成为风了。秦始皇南巡渡湘江，遭遇风暴，问湘江祭祀的是什么神，左右回答说：“是尧的两个女儿娥皇、女英，她们是舜的妻子。”秦始皇听了大怒，命令三千名服苦役的罪犯，将湘山上的树砍光且践踏之。那种子胥的神灵掀起波涛的说法，犹如说娥皇、女英的神灵能卷起狂风，是荒诞无稽之谈。

传书上说：孔子死后，正对着泗水而埋葬，泗水因此而倒流。这种说法是讲孔子的德行能使河水退流，不冲刷他的坟墓。世俗之人相信这种说法，后世儒生因而宣称孔子的后代应当得到封爵，并用泗水倒流作为证据。如果追究考查一下，这不过是虚无荒诞之言而已。

孔子死后，比起他活着的时候又怎样呢？他在世时，能修养操行，谨守先王之道，顺应天意；死后，他的修养操行中断。上帝佑助道德高尚的人，所以黄帝、颛顼、帝喾、尧、舜、禹、汤、周文王和周武王招来吉祥的兆头，都是在他们活着的时候，而不是在他们死后。孔子活着的时候，到处遭到排斥和打击，主张没有被采纳，所以他感叹道："凤鸟不至，河不出图，吾已矣夫！"孔子在世时没有得到佑助，死后反而会得到上帝的报答吗？孔子的死和五帝三王的死是一样的。五帝三王死后没有得到佑助，唯独孔子死后得到上帝的报答，这是说孔子的魂魄圣灵，而五帝的精灵却不神明了。泗水无知，为孔子而倒流，这是天神的指使；然而孔子活着的时候，天神为什么不使人尊敬他？如果泗水倒流是上天要封孔子后代的征兆，那么孔子活着的时候，他的功德上应天命，上天为什么不封给他本人以爵位，反而要封他的后代呢？这大概是河水本身的偶然倒灌，江河流水，有迂回处。百河流行，有时会改变河道，这与河水倒流有什么不同。因此，泗水退流，算不上什么神奇的事。

道虚篇（节选）

《道虚》是《论衡》的第二十四篇。本篇以“生无不死”的朴素唯物主义观点，批驳了秦汉方士和“儒书”所宣扬的“得道成仙”、“长生不死”的唯心主义谬论。

秦汉时代的方士和一些儒生，为了迎合统治阶级妄图永远压迫剥削人民、过着荒淫无耻生活的心理，沿袭并编造了许多得道成仙的谎言，宣扬通过恬淡无欲、不食五谷等方法，便可以长生不死。王充列举当时广为流传的一些谎言，用历史事实对得道成仙的谬说予以无情的揭露，并且用朴素的唯物主义观点，说明饮食是人类生存的基本条件，不食五谷、过度服药不可能使人“度世不死”。王充认为：“有始者，必有终。”“夫人，物也。虽贵为王侯，性不异于物。物无不死，人安能仙？”把批判的矛头直接指向了王侯贵族，并做出了“诸学仙术不死之方，其必不成”的结论。

儒书言：黄帝采首山铜①，铸鼎于荆山下②。鼎既成，有龙垂胡髯下迎黄帝③。黄帝上骑龙，群臣、后宫从上七十余人，龙乃上去，余小臣不得上，乃悉持龙髯。龙髯拔，堕黄帝之弓。百姓仰望黄帝既上天，乃抱其弓与龙髯吁号④。故后世因名其处曰“鼎湖”，其弓曰“乌号”。《太史公记》诔五帝⑤，亦云黄帝封禅已⑥，仙去，群臣朝其衣冠，因葬埋之。

曰：此虚言也。实“黄帝”者何等也？号乎？谥也⑦？

---

① 首山：据说在今河南省襄城南。 ② 荆山：在今湖北南漳县西北。 ③ 胡：胡须。髯（rán 然）：面部两侧的胡子。 ④ 吁（xū 须）号：呼喊。黄帝升天的故事，见《史记·封禅书》。 ⑤ 太史公：司马迁。《太史公记》：即司马迁所著《史记》。黄帝乘龙上天，见《史记·封禅书》。诔（lěi 垒）：记述死人生前的事迹。 ⑥ 封禅：古代帝王祭祀天地的典礼，祭天叫封，祭地叫禅。 ⑦ 谥（shì 士）：谥号，即古代君主、后妃、大臣或名人死后，根据他的生平事迹，给他一个表示褒贬的称号。

如谥，臣子所诔列也，诔生时所行，为之谥。黄帝好道[①]，遂以升天，臣子诔之，宜以“仙”、“升”，不当以“黄”谥。谥法曰：“静民则法曰‘黄’。”黄者，安民之谥，非得道之称也。百王之谥，文则曰“文”，武则曰“武”。文武不失实，所以劝操行也。如黄帝之时质，未有谥乎，名之为“黄帝”，何世之人也？使黄帝之臣子，知君；使后世之人，迹其行。黄帝之世，号谥有无，虽疑未定，“黄”非升仙之称，明矣。

龙不升天，黄帝骑之，乃明黄帝不升天也。龙起云雨，因乘而行，云散雨止，降复入渊。如实黄帝骑龙，随溺于渊也。案黄帝葬于桥山[②]，犹曰群臣葬其衣冠。审骑龙而升天，衣不离形；如封禅已，仙去，衣冠亦不宜遗。黄帝实仙不死而升天，臣子百姓所亲见也。见其升天，知其不死，必也。葬不死之衣冠，与实死者无以异，非臣子实事之心，别生于死之意也。

载太山之上者[③]，七十有二君[④]，皆劳精苦思[⑤]，忧念王事，然后功成事立，致治太平。太平则天下和安，乃升太山而封禅焉。夫修道求仙与忧职勤事不同。心思

---

① 好（hào 号）：喜好。道：这里指方士的炼丹求仙等活动。 ② 桥山：据说在今陕西省黄陵北。 ③ 太山：即泰山，在今山东泰安北。 ④ 有（yòu 又）：通“又”。 ⑤ “精”字原本作“情”，形近而误，今改。

道则忘事，忧事则害性。世称尧若腊[①]，舜若腒[②]，心愁忧苦，形体羸癯[③]。使黄帝致太平乎，则其形体宜如尧、舜。尧、舜不得道，黄帝升天，非其实也。使黄帝废事修道，则心意调和，形体肥劲，是与尧、舜异也。异则功不同矣。功不同，天下未太平而升封，又非实也。五帝、三王皆有圣德之优者[④]，黄帝亦在上焉[⑤]。如圣人皆仙，仙者非独黄帝；如圣人不仙，黄帝何为独仙？世见黄帝好方术[⑥]，方术，仙者之业，则谓帝仙矣。又见鼎湖之名，则言黄帝采首山铜铸鼎，而龙垂胡髯迎黄帝矣。是与说会稽之山无以异也。夫山名曰会稽，即云夏禹巡狩，会计于此山上，故曰“会稽”[⑦]。夫禹至会稽治水不巡狩，犹黄帝好方技不升天也[⑧]。无会计之事，犹无铸鼎龙垂胡髯之实。里名“胜母”，可谓实有子胜其母乎？邑名“朝歌”[⑨]，可谓民朝起者歌乎？

---

① 腊（xī 西）：干肉，这里形容干瘦的样子。 ② 腒（jū 居）：干腌的鸟肉。 ③ 羸（léi 雷）：弱。癯（qú 渠）：瘦。 ④ 五帝：指传说中的上古帝王黄帝、颛顼（zhuān xū 专须）、帝喾（kù 库）、尧、舜。三王：指夏、商、周三代的开国君主夏禹、商汤、周文王和周武王。 ⑤“亦”字原本作“不”，形近而误，今改。 ⑥ 方术：指道家炼丹、制造所谓不死之药、求仙等法术。 ⑦ 王充对这种说法的驳斥，参见本书《书虚篇》。 ⑧ 方技：即方术。 ⑨ 朝歌：古地名，在今河南淇县。

儒书言：淮南王学道①，招会天下有道之人，倾一国之尊②，下道术之士③。是以道术之士，并会淮南，奇方异术，莫不争出。王遂得道，举家升天，畜产皆仙，犬吠于天上，鸡鸣于云中。此言仙药有余，犬鸡食之，并随王而升天也④。好道学仙之人，皆谓之然。此虚言也。

夫人，物也。虽贵为王侯，性不异于物。物无不死，人安能仙？鸟有毛羽，能飞不能升天。人无毛羽，何用飞升？使有毛羽，不过与鸟同，况其无有，升天如何？案能飞升之物，生有毛羽之兆；能驰走之物，生有蹄足之形。驰走不能飞升，飞升不能驰走，禀性受气，形体殊别也。今人禀驰走之性，故生无毛羽之兆，长大至老，终无奇怪。好道学仙，中生毛羽，终以飞升。使物性可变，金木水火可革更也。虾蟆化为鹑，雀入水为蜃蛤⑤，禀自然之性，非学道所能为也。好道之人，恐其或若等之类，故谓人能生毛羽，毛羽备具，能升天也。且夫物之生长，无

---

① 淮南王：姓刘名安（前179—前122），淮南王刘长的儿子，继承王位后，好神仙方术，后因谋反阴谋被发觉，畏罪自杀。《史记》卷一一八有传。 ② 倾：等于说“放下”。 ③ 下：指谦让。 ④ 淮南王鸡犬升天的故事，以葛洪《神仙传》所记为最详。汉人的记载只见于《论衡》一书。 ⑤ 蜃（shèn 甚）：大蛤蜊。

卒成暴起①，皆有浸渐②。为道学仙之人，能先生数寸之毛羽，从地自奋，升楼台之陛，乃可谓升天。今无小升之兆，卒有大飞之验，何方术之学成无浸渐也？

毛羽之效③，难以观实，且以人髯发、物色少老验之。物生也色青，其熟也色黄；人之少也发黑，其老也发白。黄为物熟验，白为人老效。物黄，人虽灌溉壅养，终不能青；发白，虽吞药养性，终不能黑。黑青不可复还，老衰安可复却？黄之与白，犹肉腥炙之焦④，鱼鲜煮之熟也。焦不可复令腥，熟不可复令鲜。鲜腥犹少壮，焦熟犹衰老也。天养物，能使物畅至秋，不得延之至春。吞药养性，能令人无病，不能寿之为仙。为仙体轻气强，犹未能升天。令见轻强之验⑤，亦无毛羽之效，何用升天？

天之与地，皆体也。地无下，则天无上矣。天无上，升之路何如？穿天之体，人力不能入。如天之门在西北，升天之人，宜从昆仑上⑥。淮南之国，在地东南，如审升天，宜举家先徙昆仑⑦，乃得其阶。如鼓翼邪飞，趋西北之隅，是则淮南王有羽翼也。今不言其徙之昆仑，亦

---

① 卒(cù猝)：同“猝”，突然。 ② 浸渐：渐渐，这里指逐渐转变的过程。 ③“之”字原本作“大”，今据文意改。 ④ 炙(zhì志)：烤。 ⑤ 见(xiàn现)：同“现”，显露。 ⑥ 昆仑：昆仑山。 ⑦“徙”字原本作“从”，形近而误，今改。下文“徙”字同此。

不言其身生羽翼，空言升天，竟虚非实也。

案淮南王刘安，孝武皇帝之时也。父长，以罪迁蜀严道[①]，至雍道死[②]。安嗣为王，恨父徙死，怀反逆之心，招会术人，欲为大事。伍被之属[③]，充满殿堂，作道术之书，发怪奇之文，合景乱首[④]，八公之俦[⑤]，欲事神奇，若得道之状。道终不成，效验不立，乃与伍被谋为反事，事觉自杀。或言诛死。诛死、自杀，同一实也。世见其书深冥奇怪，又观八公之俦似若有效，则传称淮南王仙而升天，失其实也。

……

世或以老子之道为可以度世[⑥]，恬淡无欲，养精爱气。夫人以精神为寿命，精神不伤，则寿命长而不死。

---

① 严道：汉县名，属蜀郡，今四川荥经县。 ② 雍：今陕西凤翔。道死：在路上死去。 ③ 伍被：淮南王刘安的主要谋士。 ④ 景（yǐng影）：同“影”。合景：形影不离。乱首：指刘安。 ⑤ 八公：指刘安所豢养的伍被、苏飞等八名“道术之士”。“俦”（儔）字原本作“传”（傳），二字的繁体形近而误，今改。下文“八公之俦”同此。俦（chóu愁）：辈，类。 ⑥ 老子：春秋末期的思想家，道家学派的创始人。东汉张道陵把他推为道教的始祖。据《论衡》所述，东汉初年已有人企图以《老子》与方术相结合。从这里可以看出道教发展的过程。

成事[①]：老子行之，逾百度世[②]，为真人矣[③]。

夫恬淡少欲，孰与鸟兽？鸟兽亦老而死。鸟兽含情欲，有与人相类者矣，未足以言。草木之生何情欲，而春生秋死乎？夫草木无欲，寿不逾岁；人多情欲，寿至于百。此无情欲者反夭，有情欲者寿也。夫如是，老子之术，以恬淡无欲、延寿度世者，复虚也。或时老子，李少君之类也[④]，行恬淡之道，偶其性命亦自寿长。世见其命寿，又闻其恬淡，谓老子以术度世矣。

世或以辟谷不食为道术之人，谓王子乔之辈以不食谷[⑤]，与恒人殊食，故与恒人殊寿，逾百度世，遂为仙人。此又虚也。

夫人之生也，禀食饮之性，故形上有口齿[⑥]，形下有孔窍。口齿以噍食[⑦]，孔窍以注泻。顺此性者为得天正道，逆此性者为违所禀受，失本气于天，何能得久寿？使子乔先生无齿口孔窍，是禀性与人殊；禀性与人殊，尚未

---

① 成事：已有的事例。 ② 逾百：超过一百岁。度世：脱离世间，指成仙。 ③ 真人：庄子书中的理想人物，是“道”的体现者，具备各种美德，富有神秘色彩。后世用以指所谓成仙的人。 ④ 李少君：汉武帝时一个讲得道成仙的骗子。见《史记·封禅书》。 ⑤ 王子乔：传说中的一个所谓仙人，也有人说他是周灵王的太子，名晋。 ⑥ 形：体，指身体。 ⑦ 噍（jiào 叫）：同“嚼”。

可谓寿，况形体均同而以所行者异，言其得度世，非性之实也。夫人之不食也，犹身之不衣也，衣以温肤，食以充腹。肤温腹饱，精神明盛。如饥而不饱，寒而不温，则有冻饿之害矣。冻饿之人，安能久寿？且人之生也，以食为气，犹草木生以土为气矣。拔草木之根，使之离土，则枯而蚤死①。闭人之口，使之不食，则饿而不寿矣。

道家相夸曰："真人食气②。"以气而为食，故传曰："食气者寿而不死。"虽不谷饱，亦以气盈。此又虚也。

夫气，谓何气也？如谓阴阳之气，阴阳之气不能饱人。人或咽气，气满腹胀，不能餍饱③。如谓百药之气，人或服药，食一合屑④，吞数十丸，药力烈盛，胸中愦毒⑤，不能饱人。食气者必谓"吹呴呼吸⑥，吐故纳新"也。昔有彭祖尝行之矣⑦，不能久寿，病而死矣。

道家或以导气养性度世而不死，以为血脉在形体之中，不动摇屈伸，则闭塞不通。不通积聚，则为病而死。此又虚也。

---

① 蚤：通"早"。 ② 食气：指的是气功，即下文所说的"吹呴呼吸，吐故纳新"。通过深呼吸，进行调息、入静等方法，锻炼身体。从战国以来就已风行。 ③ 餍(yàn 厌)：饱。 ④ 合(gě 葛)：容量单位，十分之一升。 ⑤ 愦(kuì 愧)：苦闷。 ⑥ 呴(xǔ 许)：吐气。吹呴呼吸：即呼吸。 ⑦ 彭祖：传说中活到八百岁的长寿人。

夫人之形，犹草木之体也。草木在高山之巅，当疾风之冲，昼夜动摇者，能复胜彼隐在山谷间、障于疾风者乎？案草木之生，动摇者伤而不畅；人之导引动摇形体者，何故寿而不死？夫血脉之藏于身也，犹江河之流地。江河之流，浊而不清；血脉之动，亦扰不安。不安，则犹人勤苦无聊也，安能得久生乎？

道家或以服食药物，轻身益气，延年度世。此又虚也。

夫服食药物，轻身益气，颇有其验。若夫延年度世，世无其效。百药愈病，病愈而气复，气复而身轻矣。凡人禀性，身本自轻，气本自长，中于风湿，百病伤之，故身重气劣也。服食良药，身气复故，非本气少身重，得药而乃气长身更轻也，禀受之时，本自有之矣。故夫服食药物除百病，令身轻气长，复其本性，安能延年至于度世？

有血脉之类，无有不生，生无不死。以其生，故知其死也。天地不生，故不死；阴阳不生，故不死。死者，生之效；生者，死之验也。夫有始者必有终，有终者必有始。唯无终始者，乃长生不死。人之生，其犹冰也①。水凝而为冰，气积而为人。冰极一冬而释，人竟百岁而死。人可令不死，冰可令不释乎？诸学仙术为不死之方，其

① “冰”字原本作“水”，据递修本改。

必不成,犹不能使冰终不释也。

【翻译】

儒家的书上说:黄帝采首山上的铜,在荆山下铸鼎。鼎已铸成,有一条龙垂下它的胡须将迎接黄帝。黄帝爬上去,骑在龙身上,群臣和后宫的嫔妃们跟着爬上去了七十余人,这时龙就上天了。剩下的小臣们没能上去,就都揪着龙的胡须。结果龙须被拔断,黄帝的弓也掉在地上。百姓们抬头望着黄帝已经上天,就抱着那张弓和龙须呼喊起来。所以,后世的人便把那个地方取名为“鼎湖”,把那张弓取名为“乌号”。太史公司马迁在记叙五帝的事迹时也说:“黄帝在泰山举行祭祀天地的典礼完毕后,成仙离开人间。群臣们朝拜了黄帝的衣冠,就把它埋葬了。”

我们说:这是虚妄的话。事实上,所谓“黄帝”是什么样的称呼呢?是生前的称号呢?还是死后给他记载行为的谥号呢?如果是谥号,那是臣子们给他概括的,臣子们概括他生前的行为,给他起了谥号。黄帝生前喜好修道,因此成仙升天,臣子们概括他生前的品行,应当用“仙”或“升”字,而不应当用“黄”作他的谥号。讲谥法的书上规定:安定人民,依法办事的叫“黄”。“黄”是具有安民品德的谥号,而不是得道成仙的谥号。历代君王的谥号，有文治的，谥号称“文”，有武功的，谥号称武，给予的文、武谥号都不背离他们生前的实情，用来勉励后世的人注意操行。如果说黄帝时社会风气质朴，当时还没有谥法，那么称他为“黄帝”的，是哪个时代的人呢？假使是黄帝的臣子们所加的，那他们是了解黄帝的；假使是后世的人追加的，那他们也考查过黄帝的生前事迹，都不会错加谥号。黄帝时代有没有谥号，虽然值得怀疑，不能肯定，但是“黄”这个称号不是表示升天成仙，那是很明确的。

龙不能升天①，黄帝骑龙，那就表明黄帝没有升天。龙兴风作雨，因而得乘着云雨在空中游行，等到云散雨止，它便又降落下来潜入深潭中。如果黄帝真是骑着龙，那他就会随着龙淹没在深潭里。考察黄帝死后葬在桥山，还说大臣们只是埋葬了他的衣冠。黄帝果真是骑龙上了天，那衣服就不应该离开他的身体；如果他是在封禅后成仙离开了人间，那衣冠也不应该留下来。如果说黄帝真的成仙不死而升天，那么臣子和百姓会亲眼看到。看见黄帝升天，就知道他没有死，这是确定无疑的。埋葬没有死的人的衣冠，同埋葬死人的衣冠没有什么两样，这不是臣子应有的尊重事实、对活人和死人要有所

① 王充认为龙不能升天，见《论衡·龙虚篇》。

区别的态度。

在泰山上举行过封禅并有刻石记载的历代国君，共有七十二人，他们都是劳累精神，忧念国事，然后才事成功立，达到了天下太平的局面。太平了，天下便和乐安定，国君这才登上泰山祭祀天地，举行封禅。可是修道求仙与操劳国事不同。一心想修道成仙，就会忘记国事；忧念国事，就会损害心性，无法修道。世人传说尧和舜都很干瘦，因为他们总是忧愁苦思，所以身体瘦弱。假使黄帝尽心使天下达到太平，那他的身体也应和尧舜一样瘦弱。尧舜没有得道，黄帝却升了天，这不合实情。假使黄帝不管国事，专心修道，那他就会心情舒畅，身体肥胖强壮，和尧舜不一样。同尧舜不一样，那功业就不会相同。功业不同，天下没有达到太平，他便去登泰山封禅，这又不符合实情了。五帝、三王都是具有高尚品德的圣人，黄帝也在其中。如果圣人都能成仙，那成仙的就不能只是黄帝一人；如果圣人不能成仙，那黄帝怎能独自成仙？世上的人见到黄帝喜好方术，而方术又是修道求仙的人所做的事，于是就说黄帝成仙了。又看见有“鼎湖”这个地名，就说黄帝开采首山的铜并在那里铸鼎，有一条龙垂下胡须来迎接黄帝。这同传说会稽山名称的由来没有什么两样。见到山名叫会稽，就说夏禹到南方视察，大会诸侯于此山并考核他们的功绩，所以就把这座山叫做“会稽”。其实，夏禹到会稽山是为了治洪水，而不是去视察，这犹如黄帝虽喜好方术但并没有升天。夏禹没有大会诸侯并考核功绩的事，就像黄帝没有铸鼎和没有龙垂下胡须来迎接他这些事一样。街巷里名有叫“胜母”的，能说那里确有儿子胜过他母亲的事吗？古城镇地名有叫“朝歌”的，能说那里的人民早晨起来都唱歌吗？

儒家的书上说：淮南王刘安想学道成仙，召集天下有道术的人，并放下诸侯王的架子，谦恭地接待他们。因此，懂得道术的人，云聚淮南，各种奇妙的药方和怪异的法术，都争先恐后地献了出来。于是，淮南王得道术，全家升天，连牲畜也都成仙，狗在天上叫，鸡在云中鸣。这是说人吃的药有剩余，让猪狗也吃了，一起随着淮南王上了天。好道学仙的人，都说这是真的。其实，这是虚妄之言。

人是动物的一种。有人虽然贵为王侯，但他的本质和动物没有什么两样。动物没有不死的，人怎能不死而成仙？鸟有翅膀，能飞而不能升天。人无翅膀，用什么升天？假使人有翅膀，也不过和鸟相同，何况人没有翅膀，怎么能升天？考察能飞的动物，生下来就有翅膀的雏形，能奔跑的动物，生下来就有脚或蹄的形状。会奔跑的不能飞升，会飞升的不能奔跑，这是所承受的本性和气质不同、形体也有差别的缘故。人具有奔走的性能，所以生下来时就没有翅膀的雏形，长大到老，始终不会有异常的现象。据说好道学仙的人，是因为中途长了翅膀，终于飞升上天，那是物性起了变化。假使物的性质可以变化，那么金、木、水、火也就可以相互更换了。蛤蟆变成鹌鹑，麻雀进入水中变成蛤蜊，这是承受气而自然形成的特性，不是学"道"所能做到的①。喜好得道成仙的人，恐怕他们是因传说里有蛤蟆变成鹌鹑一类的事，所以便说人能生出翅膀，待羽毛丰满，就能升天了。万物的生长，从来没有突然长成的，都有个逐渐成长的渐变过程。求道学仙的人，能先生出几寸的翅膀，从地上自己飞起，然后飞到楼的台阶上，这才可以说是能够升天了。现今没有小飞的征兆，突然就有大飞的效果，为什么求仙的方术在学成之前，没有这样一个渐进的过程呢？

人生羽毛的情况，很难具体看到。暂且用人的须发黑白、植物颜色的青黄同少老的关系来验证一下。植物刚出土生长时的颜色是青的，成熟时的颜色是黄的；人

---

① 蛤蟆变鹌鹑是《礼记·月令》所记载的毫无根据的古代传说。王充引用这两个传说是为了反驳人能成仙，而没加以批驳，反而用来做了自然命定论的例证。

年少时的头发是黑的，年老了头发是白的。颜色黄是植物成熟的验证，头发白是人老的验证。植物黄了，农民虽然灌溉培养它，终归使它不能变青；人的头发白了，即使服药养性，终归不能使它变黑。黑、青的颜色不可能还原，人的衰老现象怎可能再去掉？植物变黄与头发变白，好比把腥肉烤焦了、鲜鱼煮熟了一样。肉焦了不能再使它变成腥的，鱼熟了不能再使它变成鲜的。鲜鱼、腥肉好比人的年青力壮，把它烤焦煮熟就像一个人衰老了一样。天养育植物，能使它们顺利地生长到秋，但不能把它们延长到来年的春天。服药养身修性，能使人无病，但不能使人长寿成仙。成仙能使人身轻气足，尚且不能升天。即使显露出身体轻灵、气力充足的效验，也没有长出翅膀羽毛的效果，用什么来升天呢？

天和地，都是实体。地没有下，那天也就没有上。天无上，那么升天的路怎么走呢？如果要穿过天体，靠人力是办不到的。如果说天的大门在西北，上天的人应该从西北的昆仑山登天。淮南国在大地的东南方，淮南王如果真的上了天，应当全家先徙往昆仑，才能得到上天的阶梯。如果他展翅斜飞，奔向天的西北角，那就是说淮南王身上长了翅膀。现在没有说他先徙往昆仑，又没有说他生了翅膀，凭空讲他升天，终究是虚假而不是事实。

考查淮南王刘安，是汉武帝时人。刘安的父亲刘长，因罪被流放到四川严道县，走到陕西雍县便死在途中。刘安继位做了淮南王，他怨恨父亲被流放而死，便怀有反叛的心思。他招集会道术的人，想要发动叛乱。刘安的谋士伍被之类的术士，充满了淮南王的官殿。他们写作学道成仙的书籍，发表奇谈怪论的文章，和作乱的首领刘安形影不离。刘安所豢养的"八公"一伙人，想要显示神通，装作修仙得道的样子。刘安修道始终未能成功，效验不灵，便同伍被阴谋造反，事情暴露后自杀而死。也有人说他是被杀的。被杀与自杀，实质是一样的。世上的人看到《淮南子》一书深奥莫测，古怪离奇，又看见"八公"一伙术士，似乎像有些效验，就传说淮南王成仙上天了，这完全离开了事实。

……

世上的人以为老子的那套办法，可以超脱人世，清静淡泊，没有欲望，保养精神，爱惜元气。人靠精神维持寿命，精神不受伤害，就可以长寿不死。已有的事例是：老子奉行这套办法，年岁过百，成了仙人。

在淡泊少欲这一点上，那个能比过鸟兽？鸟兽也是要衰老并且死亡的。鸟兽有情欲，有与人相类似的地方，这不足以说明问题。草木活着的时候有什么情欲，可是春天生长到秋天就死了。草木没有情欲，可寿命不超过一年；人的情欲多，但能活到百岁。这倒是没有情欲的短命早死，有情欲的却长寿。照此说来，老子的道术，以恬淡无欲来延寿超脱人世的说法，也是虚假的。或者当时的老子就是李少君一类的人，他实行恬淡的方法，偶然地寿命很长。世上的人看见他长寿，又听说他行恬淡之道，就说老子用这套法术超脱人世，成为仙人。

世上有人以为不吃五谷就是道术之人，说王子乔这类人因为不食五谷，同普通人吃的不一样，所以跟普通人的寿命不同，年岁过百，超脱人世，成了神仙。这又是虚假的事。

人生下来就有饮食的本能，所以身体的上部有口齿，身体的下部有排泄器官。口齿用来嚼食物，排泄器官用来排泄。顺应这种天性的是符合自然的常规，违背这种天性的就是违反人的自然禀性。失去了从自然承受来的本气，怎能长寿呢？假使王子乔生来没有口齿和排泄器官，是禀性和别人不同；禀性和别人不同，还不可说其长寿，何况他的形体与人一样，只是不吃五谷这点和别人不同，说他能超脱人世，这是违背人的自然禀性的。人不吃饭，就像身体不穿衣服一样。穿衣是为了暖和身体，吃饭是为了饱肚子。体暖肚饱，精神才能焕发旺盛。如果饥而不饱、寒而不暖，就会有挨饿受冻的伤害。挨饿受冻的人，怎能长寿？况且，人的生存是由于饮食才会有气，就像草木的成长是由于生在土里才会有气一样。拔出草木的根，使它离开土壤，就会干枯早死。封住人的口，不让他吃东西，就会饿得活不下去了。

道家相互夸耀说："成仙的真人吃的是气。"他们把气当作饭吃，所以传说："吃气的人长生不死。"他们虽然不用五谷来充饥，也还是食气来饱肚。这又是虚假的话。

所谓气，说的是什么气呢？如果说的是阴阳之气，那阴阳之气不能饱人。人有时把气咽下去，气满了肚子就会发胀，但不能算是吃饱了饭。如果说的是各种药气，人有时服药，吃一合药末，吞几十丸药，药力剧烈，胸中因药力发作中毒而感到难受，也不能饱人。食气的人一定说是吹嘘呼吸，呼出废气，吸入新鲜空气。先前，有彭祖曾实行过这种方法，但也不能久远长寿，终于得病死了。

道家有的用炼气功来养性，超脱人世而不死，认为血脉在人的体内，不屈伸活动，血脉就会闭塞不通。血脉不流通，凝聚在一起，就会得病而死。这又是虚假的说法。

人的形体，就像草木的形体一样。草木长在高山的顶上，迎着疾风的冲击。昼夜动摇的草木，能胜过那些隐蔽在山谷间免受狂风吹动的草木吗？考察草木的生长，凡是被风动摇的就会受到损伤而枝条不畅；人做导气活动，动摇了身体，怎能长寿不死？血脉藏在人体中，就像江河在地上奔流。江河在地上流动，水混浊不清；血脉流动，也会搅得不安。血脉不安定，就像人勤劳困苦而不愉快，怎能得到长寿久生呢？

道家有的认为服食药物，可使人身轻气增，延长寿命，超脱人世。这又是虚假的事。

说服食药物能使人身轻气增，多少是有些效验的。至于说能使人延长寿命，超脱人世，世上没有这种效验。百药能治病，病愈而元气恢复，元气恢复便身体轻快。凡人禀受自然之性，身子本来就是轻的，气本来就是长的，受到风湿，各种病症的伤害，所以才感到身体沉重，呼吸气短。服用良药，身体和元气恢复如故，并非是原来气短身重，吃药以后才气壮和身体变轻的，是人禀受自然之性，生下时本来就有的。所以，服用药物只能除去百病，使人身轻气长，恢复人的本性，怎么能延长寿命甚至于超脱人世？

有血气的动物，没有不是生下来的，生下来的没有不死的。因为它是生的，所以知道它是要死的。天地不是生的，所以不死；阴阳不是生的，所以不死。死是生的证明，生是死的证明。凡有开始的必定有终结，凡有终结的必定有开始。唯独没有开始和终结的，才长生不死。人的生命，就像冰一样。水凝固而成冰，气积聚而成人。冰经过一冬便会融化，人活尽百年就要死亡。假如可以使人不死，那么能使冰不融化吗？那些学习成仙道术、求不死方法的人，肯定不会成功，这如同不能使冰永远不融化一样。

问 孔 篇

《问孔》是《论衡》的第二十八篇。本篇是以《论语》为靶子，公开对孔子进行问难的战斗性论文。全篇七千余字，是《论衡》中最长的一篇。

自汉武帝“罢黜百家，独尊儒术”以后，到了王充所生活的东汉时代，儒家思想被进一步神化，孔子的书被奉为经典，他本人也被捧上了“圣人”、“神人”的宝座。对于孔子和他的书，当时的人一般不敢有所非议，“泥古”、“复古”的风气大盛。针对这种情况，王充尖锐地指出：“世儒学者，好信师而是古，以为贤圣所言皆无非”，而不知道“贤圣之言，上下多相违；其文，前后多相伐”。王充认为，研究学问，就应当敢于提出与老师不同的见解，说“圣人”未说过的话，指出他们言论上的错误。他大胆地质问道：“追难孔子，何伤于义？”“伐孔子之说，何逆于理？”他把孔子言论自相矛盾的地方，逐条提出予以质问和驳斥。在议论过程中，他曾说过孔子“贪官好仕”、“行无常务”、“言无定趣”。诚然，王充主要是采用形式逻辑的方法，指出孔子言论的自相矛盾；而他对孔子的某些评论，也未必合乎实际。但是，敢于问难孔子，这在当时是件很了不起的事。王充这种实事求是的科学态度和解放思想的战斗精神，是非常难能可贵的。

世儒学者，好信师而是古，以为贤圣所言皆无非，专精讲习，不知难问①。夫贤圣下笔造文，用意详审，尚未可谓尽得实，况仓卒吐言②，安能皆是？不能皆是，时人不知难；或是，而意沉难见，时人不知问。案圣贤之言，上下多相违，其文，前后多相伐者，世之学者，不能知也。

---

① 难（nàn男去声）：责难，反驳。 ② 卒（cù 猝）：同“猝”。仓卒：匆忙。

论者皆云："孔门之徒，七十子之才①，胜今之儒。"此言妄也。

彼见孔子为师，圣人传道，必授异才，故谓之殊。夫古人之才，今人之才也，今谓之英杰，古以为圣神，故谓七十子历世希有。使当今有孔子之师，则斯世学者皆颜、闵之徒也②；使无孔子，则七十子之徒，今之儒生也。何以验之？以学于孔子，不能极问也。圣人之言，不能尽解，说道陈义，不能辄形③。不能辄形，宜问以发之；不能尽解，宜难以极之。皋陶陈道帝舜之前④，浅略未极。禹问难之⑤，浅言复深，略指复分。盖起问难，此说激而深切，触而著明也。

孔子笑子游之弦歌，子游引前言以距孔子⑥，自今案《论语》之文⑦，孔子之言多若笑弦歌之辞，弟子寡若子游之难，故孔子之言，遂结不解。以七十子不能难，世之儒

---

① 七十子：据说孔子有三千学生，其中所谓贤者共七十二人，七十子是概称。详见《史记·仲尼弟子列传》。 ② 颜：颜回，又叫颜渊，孔子弟子。闵(mǐn 敏)：闵损，字子骞(qiān 千)，孔子弟子。 ③ 辄(zhé 哲)：就，立即。 ④ 皋陶(gāo yáo 高姚)：传说是舜的臣下。舜：传说中的上古帝王。 ⑤ 禹：传说是舜的大臣，后成为夏朝第一个君主。 ⑥ 距：通"拒"，抗拒，反驳。 ⑦《论语》：孔子弟子记录孔子本人以及他同弟子间问答的言论集，是研究孔子思想的重要资料。

生，不能实道是非也。

凡学问之法，不为无才，难于距师，核道实义，证定是非也。问难之道，非必对圣人及生时也。世之解说说人者，非必须圣人教告乃敢言也。苟有不晓解之问，追难孔子，何伤于义？诚有传圣业之知，伐孔子之说，何逆于理？谓问孔子之言，难其不解之文，世间弘才大知生，能答问解难之人，必将贤吾世间难问之言是非。

孟懿子问孝①，子曰“毋违”②。樊迟御③，子告之曰：“孟孙问孝于我，我对曰‘毋违’。”樊迟曰：“何谓也？”子曰：“生，事之以礼；死，葬之以礼，祭之以礼。”

问曰④：孔子之言“毋违”，毋违者，礼也。孝子亦当先意承志，不当违亲之欲。孔子言“毋违”，不言“违礼”，懿子听孔子之言，独不为嫌于无违志乎？樊迟问何谓，孔子乃言“生，事之以礼；死，葬之以礼，祭之以礼”。使樊迟不问，“毋违”之说，遂不可知也。懿子之才，不过樊迟，故《论语》篇中不见言行，樊迟不晓，懿子必能晓哉？

孟武伯问孝⑤，子曰：“父母唯其疾之忧。”武伯善忧父母，故曰“唯其疾之忧”。武伯忧亲，懿子违礼。攻其

---

① 孟懿子：春秋时鲁国大夫，孟孙氏，名何忌。 ② 毋（wú 无）：不要。 ③ 樊迟：孔子的弟子。 ④ 问曰：本篇凡是以“问曰”发始的段落，都是王充的质问。 ⑤ 孟武伯：孟懿子的儿子孟孙彘（zhì 志）。

短，答武伯云“父母，唯其疾之忧”，对懿子亦宜言“唯水火之变乃违礼”。周公告小才敕①，大材略。子游大材也，孔子告之敕，懿子小才也，告之反略，违周公之志。攻懿子之短，失道理之宜，弟子不难，何哉？如以懿子权尊，不敢极言，则其对武伯，亦宜但言“毋忧”而已，俱孟氏子也，权尊钧同，形武伯而略懿子，未晓其故也。使孔子对懿子极言“毋违礼”，何害之有？专鲁莫过季氏，讥八佾之舞庭②，刺太山之旅祭③，不惧季氏憎邑不隐讳之害④，独畏答懿子极言之罪，何哉？且问孝者非一，皆有御者，对懿子言，不但心服臆肯，故告樊迟！

孔子曰：“富与贵，是人之所欲也，不以其道得之，不居也。贫与贱，是人之所恶也⑤，不以其道得之，不去也。”此言人当由道义得，不当苟取也；当守节安贫，不当妄去也。

夫言“不以其道得富贵，不居”，可也；不以其道得贫贱，如何？富贵顾可去，去贫贱何之？去贫贱，得富贵也，不得富贵，不去贫贱。如谓得富贵不以其道，则不去

---

① 周公：周武王的弟弟。事迹详见《史记·鲁周公世家》。 ② 佾(yì意)：古代乐舞的行列。八佾：纵横都是八人的乐舞行列。按周礼规定，只有周天子才能用八佾。 ③ 旅：祭祀山川。 ④“憎”字原本作“增”，形近而误，今改。 ⑤ 恶(wù务)：讨厌，憎恨。

贫贱邪①？则所得富贵，不得贫贱也。贫贱何故当言“得之”？顾当言：“贫与贱，是人之所恶也。不以其道去之，则不去也。”当言“去”，不当言“得”。“得”者，施于得之也。今去之，安得言得乎？独富贵当言得耳。何者？得富贵，乃去贫贱也。是则以道去贫贱何如？修身行道。仕得爵禄富贵，得爵禄富贵，则去贫贱矣。不以其道去贫贱如何？毒苦贫贱，起为奸盗，积聚货财，擅相官秩，是为不以其道。七十子既不问，世之学者亦不知难。使此言意不解而文不分，是谓孔子不能吐辞也；使此言意结文又不解，是孔子相示未形悉也。弟子不问，世俗不难，何哉？

孔子曰：“公冶长可妻也②，虽在缧绁之中③，非其罪也。”以其子妻之。

问曰：孔子妻公冶长者，何据见哉？据年三十可妻邪？见其行贤可妻也？如据年三十，不宜称“在缧绁”；如见其行贤，亦不宜称“在缧绁”。何则？诸入孔门者，皆有善行，故称备徒役。徒役之中无妻，则妻之耳，不须称也。如徒役之中多无妻，公冶长尤贤，故独妻之，则其

---

① 邪（yé 爷）：表示疑问的语气辞。 ② 公冶长：姓公冶，名长，孔子弟子。 ③ 缧绁（léi xiè 雷谢）：捆绑犯人的绳子，这里指监狱。

称之，宜列其行，不宜言其在缧绁也。何则？世间强受非辜者多，未必尽贤人也。恒人见枉，众多非一。必以非辜为孔子所妻，则是孔子不妻贤，妻冤也。案孔子之称公冶长者，有非辜之言，无行能之文。实不贤，孔子妻之，非也；实贤，孔子称之不具，亦非也。诚似妻南容云[①]："国有道不废，国无道免于刑戮。"具称之矣。

子谓子贡曰[②]："汝与回也孰愈？"曰："赐也何敢望回？回也闻一以知十，赐也闻一以知二。"子曰："弗如也，吾与汝俱不如也。"是贤颜渊，试以问子贡也。

问曰：孔子所以教者，礼让也。子路"为国以礼"[③]，其言不让，孔子非之。使子贡实愈颜渊，孔子问之，犹曰不如；使实不及，亦曰不如。非失对欺师，礼让之言，宜谦卑也。今孔子出言，欲何趣哉？使孔子知颜渊愈于贡，则不须问子贡。使孔子实不知，以问子贡，子贡谦让，亦不能知。使孔子徒欲表善颜渊，称颜渊贤，门人莫及，于名多矣，何须问于子贡！子曰："贤哉，回也！"又曰："吾与回言终日，不违，如愚。"又曰："回也，其心三月不违仁。"三章皆直称，不以他人激，至是一章，独以子贡激之，何哉？

---

① 南容：南宫适（kuò 扩），字子容，孔子弟子。 ② 子贡：姓端木，名赐，孔子弟子。 ③ 子路：孔子弟子。

或曰："欲抑子贡也。当此之时，子贡之名凌颜渊之上，孔子恐子贡志骄意溢，故抑之也。"夫名在颜渊之上，当时所为，非子贡求胜之也。实子贡之知何如哉？使颜渊才在己上，己自服之，不须抑也；使子贡不能自知，孔子虽言，将谓孔子徒欲抑己。由此言之，问与不问，无能抑扬。

宰我昼寝[①]，子曰："朽木不可雕也，粪土之墙不可圬也[②]，于予，予何诛[③]"？是恶宰予之昼寝。

问曰：昼寝之恶也，小恶也；朽木粪土，败毁不可复成之物，大恶也。责小过以大恶，安能服人？使宰我性不善，如朽木粪土，不宜得入孔子之门，序在四科之列；使性善，孔子恶之，恶之太甚，过也。"人之不仁，疾之已甚，乱也。"孔子疾宰予，可谓甚矣！使下愚之人涉耐罪之狱[④]，吏令以大辟之罪，必冤而怨邪？将服而自咎也[⑤]？使宰我愚，则与涉耐罪之人同志。使宰我贤，知孔子责之[⑥]，几微自改矣。明文以识之，流言以过之，以其言示端而己自改。自改不在言之轻重，在宰予能更与否。

① 宰我：宰予，字子我，孔子弟子。② 圬（wū屋）：涂抹。③ 予：我。④ 耐罪：汉代刑罚的一种，服刑者要剃掉鬓角胡须服劳役。⑤ 咎（jiù就）：责备。⑥ "之"字原作"人"，据文意改。

《春秋》之义①，采毫毛之善，贬纤介之恶。褒毫毛以巨大，以巨大贬纤介，观《春秋》之义，肯是之乎？不是，则宰我不受，不受，则孔子之言弃矣。圣人之言与文相副，言出于口，文立于策，俱发于心，其实一也。孔子作《春秋》，不贬小以大，其非宰予也，以大恶细，文语相违，服人如何？

子曰："始吾于人也，听其言而信其行；今吾于人也，听其言而观其行。于予，予改是。"盖起宰予昼寝，更知人之术也。

问曰：人之昼寝，安足以毁行？毁行之人，昼夜不卧，安足以成善？以昼寝而观人善恶，能得其实乎？案宰予在孔子之门，序于四科，列在赐上。如性情怠，不可雕琢，何以致此？使宰我以昼寝自致此，才复过人远矣！如未成就，自谓已足，不能自知，知不明耳，非行恶也。晓敕而已，无为改术也。如自知未足，倦极昼寝，是精神索也。精神索，至于死亡，岂徒寝哉！

且论人之法，取其行则弃其言，取其言则弃其行。今宰予虽无力行，有言语。用言，令行缺②，有一概矣。

---

①《春秋》：孔子所整理的一部编年体的史书，它记载了鲁国自鲁隐公元年至鲁哀公十四年共二百四十二年的历史。

② 令：善。

今孔子起宰予昼寝，听其言，观其行，言行相应，则谓之贤，是孔子备取人也。“毋求备于一人”之义何所施？

子张问①：“令尹子文三仕为令尹②，无喜色；三已之，无愠色③。旧令尹之政，必以告新令尹。何如？”子曰：“忠矣！”曰：“仁矣乎？”曰：“未知，焉得仁？”子文曾举楚子玉代己位而伐宋④，以百乘败而丧⑤，不知如此，安得为仁？

问曰：子文举子玉，不知人也。智与仁，不相干也。有不知之性，何妨为仁之行？五常之道，仁、义、礼、智、信也。五者各别，不相须而成，故有智人，有仁人者；有礼人，有义人者。人有信者未必智，智者未必仁，仁者未必礼，礼者未必义。子文智蔽于子玉，其仁何毁？谓仁，焉得不可？且忠者，厚也。厚人，仁矣！孔子曰：“观过，斯知仁矣。”子文有仁之实矣。孔子谓忠非仁，是谓父母非二亲，配匹非夫妇也。

哀公问⑥：“弟子孰谓好学？”孔子对曰：“有颜回者，

---

① 子张：姓颛孙，名师，字子张，孔子弟子。 ② 令尹：春秋时楚国最高行政、军事长官。子文：春秋时楚国人，姓斗，名谷於菟（gòu wū tú 构污徒）。 ③ 愠（yùn 运）：怒。 ④ 子玉：春秋时楚国人，姓成，名得臣，字子玉，子文曾推荐他做令尹。 ⑤ 乘（shèng 圣）：古代称四匹马拉的兵车一辆为一乘。 ⑥ 哀公：指鲁哀公，春秋时鲁国的君主。

不迁怒，不贰过，不幸短命死矣。今也则亡①，未闻好学者也。”

夫颜渊所以死者，审何用哉，令自以短命，犹伯牛之有疾也②。人生爱命，皆当全洁，今有恶疾，故曰“无命”。人生皆当受天长命，今得短命，亦宜曰“无命”。如命有短长③，则亦有善恶矣。言颜渊“短命”，则宜言伯牛“恶命”；言伯牛“无命”，则宜言颜渊“无命”。一死一病，皆痛云“命”，所禀不异，文语不同，未晓其故也。

哀公问孔子孰为好学，孔子对曰：“有颜回者好学，今也则亡。不迁怒，不贰过。”何也？曰：“并攻哀公之性迁怒、贰过故也。因其问则并以对之，兼以攻上之短，不犯其罚。”

问曰：康子亦问好学④，孔子亦对之以颜渊。康子亦有短，何不并对以攻康子？康子非圣人也，操行犹有所失。成事：康子患盗，孔子对曰：“苟子之不欲，虽赏之不窃。”由此言之，康子以“欲”为短也，不攻，何哉？

孔子见南子⑤，子路不悦。子曰：“予所鄙者，天厌之⑥！天厌之！”南子，卫灵公夫人也，聘孔子，子路不

---

① 亡（wú无）：通“无”。 ② 伯牛：孔子弟子。 ③ “命”字原本作“夭”，据文意改。 ④ 康子：季康子，季孙肥，鲁国大夫。 ⑤ 南子：卫灵公夫人，当时掌握着卫国的政权，有淫乱的名声。 ⑥ 厌（yà压）：通“压”。

说①,谓孔子淫乱也。孔子解之曰:“我所为鄙陋者,天厌杀我!”至诚自誓,不负子路也。

问曰:孔子自解,安能解乎?使世人有鄙陋之行,天曾厌杀之,可引以誓。子路闻之,可信以解。今未曾有为天所厌者也,曰“天厌之”,子路肯信乎?行事:雷击杀人,水火烧溺人,墙屋压填人②,如曰“雷击杀我”,“水火烧溺我”,“墙屋压填我”,子路颇信之。今引未曾有之祸,以自誓于子路,子路安肯晓解而信之?行事:适有卧厌不悟者③,谓此为天所厌邪?案诸卧厌不悟者,未皆为鄙陋也。子路入道虽浅,犹知事之实,事非实,孔子以誓,子路必不解矣。

孔子称曰:“死生有命,富贵在天。”若此者,人之生死自有长短,不在操行善恶也。成事:颜渊蚤死④,孔子谓之“短命”。由此知短命夭死之人,未必有邪行也⑤。子路入道虽浅,闻孔子之言,知死生之实。孔子誓以“予所鄙者,天厌之”,独不为子路言:“夫子惟命未当死,天安得厌杀之乎?”若此,誓子路以天厌之,终不见信。不见信,则孔子自解,终不解也。

---

① 说(yuè 悦):通“悦”。 ② 填(zhèn 振):通“镇”,压。 ③ 厌(yǎn 演):通“魇”,做恶梦而呻吟惊叫。 ④ 蚤:通“早”。 ⑤ “未”字原本无,据文意增。

《尚书》曰："毋若丹朱敖①，惟慢游是好。"谓帝舜敕禹毋子不肖子也。重天命，恐禹私其子，故引丹朱以敕戒之。禹曰："予娶若时，辛、壬、癸、甲②，开呱呱而泣③，予弗子。"陈已行事，以往推来，以见卜隐④，效己不敢私不肖子也。不曰"天厌之"者，知俗人誓好引天也。孔子为子路所疑，不引行事效己不鄙，而云"天厌之"，是与俗人解嫌，引天祝诅，何以异乎？

孔子曰："凤鸟不至，河不出图，吾已矣夫⑤！"夫子自伤不王也。己王，致太平，太平，则凤鸟至，河出图矣。今不得王⑥，故瑞应不至，悲心自伤，故曰"吾已矣夫"。

问曰：凤鸟河图审何据？如据始起⑦，始起之时，鸟图未至；如据太平，太平之帝，未必常致凤鸟与河图也。五帝三王皆致太平，案其瑞应，不皆凤鸟为必然之瑞，于太平，凤鸟为未必然之应。孔子，圣人也，思未必然以自伤，终不应矣。

---

① 丹朱：传说是尧的儿子，由于品行恶劣，尧没有让他继位。敖：通"傲"。 ② 辛、壬、癸、甲：古时把甲、乙、丙、丁、戊、己、庚、辛、壬、癸叫做"天干"用来记日。 ③ 开：禹的儿子，名启，汉代人避汉景帝刘启的讳，改称"开"。呱（gū 姑）呱：婴儿的哭声。 ④ 见：同"现"。 ⑤ 见本书《书虚篇》注。 ⑥ 王（wàng 忘）：称王。 ⑦ "如据"二字原本无，据下文"如据太平"补。

或曰："孔子不自伤不得王也，伤时无明王，故己不用也。凤鸟河图，明王之瑞也。瑞应不至，时无明王，明王不存，己遂不用矣。"夫致瑞应，何以致之？任贤使能，治定功成。治定功成，则瑞应至矣。瑞应至后，亦不须孔子。孔子所望，何其末也！不思其本而望其末，不相其主而名其物。治有未定，物有不至，以至而效明王，必失之矣。孝文皇帝可谓明矣，案其本纪，不见凤鸟与河图。使孔子在孝文之世，犹曰："吾已矣夫！"

子欲居九夷①，或曰："陋，如之何？"子曰："君子居之，何陋之有？"孔子疾道不行于中国，恚恨失意②，故欲之九夷也。或人难之曰："夷狄之鄙陋无礼义，如之何？"孔子曰："君子居之，何陋之有？"言以君子之道，居而教之，何为陋乎？

问之曰：孔子欲居九夷者，何起乎？起道不行于中国，故欲之九夷。夫中国且不行，安能行于夷狄？"夷狄之有君，不若诸夏之亡③。"言夷狄之难，诸夏之易也。不能行于易，能行于难乎？且孔子云"以君子居之者，何谓陋邪"，谓修君子之道自容乎？谓以君子之道教之也？

---

① 九夷：指居住在我国东部沿海地区的少数民族。"九"是虚数，表示多，并非实指。 ②"恚"字原本作"志"，形近而误，今改。恚(huì会)：怨恨。 ③ 诸夏：泛指当时居住在我国中原地区的华夏族。

如修君子之道苟自容，中国亦可，何必之夷狄？如以君子之道教之，夷狄安可教乎？禹入裸国，裸入衣出，衣服之制不通于夷狄也。禹不能教裸国衣服，孔子何能使九夷为君子？或孔子实不欲往，患道不行，动发此言。或人难之，孔子知其陋，然而犹曰“何陋之有”者，欲遂已然，距或人之谏也。

实不欲往，志动发言，是伪言也。“君子于言，无所苟矣。”如知其陋，苟欲自遂，此子路对孔子以子羔也①。子路使子羔为费宰②，子曰：“贼夫人之子。”子路曰：“有社稷焉③，有民人焉，何必读书，然后为学？”子曰：“是故恶夫佞者④！”子路知其不可，苟对自遂，孔子恶之，比夫佞者。孔子亦知其不可，苟应或人。孔子、子路，皆以佞也。

孔子曰：“赐不受命而货殖焉，亿则屡中⑤。”何谓“不受命”乎？说曰：“不受当富之命，自以术知，数亿中时也⑥。”

夫人富贵在天命乎？在人知也？如在天命，知术求之不能得；如在人，孔子何为言“死生有命，富贵在天”？

---

① 子羔：孔子弟子。 ② 费：春秋时鲁国地名，在今山东费县西北。 ③ 社稷：古代祭祀土地神和谷神的地方，也作为国家或政权的代称。 ④ 佞（nìng 泞）：巧言善辩，强词夺理。 ⑤ 亿：通“臆”，揣测。 ⑥ 数（shuò 朔）：屡次。

夫谓富不受命而自以知术得之①，贵亦可不受命而自以努力求之。世无不受贵命而自得贵，亦知无不受富命而自得富者。成事：孔子不得富贵矣，周流应聘，行说诸侯②，智穷策困，还定《诗》、《书》，望绝无冀，称"已矣夫"。自知无贵命，周流无补益也。孔子知己不受贵命，周流求之不能得，而谓赐不受富命而以术知得富，言行相违，未晓其故。

或曰："欲攻子贡之短也，子贡不好道德而徒好货殖，故攻其短，欲令穷服而更其行节。"夫攻子贡之短，可言"赐不好道德而货殖焉"，何必立"不受命"，与前言"富贵在天"相违反也。

颜渊死，子曰："噫！天丧予！"此言人将起，天与之辅；人将废，天夺其佑。孔子有四友③，欲因而起。颜渊早夭，故曰"天丧予"。

问曰：颜渊之死，孔子不王，天夺之邪？不幸短命自为死也？如短命不幸，不得不死，孔子虽王，犹不得生。辅之于人，犹杖之扶疾也。人有病，须杖而行，如斩杖本得短，可谓天使病人不得行乎？如能起行，杖短，能使之

---

① "以"字原本无，据下文"自以努力求之"补。 ② 说（shuì税）：游说。 ③ 四友：指孔子的四个得意弟子颜回、子贡、子张、子路。

长乎？夫颜渊之短命，犹杖之短度也。

且孔子言“天丧予”者，以颜渊贤也。案贤者在世，未必为辅也，夫贤者未必为辅，犹圣人未必受命也。为帝有不胜，为辅有不贤。何则？禄命、骨法，与才异也。由此言之，颜渊生未必为辅，其死未必有丧，孔子云“天丧予”，何据见哉？

且天不使孔子王者，本意如何？本禀性命之时不使之王邪？将使之王复中悔之也？如本不使之王，颜渊死，何丧？如本使之王，复中悔之，此王无骨法，便宜自在天也。且本何善所见而使之王？后何恶所闻中悔不命？天神论议，误不谛也①。

孔子之卫，遇旧馆人之丧，入而哭之。出，使子贡脱骖而赙之②。子贡曰：“于门人之丧，未有所脱骖，脱骖于旧馆，毋乃已重乎？”孔子曰：“予乡者入而哭之③，遇于一哀而出涕。予恶夫涕之无从也，小子行之。”孔子脱骖以赙旧馆者，恶情不副礼也。副情而行礼，情起而恩动，礼情相应，君子行之。

颜渊死，子哭之恸④。门人曰：“子恸矣。”“吾非斯人

---

① 谛（dì帝）：仔细，清楚。 ② 骖（cān参）：古代驾车的马中，旁边的马叫“骖”。赙（fù富）：赠送财物给人助办丧事。③ 乡（xiàng向）：通“向”。乡者：以前，刚才。 ④ 恸（tòng痛）：非常悲痛。

之恸而谁为？”夫恸，哀之至也。哭颜渊恸者，殊之众徒，哀痛之甚也。死有棺无椁①，颜路请车以为之椁②，孔子不予，为大夫不可以徒行也。吊旧馆，脱骖以赙，恶涕无从；哭颜渊恸，请车不与，使恸无副。岂涕与恸殊，马与车异邪？于彼则礼情相副，于此则恩义不称，未晓孔子为礼之意。

孔子曰：“鲤也死③，有棺无椁，吾不徒行以为之椁。”鲤之恩深于颜渊，鲤死无椁，大夫之仪不可徒行也。鲤，子也；颜渊，他姓也。子死且不礼，况其礼他姓之人乎？

曰：“是盖孔子实恩之效也。”副情于旧馆，不称恩于子，岂以前为士，后为大夫哉？如前为士，士乘二马；如为大夫，大夫乘三马。大夫不可去车徒行，何不截卖两马以为椁，乘其一乎？为士时乘二马，截一以赙旧馆，今亦何不截其二以副恩，乘一以解不徒行乎？不脱马以赙旧馆，未必乱制，葬子有棺无椁，废礼伤法。孔子重赙旧人之恩，轻废葬子之礼，此礼得于他人，制失于亲子也④。然则孔子不粥车以为鲤椁⑤，何以解于贪官好仕恐无车？而自云“君子杀身以成仁”，何难退位以成礼？

---

① 椁（guǒ 果）：外棺。 ② 颜路：颜渊的父亲，也是孔子的弟子。 ③ 鲤：孔鲤，孔子的儿子。 ④ “于”字原本无，据文意增。 ⑤ 粥：同“鬻（yù 玉）”，卖。

子贡问政，子曰："足食，足兵，民信之矣。"曰："必不得已而去，于斯三者何先？"曰："去兵。"曰："必不得已，于斯二者何先？"曰："去食。自古皆有死，民无信不立。"信最重也。

问：使治国无食，民饿，弃礼义，礼义弃，信安所立？传曰："仓廪实①，知礼节；衣食足，知荣辱。"让，生于有余；争，生于不足。今言"去食"，信安得成？春秋之时，战国饥饿，易子而食，析骸而炊②，口饥不食，不暇顾恩义也。夫父子之恩，信矣，饥饿弃信，以子为食。孔子教子贡去食存信，如何？夫去信存食，虽不欲信，信自生矣；去食存信，虽欲为信，信不立矣。

子适卫，冉子仆③。子曰："庶矣哉！"曰："既庶矣，又何加焉？"曰："富之。"曰："既富矣，又何加焉？"曰："教之。"语冉子先富而后教之，教子贡去食而存信。食与富何别？信与教何异？二子殊教，所尚不同，孔子为国，意何定哉？

蘧伯玉使人于孔子④，孔子曰："夫子何为乎？"对曰："夫子欲寡其过而未能也。"使者出，孔子曰："使乎！使乎！"非之也。说《论语》者曰："非之者，非其代人谦也。"

---

① 仓廪（lǐn 凛）：粮仓。 ② 骸（hái 孩）：骨头。 ③ 冉子：姓冉名求，孔子弟子。 ④ 蘧（qú 渠）伯玉：名瑗，卫国大夫。

夫孔子之问使者曰“夫子何为”，问所治为，非问操行也。如孔子之问也，使者宜对曰“夫子为某事，治某政”，今反言“欲寡其过而未能也”，何以知其对不失指[①]，孔子非之也？且实孔子何以非使者？非其代人谦之乎？其非乎对失指也？所非犹有一实，不明其过，而徒云“使乎，使乎”，后世疑惑，不知使者所以为过。韩子曰：“书约则弟子辨。”孔子之言“使乎”，何其约也！

或曰：“《春秋》之义也，为贤者讳。蘧伯玉贤，故讳其使者。”夫欲知其子，视其友，欲知其君，视其所使。伯玉不贤，故所使过也。《春秋》之义，为贤者讳，亦贬纤介之恶。今不非而讳，“贬纤介”安所施哉？使孔子为伯玉讳，宜默而已，扬言曰“使乎，使乎”，时人皆知孔子之非也。出言如此，何益于讳？

佛肸召[②]，子欲往。子路不说，曰：“昔者，由也闻诸夫子曰：‘亲于其身为不善者，君子不入也。’佛肸以中牟畔[③]，子之往也，如之何？”子曰：“有是言也[④]，不曰坚乎磨而不磷[⑤]？不曰白乎涅而不淄[⑥]？吾岂匏瓜也哉[⑦]？

---

① “不”字疑衍。 ② 佛肸（bì xī 毕西）：晋国大夫范氏家臣，曾任中牟宰。 ③ 中牟：晋国地名，在今河南鹤壁市西。畔：通“叛”。 ④ “言”字原本无，据下文“而曰有是言者”补。⑤ 磷（lìn 吝）：薄。 ⑥ 涅（niè 聂）：黑色染料，这里指染黑。淄：通缁（zī 资），黑色。 ⑦ 匏（páo 袍）瓜：葫芦的一种。

焉能系而不食也?”

子路引孔子往时所言以非孔子也。往前孔子出此言,欲令弟子法而行之。子路引之以谏,孔子晓之,不曰前言戏,若非而不可行,而曰“有是言”者,审有,当行之也。“不曰坚乎磨而不磷?不曰白乎涅而不淄?”孔子言此言者,能解子路难乎?“亲于其身为不善者,君子不入也。”解之宜云“佛肸未为不善①,尚犹可入”,而曰“坚,磨而不磷;白,涅而不淄”。如孔子之言,有坚白之行者可以入之,“君子”之行软而易污也?何以独不入也!

孔子不饮盗泉之水②,曾子不入胜母之闾③,避恶去污,不以义,耻辱名也。盗泉、胜母有空名,而孔、曾耻之;佛肸有恶实,而子欲往。不饮盗泉是,则欲对佛肸非矣。“不义而富且贵,于我如浮云。”枉道食篡畔之禄,所谓“浮云”者非也。或权时欲行道也?即权时行道,子路难之,当云“行道”,不言“食”。有权时以行道,无权时以求食。“吾岂匏瓜也哉!焉能系而不食?”自比以匏瓜者,言人当仕而食禄。“我非匏瓜系而不食”,非子路也。孔子之言,不解子路之难。子路难孔子,岂孔子不当仕

① “云”字原本无,据文意增。 ② 盗泉:泉水名,在今山东泗水县东北。 ③ 曾子:曾参(shēn 身):孔子弟子。胜母:巷名。

也哉？当择善国而入之也。孔子自比匏瓜，孔子欲安食也？且孔子之言，何其鄙也！何彼仕为食哉？君子不宜言也。匏瓜系而不食，亦系而不仕等也。距子路可云："吾岂匏瓜也哉，系而不仕也？"今言"系而不食"[①]，孔子之仕不为行道，徒求食也。人之仕也，主贪禄也，礼义之言，为行道也。犹人之娶也，主为欲也，礼义之言，为供亲也。仕而直言食，娶可直言欲乎？孔子之言，解情而无依违之意，不假义理之名，是则俗人，非君子也。儒者说孔子周流应聘不济，闵道不行，失孔子情矣。

公山拂扰以费畔[②]，召，子欲往。子路曰："末如也已，何必公山氏之之也。"子曰："夫召我者，而岂徒焉？如用我，吾其为东周乎！"

为东周，欲行道也。公山、佛肸俱畔者，行道于公山，求食于佛肸，孔子之言无定趋也。言无定趋，则行无常务矣。周流不用，岂独有以乎？阳货欲见之[③]，不见，呼之仕，不仕，何其清也！公山、佛肸召之，欲往，何其浊也！公山拂扰与阳虎俱畔执季桓子[④]，二人同恶，呼召礼等，独对公山，不见阳虎，岂公山尚可，阳虎不可乎？子

① "言"字原本作"吾"，据文意改。 ② 公山拂扰：又名公山不狃(niǔ 扭)：鲁国大夫季孙氏的家臣。 ③ 阳货：又作阳虎，鲁国大夫季孙氏的家臣。 ④ 季桓子：季孙斯，鲁国大夫。

路难公山之召，孔子宜解以尚及佛肸未甚恶之状也。

【翻译】

世上的儒生学者，喜好迷信老师和推崇古代，以为凡是圣人贤者所说的话都没有错误，只知道专心一意地去讲授和学习，不知道提出疑问。其实，圣人贤者下笔写文章，尽管构思周密，还不能说完全合乎实际，更何况匆忙之间的师徒对话，怎能句句都正确呢？不能都正确，当时的人不知道提出反驳；有的说得对，但是语意隐晦，难以明白，当时的人也不知提出疑问。考察圣人贤者的言论，有很多地方上下相抵触；他们的文章，也有不少地方前后相矛盾。这些问题，是当今的学者所不能知道的。

发表议论的一些儒生说："孔子的门徒，七十个弟子的才能，胜过当今的儒生。"这种说法，是荒谬的。

他们看到是孔子做老师，认为圣人传道，一定是传授给有特殊才能的人，所以七十子的才能与众不同。其实，古人的才能和今人的才能没有什么不同，当今所说的英雄豪杰，在古代就会被称为圣人、神人，所以就说七十子是历代少有的。假使现在有像孔子这样的老师，那么今世学者也就都会是颜渊、闵子骞那样的徒弟；假使当时没有孔子，那么七十子也就不过等于今世的儒生罢了。用什么来证明呢？用他们向孔子学习时不能追根问底这一点。其实圣人说话，不能使人完全理解；他讲述的道理，不能立即在现实中显现出来。不能立即显现出来，应当通过提问来搞清楚；不能完全理解，应当通过责难以求得透彻的理解。皋陶在帝舜面前陈述治国的道理，说得肤浅粗略而不透彻，禹提疑难追问他，肤浅的言词说得更加深刻了，本来简略的旨意更加明确了。正是由于禹的追问和责难，才使皋陶的这番话因为受激发而说得更深刻并切合实际，因为被触动而讲得更明白了。

孔子曾讥笑子游在武城弦歌，子游引用他以前说过的话来反驳他。现考察《论语》原文，孔子言论中有很多类似他无理讥笑子游弦歌那样的话，但他的弟子中却很少有人像子游那样提出反驳，所以孔子说的话，有些就不被人理解。由于七十子都不能提出责难，当今的儒生更不能如实的讲清是非了。

做学问的方法，不在于有才或无才，难得的是敢于反驳老师，核实道理，确定是非。关于提问题的道理，不一定面对圣人和在他活着的时候。当今讲说儒书来教育人的人，不一定必须是圣人教导过的话才敢说。如果有不理解的问题，追问责难孔子，有什么不应该？果真有传授圣人学业的才智，驳斥孔子的说法，又有什么不合理？对孔子的言论提出疑问，对他的难以理解的文章提出责难，世上那些有很高才智并能答疑解难的人，一定会称赞我们这种通过责难质问以弄清是非的做法。

孟懿子问怎样才算是“孝”？孔子回答道：“不要违背。”当时是樊迟为孔子驾车，孔子对他说：“孟孙氏问我怎样才算是孝，我回答他‘不要违背’。”樊迟说：“这是什么意思？”孔子说：“父母活着的时候，要按照周礼的规定侍奉他们；死了，要按周礼的规定埋葬和祭祀他们。”

试问：孔子这里所说的“不要违背”，是指不要违背周礼。然而孝子还应当先体会父母的心意，顺承父母的意志，不应该违背父母的愿望。孔子只是说“不要违背”，而不说“不要违礼”。孟懿子听了孔子的言论，难道不会误解为不要违背父母的愿望吗？直到樊迟问“这是什么意思”，孔子才说“父母活着的时候要按照周礼侍奉他们，死了要按照周礼埋葬和祭祀他们”。假使樊迟不问，孔子的“不要违背”的实际含意，就不可能被人知道了。孟懿子的才能，不超过樊迟，所以在《论语》一书中看不到有关他言行的记载。樊迟听了都不明白，孟懿子就一定能明白吗？

孟武伯向孔子问孝，孔子说：“对于父母，只是当他们有病的时候，才应当忧虑。”武伯总爱替父母的一切事担忧，所以孔子才说：“对于父母，只是当他们有病的时候，才应当忧虑。”孟武伯过分替父母担忧，孟懿子事奉父母违礼。如果是针对他们的短处，对于孟武伯回答说“对于父母，只是当他们有病的时候，才应当忧虑”，那么对孟懿子就应该回答说“只有遇到水火这种灾变的时候才可以违礼”。周公对于才能低下的人说话就详尽，对才能高的人说话就简略。子游才气大，孔子告诫他反而详尽；孟懿子才气小，孔子的告诫反而简略，这是违背周公的意志的。孔子批评孟懿子的缺点，但说法不合于道理，他的门徒不提出质问，这是为什么呢？如果是因为孟懿子权重位尊，不敢把话说尽，那么孔子在回答孟武伯时，就应该只说“不用担忧”就可以了。他们都是孟孙氏的后代，权势和地位一样，孔子对孟武伯说得明白，而对孟懿子讲得简略，不晓得是什么缘故。假使孔子对孟懿子说清楚“毋违礼”，那有什么害处呢？在鲁国专权的莫过季孙氏，孔子还曾讽刺过他在家里用“八佾”舞蹈，还抨击过他去祭祀泰山。孔子不惧怕由于季氏憎恶不为他隐瞒过错而带来的祸害，唯独畏惧对孟懿子把话说尽会带来的罪过，这是为什么？况且向孔子问孝的不止一人，而每次又都有车夫在场，偏偏在回答孟懿子之后，不但自以为得意，还要故意告诉樊迟！

孔子说：“富与贵，是人人都想得到的。但不用正当的途径来获得，就不应当接受它。贫与贱，是人人都厌恶的，它不用正当的途径来获得，就不应当摆脱它。”这是说人们应该用合乎正道的手段来取得富贵，而不应当用不正当的手段来取得它；应当保持节操，安于贫贱，不应当随便地摆脱它。

如果说“不是用正道取得的富贵，就不要”，这是可以的。而讲不用正道取得贫贱，这是说的什么呢？富贵才是可以摆脱的，摆脱贫贱，又到哪里去呢？摆脱了贫贱，就是得到了富贵；得不到富贵，就是没有摆脱贫贱。如果是说取得富贵不合乎正道，就宁可不摆脱贫贱吗？那么所说的“得”是指得富贵，不是指得贫贱了。对贫贱怎么能用“得”字呢？应当说：“贫与贱，是人人所厌恶的，但不用正道去摆脱它，那是不应该摆脱的。”对于贫贱，应当说“摆脱”，不应当说“得”。“得”这个字，是用在得到什么东西上。现在所说的是摆脱贫贱，怎么能说“得”呢？只有对富贵才能说“得”。为什么呢？因为得到富贵，就是摆脱了贫贱。那么怎样才算是以正道摆脱贫贱呢？要靠修身行道，通过做官获得爵位、俸禄和富贵，得到爵禄富贵，那就摆脱了贫贱。怎样算是不按正道摆脱贫贱呢？由于厌恶自己的贫贱，起来当盗贼，积聚许多钱财，擅自封官许愿，这就是不按正道来摆脱贫贱。由于七十子既不提出疑问，今世儒者也不知提出问难，因而使得孔子这句话的意思不好解释，文字也不够分明，这是孔子不会用辞的结果。要是说这句话的含意纠缠不清而文字又不可理解，这是孔子向人表示的不够明白详尽。但是，孔子的门徒都不提问，世俗之人也不责难，这是什么缘故呢？

孔子说："公冶长这个人，可以把女儿嫁给他，虽然被关在监狱里，但不是他的罪过。"于是，孔子把女儿嫁给了他。

试问：孔子把女儿嫁给公冶长，是根据和看到了什么呢？是根据《周礼》的"男三十而娶"？还是看到他品行好，值得把女儿嫁给他？如果是根据他已年满三十，那就不应说他"在狱中"，如果是看到他品行好，那也不应说他"在狱中"。为什么呢？因为，凡是在孔子门下的，都有好的品行，所以才说他们够得上充当门徒。门徒当中没有妻的，孔子嫁女儿给他就是了，不必另加称赞。如果门徒当中很多人无妻，唯公冶长最贤能，所以孔子只把女儿嫁给他，那么在称赞他的时候，应列举他的好品行，不应当只说他在狱中。为什么呢？因为世上无罪而受到惩罚的人很多，未必都是贤人。平常人被冤枉的很多，情况也不尽相同。如果一定因他无罪受罚，孔子才把女儿嫁给他，那样孔子就不是把女儿嫁给贤者，而是嫁给受冤枉的人了。考察孔子对公冶长的称道，只有说他无罪，而没有称赞他品行才能方面的文词。如果公冶长实际上不贤，那孔子嫁女儿给他就不对了；如果公冶长确实贤能，孔子对他的称赞不完备，那也是不对的。如果孔子能像把侄女嫁给南容时所说的那样："南容在国家有道时，他有官做；国家无道时，他能免受刑罚。"这样说就全面了。

孔子对子贡说："你同颜回比，谁更贤能些？"子贡说："我怎敢同颜回相比呢？颜回闻一能知十，我不过闻一知二。"孔子说："是不如他啊，我和你都不如他。"这是孔子称赞颜回，也是用来试问子贡。

试问：孔子所用来教育门徒的，是礼让。孔子曾以"治国用礼"来批评子路在众人面前讲话毫不谦让，自吹用三年可治理好一个大国。即使子贡实际上贤过颜渊，孔子问到他，他也只能说"不如"；假使真比不上颜渊，还得说"不如"。这并非回答有误和欺骗老师，而是按照礼让的原则讲话，应当谦虚啊。这里，孔子说的话目的何在呢？假使孔子知道颜渊贤过子贡，那就不需要再问子贡；假使孔子确实不知，所以才问子贡，子贡一谦让，孔子还是不能知道。如果孔子只是想表扬赞美颜渊，说颜渊贤能，其他门徒都不如，那么可采用的说法多得很，何必问子贡呢？孔子自己曾说过："真是贤能啊，颜回！"还说过："我同颜回整天谈话，他从不提相反意见，好像很愚笨。”还说过：“颜回啊，他的思想可以一连三个月不违背‘仁’。”这三段话，都是直接称赞颜回，而不是通过和别人相比来抬高他。唯独这一回却用子贡来抬高他，这是什么道理呢？

有人说：“孔子是想压抑一下子贡。当时，子贡的名声凌驾于颜渊之上，孔子怕子贡骄傲自满，所以才压抑他一下。”子贡的名声在颜渊之上，是当时的形势所造成的，并不是子贡想胜过他。实际上子贡的自知之明的程度如何？假使颜渊的才能在自己之上，心里自然服气，不须孔子去压抑；假使子贡没有自知之明，即使孔子这样说了，子贡也会认为孔子只是想压制他。这样说来，问或不问，都不能起到压抑或表扬的作用。

宰予白天睡觉，孔子说：“腐朽的木头是不能雕刻的，粪土砌的墙是无法粉刷的。对于宰予这样的人，我还责备他什么呢？”这是孔子厌恶宰予白天睡觉。

试问：白天睡觉这个毛病，是小缺点；朽木和粪土，都是败坏得无法恢复的东西，是大毛病。用责备大毛病的言辞来批评小缺点，怎能让人心服？假使宰予本性不好，像朽木粪土一样，那他就不应成为孔子的门徒，名列“四科”之内；假使宰予品性好，孔子厌恶他，而且厌恶得太过分了，也是不对的。孔子自己就曾说过：“对于不仁的人，痛恨得太过分，就会闹乱子。”孔子对宰予的痛恨，可以说是太过分了！假使一个愚蠢的人犯了轻罪，法官却判处他死刑，那犯人会觉得冤枉而怨恨呢？还是服罪而责备自己呢？假使宰予愚蠢，那他就会和那个犯小罪而受重判的人有相同的想法。假使宰予贤明，知道孔子是在责备他，稍有暗示，他就会自己改正了。或是用明白的话使他知道，或者说出话去批评他，用话稍微给他一点启示，他就能自觉改正。能否自觉改正，不在于孔子言语轻重，而在于宰予本人能改不能改。

孔子写《春秋》的原则是，像毫毛大的一点好事也要表扬，像芥子小的一点坏事也要谴责。用分量很重的话来夸奖细微的好事，用分量很重的话来贬斥细微的坏事，按照《春秋》的原则，能认为这是正确的吗？如果不正确，宰我就不会接受，不接受，那孔子说的话就白费了。圣人说的话和写的文章应该是一致的，话从口中说出，文章写在竹简上，都是发自内心，实质是一致的。孔子作《春秋》，不是用对待大恶的态度谴责人的小过，他批评宰予，却用谴责大恶的办法来对待细小过失，写文章和说话自相矛盾，怎能使人信服呢？

孔子说："以前我对于人，是听他说的话就相信他的行为。现在我对于人，是听他说的话还要看他的行为。从宰予的身上，我改变了以前那种观察人的方法。"这是说从宰予白天睡觉这件事开始，孔子改变了鉴别人的方法。

试问：人在白天睡觉，怎能够败坏品行呢？品行败坏的人，即或白天夜里都不睡觉，就能变成好人吗？单凭白天睡觉来观察一个人的好坏，能够合乎实际吗？考察宰予在孔子的门徒中，列在“四科”之内，名次在子贡之上。如果他性情懒惰，不堪造就，怎能达到这种地位呢？如果说宰予在白天睡觉还能使自己达到这种程度，那他的才能更是远远地超过别人了。假如宰予没有什么成就，却自以为满足，不能正确地认识自己，这是他没有自知之明，而不是品行恶劣。那么，向他说明告诫就可以了，用不着改变鉴别人的方法。如果宰予知道自己尚未学而有成，由于过度困倦而在白天睡觉，这是他精力消耗尽了的缘故。精力耗尽，可导致死亡，岂止是睡觉而已？

再说，评论一个人的方法是，只要行为可取，就不必管他的言论；只要言论可取，就不必管他的行为。现在宰予虽然没有努力修行，但在言语方面却有成就。凭他在言语方面的成就，即使行为上有缺陷，那也算有一个方面的长处。现在孔子因宰予白天睡觉这件事，评论人既要“听其言”，又要“观其行”，要求人言论和行动都好，才算是贤人，这就是孔子对人求全责备了。那么周公所说的“对于一个人不要求全责备”的原则，又往哪里去运用呢？

子张问孔子："楚国的子文三次被任命为令尹，没表露过欢喜的脸色；三次被免职，也没有表露过怨怒的脸色。每当离职时，必定把自己任职时的各项工作交代给新令尹，这怎么样？"孔子说："这样做可以算做是忠于职守。"子张问："可以算做仁吗？"孔子说："没有智，怎能算得上仁？"这是指子文曾荐举子玉接替自己的令尹职位，带兵攻打宋国，用百辆战车的兵力，却被晋国打得全军覆没。孔子认为子文没有知人之明，如此不智，哪里称得上仁？

试问：子文荐举子玉，是他不知人。但智和仁，两者并不相干。一个人有不智的天性，怎么会妨害他修养仁的品行？做人的五种道德规范，是仁、义、礼、智、信。五种道德互有区别，不必相互依赖才能养成。所以有的人有智，有的人有仁，有的人有礼，有的人有义。有信的人未必有智，有智的人未必有仁，有仁的人未必有礼，有礼的人未必有义。子文的智在识别子玉上有所不明，这对于他的仁德有什么损害？说他仁，怎么不可以呢？况且，忠就是"厚"的意思。待人忠厚，就是仁了！孔子自己就说过："考察一个人的过错，就能知道他是仁或不仁。"那么子文具备仁的实质了。孔子说忠不是仁，这等于说父母不是双亲、配偶不是夫妻啊。

鲁哀公问孔子："你的弟子当中谁最好学？"孔子回答道："有个叫颜回的，他从不把怒气发泄到他人身上，不重犯同样的错误，不幸的是他短命而死了，现在没有他这样的人了，再没有听说谁是好学的人。"

颜渊的死，到底是由于什么呢？假如是他自己命短，那就和伯牛得了恶病一样。人生受命于天，都应当健全洁净，现在伯牛患了恶病，孔子就说他"无命"。人生都应当受天命而长寿，现在颜渊短命而死，也应该说他"无命"。如果说天命有长有短，那么也就有善有恶了。如果说颜渊承受的是短命，那就应该说伯牛承受的是恶命；说伯牛"无命"，也就应该说颜渊"无命"。一个死了，一个病了，孔子都沉痛地谈到"命"，他们所承受的天命没有两样，但孔子所用的言辞却不同，不知道这是什么缘故。

鲁哀公问孔子，在他的弟子当中谁最好学，孔子回答说："有个叫颜回的好学，现在没有了。颜回不把怒气发泄到他人身上，不重犯同样的错误。"为什么这样回答呢？有人说："这是孔子一并指责鲁哀公的'迁怒'和'贰过'，乘着他的发问，一并这样回答，同时指责了鲁哀公的缺点，又不至于受到他的责罚。"

试问：季康子也曾问过孔子，弟子中有谁好学？孔子也曾举过颜渊来回答他。季康子也有短处，为什么不像回答鲁哀公那样来指责他呢？季康子并非圣人，他的操行尚有缺点。已有事例：季康子忧虑国家的盗窃案太多，孔子对他说："假使你自己不贪财，即使奖励偷盗，也不会有人行窃。"由此说来，季康子的短处是贪财，孔子不乘机一并指责他的短处，这是为什么呢？

孔子拜见南子，子路很不高兴。孔子发誓说："我如果做了卑鄙的事，天塌下来压死我！天塌下来压死我！"南子是卫灵公的夫人，她邀请孔子，子路不高兴，认为孔子有淫乱的行为。孔子解释道："我若是干了卑鄙的事，天塌下来压死我。"孔子以最真诚的态度发誓，表白自己没有欺骗子路。

试问：孔子这样替自己辩解，怎能辩解得了呢？假如世上真有因干了卑鄙的事情而被天压死的，可以引用"天厌之"来发誓。子路听了，可以相信孔子，消除怀疑。现在并不曾有过被天压死的，孔子用"天厌之"发誓，子路会相信他吗？已有的事例：雷可以击死人，水火可以烧死或淹死人，墙壁和房屋可以压死人。如果发誓用"雷击死我"、"水淹死我"、"火烧死我"、"墙壁、房屋倒下来压死我"，子路还可能相信。现在孔子引用未曾发生过的祸害，用来向子路发誓，子路怎能解除怀疑而相信他呢？已有的事实：恰好有一人因睡魇而死，能说他是被天所压死的吗？考察那些因睡魇而死的人，未必都干了卑鄙的事。子路学先王之道虽然肤浅，但还能知道事情的虚实。事情不实，孔子却用它来发誓，子路必定不会解除怀疑的。

孔子宣称："死生有命，富贵在天。"果真如此，人的寿命自有长短，不在操行的好坏。已有的事例：颜渊早死，孔子说他"短命"。由此可知，短命夭折的人，未必有邪恶的行为。子路学道虽浅，但他听过孔子的讲话，知道死与生的实际。孔子用"我若干了卑鄙的事，天塌下来压死我"来发誓，难道不会被子路反问："夫子命不该死，天怎能压死你呢？"这样用"天塌下来压死我"来向子路发誓，最终是不会被人相信的。话不被人相信，那么孔子的自我辩解，最终是辩解不了的。

《尚书》上说："不要像丹朱那样傲慢，只喜欢放荡游玩。"这是舜告诫禹不要溺爱没出息的儿子。舜以天命为重，恐怕禹偏爱他的儿子，所以引用尧不传位给孽子丹朱的故事来告诫他。禹说："我娶妻的时候，过了四天就离家而走；从启生下来的时候，我就没有溺爱过他。"禹陈述自己做过的事，根据过去推论将来，用已出现的事情来推断尚未发生的事情，证明自己不敢溺爱没有出息的儿子。他不发誓说"天塌下来压死我"，是因为他知道俗人喜好对天发誓的缘故。孔子被子路所怀疑，他不引用自己做过的事来证明自己不会做卑鄙的事情，而说什么“天塌下来压死我”，这和俗人为解除怀疑而对天赌咒发誓，有什么两样呢？

孔子说：“预示着天下太平的凤凰不来，黄河中也不再出图，我这一生算完了。”这是孔子感伤自己没有当上帝王啊。如果自己当上帝王，就能使天下太平；天下太平，凤凰就会飞来，河图也会出现。由于他没当上帝王，所以吉祥的征兆不现，他心中悲痛感伤，所以说：“我这一生算完啦。”

试问：凤凰与河图究竟是根据什么出现的呢？如果是根据帝王的兴起，那么历代帝王兴起的时候，凤凰、河图未必出现；如果是根据天下太平，那么导致天下太平的帝王，未必都能招致凤凰、河图的出现。五帝、三王都曾使天下太平，但考察他们的征兆，并不都是以凤凰为必然的祥瑞。对于太平盛世来说，凤凰并不是必然的征兆。孔子是圣人，心里总想那些不是必然出现的事情而自我感伤，终究是不会应验的。

有人说：“孔子不是感伤自己没有称王，而是感伤当时没有明君，所以自己不被任用。凤凰与河图，是明王的祥瑞。祥瑞不出现，说明当时没有明王；没有明王，自己也就不被任用了。”招致祥瑞这件事，怎样才能得来呢？如果靠任用贤能的人，使政局安定，功成业立；功成业立，祥瑞就会出现了。祥瑞出现后，也就不再需要孔子了。孔子所盼望的是多么舍本逐末啊！孔子不考虑根本而盼望枝末，不观察君主的明与昏而只说凤凰、河图的出现与否。国家的政治尚未稳定，凤凰、河图也不会到来。以它们的到来验证明王的出现，那一定会达不到目的。汉文帝可以说是明王了吧，查一下他的“本纪”，不见有关于凤凰、河图的记载。假使孔子生在汉文帝时代，也还得说“我这一生算完啦！”

孔子想要到九夷去居住，有人说：“那里太落后，你怎么办呢？”孔子说：“君子住到那里，还会有什么落后的呢？”孔子痛恨自己的治国之道在中原各国行不通，怨恨失意，所以想到九夷去。有人问他说：“九夷落后，不讲礼义，你怎么办呢？”孔子说：“君子住到那里，还会有什么落后的呢？”他是说用君子之道教育他们，还会有什么落后的呢？

试问：孔子想去九夷，是由什么引起的呢？是由于“先王之道”在中原地区得不到实行，所以想要到九夷去。在中原地区都行不通，怎能行于夷狄？孔子自己就说过：“夷狄虽有国君，还不如华夏没有君主。”这是说夷狄难于教化，华夏族容易治理。“先王之道”不能在容易的地区实行，怎能在困难的地区实行呢？再说孔子讲的“君子住到那里，还会有什么落后”这句话，是说修养自己的“君子之道”以安身自容呢？还是说用“君子之道”

去教化他们呢？如果是修养自己的君子之道以苟且自容，那在中原各国也是可以的，何必去夷狄那里？如果是用君子之道教化他们，那夷狄之人怎能教化得了？当年夏禹到裸人国，脱衣入境，出境时才穿上衣服，穿衣服的制度在夷狄那里行不通。禹不能教导裸人国穿衣，孔子怎能使九夷人被教化成君子？也许孔子实际上是不想去，为先王之道不行而忧虑，一时激动说出了这些话。或者有人刁难他，孔子明知那里落后，可是还硬说“有什么落后的”，是为了坚持已经说过的话，拒绝别人对他的劝告。实际上不想去，因一时激动而说出来的，其实是假话。孔子自己就说过：“君子说话是从不马虎的。”如果孔子明知九夷落后，还要勉强坚持自己已经说过的话，这就和子路回答孔子关于子羔问题时说话的态度一样了。子路使子羔当费城的长官，孔子曰：“这是坑害人家的子弟。”子路说：“那里有社稷，有百姓，何必非得读书才算是学习呢？”孔子曰：“所以我最讨厌那些强词夺理的人！”子路明知自己不对，硬是坚持己见，因此孔子厌恶他，把他比做强词夺理的人。孔子也明知自己不能到九夷去，还勉强回答别人的责难。孔子、子路都是用强词夺理来对付别人的。

孔子说：“端木赐没有接受天命的安排而做买卖，揣测行情，屡猜屡中。”什么叫不接受天命呢？有人解释说:“没有承受应当发财致富的天命,自己靠经营的才能和智慧,常常猜测到物价涨落的时机。”

人的富贵在乎天命呢?还是在于人的智慧呢?如果在乎天命,那么用智慧去寻求是得不到的;如果在于人为,那孔子为什么说“死生有命,富贵在天”呢?如果说“富”是不受天命而靠个人智慧和才能就可以得到,那么“贵”也可以不受天命而靠个人努力就可以求得。但世上没有不禀受贵命而自成为贵者的人,也可以因此知道没有不禀受富命而自成为富者的人。已有的事例:孔子没有得到富贵,周游列国,接受聘请,到处游说,智谋用尽,计策不行,返回鲁国删定《诗》、《书》,因感到希望破灭,所以才说“这一生算完了”。孔子自知没有贵命,周游列国也不会得到什么益处。孔子知道自己没有承受贵命,周游列国去追求也不能得到,反而说子贡不承受富命而靠智术发了财,言行相违背,不知道是什么缘故。

有人说:“孔子这样讲是为了批评子贡的短处,因为子贡不好道德而只喜欢做生意,所以批评他的短处,想使子贡心服而改变自己的行为和节操。”其实,批评子贡的短处,可以说“端木赐不好道德而只好做生意”,何必提出“不受命”的说法,与前面自己所说过的“富贵在天”相违背呢?

颜渊死了，孔子说："唉！老天爷要我的命啊！"这是说一个人将要兴起时，老天爷赐给他助手；一个人快要垮台时，老天爷就要夺去他的助手。孔子有颜渊等四个得意门徒，想借助他们的力量而兴起。不料颜渊早死，所以他说："老天爷要我的命啊。"

试问：颜渊的早死，孔子不能当帝王，是由于老天夺去颜渊的寿命呢？还是他命短而自己死去的呢？如果是颜渊短命不幸，不得不死，那么即使孔子当了帝王，还是不能使颜渊不死。助手对于人，如同拐杖能扶持病人一样。人有病，须持杖而行，如手杖原来就砍得短，能说是老天爷使病人不得行走吗？如果病人能起来行走，原来就短的拐杖能使它变长吗？颜渊的短命，就像手杖的尺寸不够一样。

孔子说"老天爷要我的命"这句话，是因为颜渊贤能。贤能的人在世上，未必就能成为帝王的辅佐。贤能的人不一定当帝王的辅佐，就像圣人未必受命当帝王一样。当帝王的有人不是圣人，当辅佐的有人不是贤才。为什么呢？因为有的人生下来其禄命、骨相就同他的才能是两回事。由此说来，颜渊活着的时候，未必能成为别人的辅佐；他死了，未必对别人有所损失。孔子说"老天爷要我的命"，是根据什么说的呢？

再说，上天不让孔子当帝王，它的本意是什么？是他原来禀受生命和禄命的时候天就不让他当王呢？还是天要他当王而中途反悔了呢？如果原来就不让孔子当王，那颜渊的死对孔子有什么损失？如果原来想让孔子当帝王，后来中途反悔，这就说明当帝王的生来并没有什么禄命骨法，随便更改的权力在老天爷的手中。再说，天原来是看到他有什么长处而让他当王？后来听到他的什么短处而中途反悔，不授命让他当王呢？孔子关于天很神灵的议论，是错误而不清楚的。

孔子到卫国，遇到以前他所住的宾馆的办事人员死了，他进去哭他。出来后，他叫子贡从车上卸下一匹边套上的马作为吊丧之礼。子贡说："先生对于门徒的丧事，从没有过卸下骖马做丧礼，卸下一匹马为过去认识的宾馆办事人员做丧礼，岂不是太重了吗？"孔子说："我刚才进去哭他，由于心里一阵难过就流出了眼泪，我嫌自己流泪而没有相应的表示，你就这么办吧。"孔子卸下骖乘做为丧礼，赠给死去的宾馆旧相识，是因为厌恶悲伤的感情和应尽之礼不相称。配合感情而赠送礼物，动了感情，礼物就要跟着送上去，礼物和感情相称，君子们都是这样做的。

颜渊死，孔子哭得很悲痛。他的门徒说："先生悲痛极了。"孔子说："我不为这样的人极度悲痛还为谁悲痛呢？"极度悲痛，是哀痛到了极点。孔子哭颜渊极度悲痛，与对待其他死去的门徒有别，表明他当时哀痛极了。但颜渊死后有内棺而无外棺，颜渊的父亲颜路请孔子卖车给颜渊买外棺，孔子不给，认为大夫外出时不可徒步行走。孔子吊唁宾馆旧相识，卸马做赠礼，厌恶流泪而没有相称的礼物；哭颜渊极度悲痛，颜路请车却不给，使悲痛之情没有相称的礼物。难道流泪和极度悲痛是两回事，作为丧礼的马和车有什么不同吗？对宾馆旧相识则礼物和感情相称，对待颜渊却与恩义不相称，不知孔子关于礼的这些做法是什么意思。

孔子说："孔鲤死的时候，有内棺而无外棺，我不能徒步行走、卖车给他买外棺。"孔子对孔鲤的恩情超过对颜渊，孔鲤死无外棺，是因为按照大夫出门的礼仪，不能步行。孔鲤，是孔子的儿子；颜渊，是外姓人。儿子死了尚且不按礼行事，又怎能用礼来对待外姓人呢？

有人说："这大概是孔子根据实际情况施恩的证明。"孔子对宾馆旧相识，礼物与感情相称，对于儿子所行的丧礼与恩情却不相称，莫非因为他从前是士，后来成了大夫？如果从前是士，士的车驾二马；后来是大夫，大夫的车驾三马。大夫不可以离车步行，为什么不割卖两匹马来买外棺，乘坐一匹马驾的车呢？做士的时候乘二匹马的车，可以卸下一匹马哀悼宾馆的旧相识，现在为什么不卖掉两匹马来表达恩情，乘一匹马的车子以解决不可步行的问题呢？不卸马为宾馆旧相识做丧礼，未必乱了礼制，埋葬儿子有内棺而无外棺，则破坏了礼法。孔子重视为宾馆故人助丧的礼法，但却轻易废弃埋葬儿子的礼制，这样，对别人讲礼，在儿子身上却破坏了礼制。如果是这样的话，那么孔子不卖车来为儿子买外棺，怎么来辩解自已是为了贪图官位而怕没车坐呢？孔子自己曾说过“君子杀身以成仁”，为什么难于做到放弃官位以成全礼制呢？

子贡问治理国家的方法，孔子说：“粮足，兵足，取得百姓的信任。”子贡说：“如果不得已去掉一项，在三项中先去掉哪个？”孔子说：“去掉军备。”子贡说：“如果不得已而去掉一项，在剩下的二项中先去掉哪个？”孔子曰：“去掉粮食。自古人都有一死，没有百姓的信任，国家就站不住脚。”信任是最重要的。

试问：假使治理国家弄得没有粮食，人民挨饿，就要抛弃礼义，礼义被抛弃，信又怎么树立？《管子》书上说：“粮仓装满了，人们才讲礼节；丰衣足食，人们才会知道荣辱。”谦让产生于富裕，争夺产生于不足。现在说去掉粮食，信怎能得到树立？春秋时期，有战事的国家发生饥饿，就把孩子交换着吃，劈开死人的骨头来烧饭，口中饥饿得不到吃的，也就顾不上讲恩义了。父子间的恩情，是最可靠的了。但饥饿却使人放弃礼义，以孩子为食物。孔子教子贡去掉粮食而保存信义，那怎么行呢？去掉信义而存有粮食，即使不想得到信，信也会自然树立起来；去掉粮食而保存信义，虽然想得到信，信也不能树立起来。

孔子到卫国去，冉有为他驾车。孔子说："人真多啊！"冉有问："人口既然很多了，还应该做些什么呢？"孔子说："让他们富起来。"冉有问："既然富裕了，还应该做些什么？"孔子说："教化他们。"孔子对冉有是说先富后教，教子贡却是去食存信，食与富有何区别？信与教又有什么不同？孔子对于冉有和子贡讲的不一样，所强调的重点不同。孔子治国，他的主张究竟是怎么确定的呢？

蘧伯玉派人到孔子那里去，孔子问使者："他老先生在做什么呢？"使者答道："老先生想少犯错误而未能做到。"使者出去后，孔子说："真是使者！真是使者！"这是孔子在讥笑使者。解释《论语》的人说："孔子讥笑使者，是讥笑他替主人表示谦虚啊。"

孔子问使者"他老先生在做什么"，问的是政事上所作所为，不是问他品行怎样。按照着孔子的问话，使者应当回答说"他老先生正在做什么事，料理什么政务"，现在使者反而说"想少犯错误而未能做到"，怎么知道他的回答不是因为不符合孔子问话的原意，孔子才讥笑他呢？再说，孔子究竟为什么讥笑使者呢？是讥笑他替主人表示谦虚呢？还是讥笑他答非所问呢？孔子所讥笑的，只能有一个事实，不说清楚使者的过错，而只是说"真是使者，真是使者"，使后人莫名其妙，不知道使者究竟错在什么地方。韩非子说："书写的简略，就会引起弟子们的争辩。"孔子所说的"真是使者"，为什么这么简略啊！

有人说："《春秋》的写作原则之一，是替贤者避讳。蘧伯玉是贤人，所以孔子对他的使者也不能直言过错。"孔子曾说过：要想了解自己的儿子，要看他所交往的朋友；要想了解君主，要看他所派出的使臣。蘧伯玉本人不贤，所以他的使者也说错话。《春秋》的原则，为贤者避讳，但也批评细微的过失。现在孔子不批评错误，反而为它避讳，那么也"批评细微过失"的原则又到哪里去用呢？假使孔子为蘧伯玉避讳，应该默不作声就行了，他说"真是使者，真是使者"，当时的人都知道孔子是讥笑使者，这样说话，对避讳有什么好处呢？

佛肸召请孔子，孔子想去。子路很不高兴，他说："从前我听先生讲过：'凡是亲身做过坏事的人，君子不到他那里去。'佛肸据有中牟而叛乱，先生想去，这是怎么回事？"孔子说："我是说过这样的话！但俗话不是说过坚硬的东西磨不薄、洁白的东西染不黑吗？我难道是个葫芦吗？怎能只是挂在那里而不吃呢？”

子路引用孔子过去所说过的话，是用来批评孔子的。从前孔子所讲的那番话，是想叫门徒效法实行。子路引用那番话来劝阻孔子，孔子答复子路，不说以前的话是开玩笑，或者说那番话是错的，不能实行，而是说“我是说过这样的话”，那就是说我确实讲过，应该这么办。“俗话不是说过坚硬的东西磨不薄、洁白的东西染不黑吗？”孔子说这样的话，能解答子路的责难吗？解释“凡是亲身做过坏事的人，君子不到他那里去”这句话，就应当说：“佛肸没做过坏事，还是可以去的。”但孔子说“坚硬的东西磨不薄，洁白的东西染不黑”。按照孔子的说法，有坚贞洁白品行的人可以去，难道君子的品行软弱、容易同流合污吗？为什么唯独君子不可以去呢？

孔子不喝“盗泉”流出来的水，曾参不入名叫“胜母”的巷子，是避开罪恶，远离污秽，因为这两个名字不合礼义，怕它们玷污自己的名誉。“盗泉”、“胜母”只有空名，孔子、曾参以接近它们为耻；佛肸有罪恶的事实，孔子反而想去。如果不喝盗泉水是对的，那么想见佛肸就是错的。孔子自己曾说过：“违背礼义而得来的富贵，对我来说就像天上的浮云一样毫无关系。”孔子背离道义享受篡权叛乱者的俸禄，那他所说的“浮云”之类的话，岂不是错了？或许有人说，孔子是一时权变，想借此推行他的政治主张吧？如果是随机应变来推行政治主张，子路责问他，他应该说“为了行道”，而不应说为了“食禄”。因为有随机应变以行道的，没有随机应变去寻求食禄的。孔子说：“我难道是个葫芦吗！怎能只挂在那里而不吃呢？”他所以把自己比作葫芦，为的是说人应该当官而食俸禄。“我不能像葫芦那样只挂着而不吃”，这话是为了反驳子路。孔子说的话，不能解释子路的责问。子路责难孔子，哪里是说孔子不应当官呢？是说应选择好的国家去做官。孔子把自己比作葫芦，他是想到哪里去找饭吃呢？况且孔子说的话，是多么粗鄙啊！怎能说到那里做官是为了混饭吃？君子不应该说这种话。葫芦挂在那里不吃，也就和人闲呆着不去做官一样。孔子反驳子路可以这样说：“我难道是个葫芦吗！怎能只挂在那里而不去做官？”现在说“挂在那里不吃”，可见孔子想当官，不是为了行道，只是为了求饭吃。人做官主要是为了贪图俸禄，但用礼义上的说法，是为了行道。就像人们娶妻，主要是为了情欲，但用礼义上的说法，是为了供养双亲。做官可以直说是为了吃饭，那么娶妻是否可以直说是为了情欲呢？孔子说的话，讲出了真情而不考虑应说得含蓄些。不用礼义上的说法，那就是俗人，而不是君子。儒生们说孔子接受聘请而周游列国，未能成功，是担忧自己的政治主张不能实行，这违背了孔子的真情实意。

公山拂扰在费城发动叛乱，召聘孔子，孔子想去。子路说：“没有地方去就算了，何必到公山氏那里去呢？”孔子说：“召聘我的那个人，难道会没有打算吗？如果有人重用我，我一定在东方建立起西周式的统一国家！”

在东方建立起西周式的统一国家，是为了实行周道。公山、佛肸都是叛乱者，到公山那里是为了行道，去佛肸那里是为着求食，孔子说的话没有一定的准则。说话没有一定的准则，那他的行动也不会有固定的目标。这样说来，孔子周游列国不被信用，难道不是有一定的原因吗？阳货想见孔子，孔子不见；叫他出来做官，他又不肯，那是多么清高啊！公山拂扰、佛肸召聘他，他就想去，这又是多么污浊呀！公山拂扰和阳货都是囚禁过主人季桓子的叛乱分子，二人罪恶相同，召聘孔子的礼节也一样，孔子只答应公山，不见阳货，难道是公山氏还可以合作，阳货却不可以吗？那么当子路责难孔子答应公山氏的召聘时，孔子应该用公山拂扰还比得上佛肸，还不算太坏这样的话来为自己辩解。

谈 天 篇

《谈天》是《论衡》的第三十一篇。本篇讨论的是天地问题。

汉代的一些儒者认为，天是有意志的天神上帝，能赏罚于人。王充针对汉儒的谬说，指出“天地，含气之自然也”，批驳了“人有是非，阴为德害，天辄知之，又辄应人”的唯心主义观点，反对把天神秘化，坚持了天是客观存在的自然物质的唯物主义观点。限于当时的科学水平，王充的某些具体推测是有错误的，但他能够用朴素的唯物主义观点反对在天地问题上的神秘主义谬论，在历史上是具有进步意义的。

儒书言:“共工与颛顼争为天子不胜①,怒而触不周之山②,使天柱折③,地维绝④。女娲销炼五色石以补苍天⑤,断鳌足以立四极⑥。天不足西北,故日月移焉;地不足东南,故百川注焉⑦。”此久远之文,世间是之言也。文雅之人,怪而无以非,若非而无以夺,又恐其实然,不正议。以天道人事论之,殆虚言也。

与人争为天子不胜,怒触不周之山,使天柱折,地维绝,有力如此,天下无敌。以此之力,与三军战,则士卒蝼蚁也,兵革毫芒也,安得不胜之恨,怒触不周之山乎?且坚重莫如山,以万人之力,共推小山,不能动也。如不周之山,大山也。使是天柱乎,折之固难;使非柱乎,触不周山而使天柱折,是亦复难信。颛顼与之争,举天下之兵,悉海内之众,不能当也,何不胜之有!

且夫天者,气邪?体也?如气乎,云烟无异,安得柱而折之?女娲以石补之,是体也。如审然,天乃玉石之

---

① 共工:古代神话中的人物,传说为人面蛇身赤发,身乘二龙。颛顼(zhuān xū 专须):传说中的古代帝王,实际可能是部族首领,《史记》列为“五帝”之一。 ② 不周之山:神话中位于我国西北的山名。 ③ 天柱:传说中天的四方由柱子支撑。 ④ 地维:神话中系地的绳子。 ⑤ 女娲(wā 蛙):神话传说中的上古女帝王。 ⑥ 鳌(áo 熬):传说是海中大龟。 ⑦ 以上引文参见《淮南子·天文训》和《览冥训》。

类也。石之质量，千里一柱，不能胜也。如五岳之巅不能上极天乃为柱[①]，如触不周，上极天乎？不周为共工所折，当此之时，天毁坏也。如审毁坏，何用举之？断鳌之足，以立四极，说者曰："鳌，古之大兽也，四足长大，故断其足以立四极。"夫不周，山也；鳌，兽也。夫天本以山为柱，共工折之，代以兽足，骨有腐朽，何能立之久？且鳌足可以柱天，体必长大，不容于天地，女娲虽圣，何能杀之？如能杀之，杀之何用？足可以柱天，则皮革如铁石，刀剑矛戟不能刺之，强弩利剑不能胜射也。

察当今天去地甚高，古天与今无异。当共工缺天之时，天非坠于地也。女娲，人也，人虽长，无及天者。夫其补天之时，何登缘阶据而得治之？岂古之天若屋庑之形[②]，去人不远，故共工得败之，女娲得补之乎？如审然者，女娲以前[③]，齿为人者，人皇最先[④]。人皇之时，天如盖乎[⑤]？

---

① 五岳：指东岳泰山，西岳华山，南岳衡山，北岳恒山，中岳嵩山。 ② 庑（wǔ伍）：古代正房周围的小屋子。 ③"以"字原本作"多"，古体形近而误，今改。 ④ 人皇：古代传说中的三皇（天皇、地皇、人皇）之一。 ⑤ 天如盖乎：这是盖天说，说天体像无柄的伞，地像盘子。

说《易》者曰:“元气未分,浑沌为一①。”儒书又言:“溟涬濛澒②,气未分之类也。及其分离,清者为天,浊者为地。”如说《易》之家、儒书之言,天地始分,形体尚小,相去近也。近则或枕于不周之山,共工得折之,女娲得补之也。

含气之类,无有不长。天地,含气之自然也,从始立以来,年岁甚多,则天地相去,广狭远近,不可复计。儒书之言,殆有所见。然其言触不周山而折天柱,绝地维,消炼五石补苍天,断鳌之足以立四极,犹为虚也。何则?山难动③,共工之力不能折也。岂天地始分之时,山小而人反大乎?何以能触而折之?以五色石补天,尚可谓五石若药石治病之状。至其断鳌之足以立四极,难论言也。从女娲以来久矣,四极之立自若,鳌之足乎?

---

①《易》:指《周易》,儒家经书之一。这两句是古代关于宇宙形成的理论,《楚辞·天问》和《淮南子》都谈到这个问题。②溟涬(míng xìng 名幸):混混沌沌的样子。濛澒(méng hòng 蒙讧):模糊不清的样子。③“难”字原本作“雖”,与难(難)的繁体字形近而误,今改。

邹衍之书①,言天下有九州②,《禹贡》之上所谓九州也③。《禹贡》九州,所谓一州也,若《禹贡》以上者九焉。《禹贡》九州,方今天下之九州也,在东南隅④,名曰赤县神州。复更有八州。每一州者四海环之,名曰裨海⑤。九州之外,更有瀛海⑥。此言诡异,闻者惊骇,然亦不能实然否,相随观读讽述以谈。故虚实之事,并传世间,真伪不别也。世人惑焉,是以难论。

案邹子之知不过禹。禹之治洪水,以益为佐。禹主治水,益主记物⑦。极天之广,穷地之长。辨四海之外⑧,竟四山之表,三十五国之地,鸟兽草木、金石水土,莫不毕载,不言复有九州。淮南王刘安召术士伍被、左吴之辈,充满宫殿,作道术之书⑨,论天下之事。《地形》

---

① 邹衍:战国后期齐国人,阴阳五行家的代表人物,著有《邹子》,今已佚失。 ② 天下:这里指中国。九州:邹衍的"大九州说"认为,中国是全世界八十一州中的一州,每九州为一个单位,有小海环绕,称为"大九州"。九个大九州另有大海环绕,再往外就是天地的边际。这里的"九州",是指下文《禹贡》上说的九州。详见《史记·孟子荀卿列传》。 ③《禹贡》:《尚书》中一篇。九州:《禹贡》篇把中国分为兖、冀、荆、豫、扬、青、徐、梁、雍九个州。 ④ 隅(yú 于):角落。 ⑤ 裨(pí 皮)海:小海。⑥ 瀛(yíng 迎)海:大海。 ⑦ "主"字原本作"之",参照本书《别通篇》改。 ⑧ 辨:通"遍"。 ⑨ 道术之书:这里指《淮南子》。

之篇①，道异类之物、外国之怪，列三十五国之异，不言更有九州。邹子行地不若禹、益，闻见不过被、吴，才非圣人，事非天授，安得此言？案禹之《山经》②，淮南之《地形》，以察邹子之书，虚妄之言也。

太史公曰③：“《禹本纪》言河出昆仑④，其高三千五百余里⑤，日月所相辟隐为光明也⑥。其上有玉泉、华池⑦。今自张骞使大夏之后⑧，穷河源，恶睹《本纪》所谓昆仑者乎⑨？故言九州山川，《尚书》近之矣。至《禹本纪》、《山经》所有怪物，余不敢言也⑩。”夫弗敢言者，谓之虚也。昆仑之高，玉泉、华池，世所共闻，张骞亲行无其实⑪。案《禹贡》，九州山川怪奇之物、金玉之珍，莫不悉

---

①《地形》：《淮南子》中的一篇。 ② 禹之《山经》：旧传夏禹、伯益作《山海经》，《山经》是《山海经》中的五篇。计有《南山经》、《西山经》、《北山经》、《东山经》、《中山经》等，记古代中国的地理山川、物产以及神话传说，内容非常丰富。③ 太史公：即司马迁，《史记》的作者。 ④《禹本纪》：古书名，今已失传。 ⑤ 三千五百余里：《史记·大宛列传》作“二千五百余里”。 ⑥“相”字原本作“于”，据《史记·大宛列传》改。辟：通“避”。 ⑦ 玉泉、华池：《史记·大宛列传》作“醴泉、瑶池”。 ⑧ 大夏：汉时西域国名。 ⑨ 恶（wū 污）：何，哪里。⑩ 上述引文参见《史记·大宛列传》。 ⑪ 张骞（qiān 千）：汉武帝时人，曾两次出使西域，打通了通往中亚的商路。详见《史记·大宛列传》。

载，不言昆仑山上有玉泉、华池。案太史公之言，《山经》、《禹纪》，虚妄之言。

凡事难知，是非难测。极为天中①，方今天下在天极之南②，则天极北必高多民。《禹贡》“东渐于海，西被于流沙”，此则天地之极际也③。日刺径千里，今从东海之上会稽鄞、鄮④，则察日之初出径二尺，尚远之验也。远则东方之地尚多。东方之地尚多，则天极之北，天地广长，不复訾矣⑤。夫如是，邹衍之言未可非，《禹纪》、《山海》、《淮南·地形》未可信也。邹衍曰：“方今天下在地东南，名赤县神州。”天极为天中，如方今天下在地东南，视极当在西北。今正在北，方今天下在极南也。以极言之，不在东南，邹衍之言非也。如在东南，近日所出，日如出时，其光宜大。今从东海上察日，及从流沙之地视日，小大同也。相去万里，小大不变，方今天下得地之广，少矣。

---

① 极：天极，指北极。 ②“天极”原本作“禹极”，据文意改。 ③ 际：边。极际：尽头。 ④ 会稽：郡名。东汉前期时所辖域包括今江苏南部、浙江大部和福建全省。鄞（yín 银）：县名，东汉时县治在今浙江奉化东。“鄮”字原本作“廓”，据《汉书·地理志》改。鄮（mào 帽）：古县名，在今浙江宁波东，鄮山北。 ⑤ 訾（zī 资）：估量。

雒阳[1]，九州之中也。从雒阳北顾，极正在北。东海之上，去雒阳三千里，视极亦在北。推此以度[2]，从流沙之地视极，亦必复在北焉。东海、流沙，九州东西之际也，相去万里，视极犹在北者，地小居狭，未能辟离极也。日南之郡，去雒且万里。徙民还者，问之，言日中之时，所居之地未能在日南也。度之复南万里，地在日之南[3]。是则去雒阳二万里，乃为日南也。

今从雒地察日之去远近，非与极同也，极为远也。今欲北行三万里，未能至极下也。假令之至，是则名为距极下也。以至日南五万里，极北亦五万里也。极北亦五万里，极东、极西亦五万里焉。东西十万，南北十万，相承百万里[4]。邹衍之言："天地之间，有若天下者九。"案周时九州，东西五千里，南北亦五千里。五五二十五，一州者二万五千里。天下若此九之，乘二万五千里，二十二万五千里。如邹衍之书，若谓之多，计度验实，反为少焉。

儒者曰："天，气也，故其去人不远。人有是非，阴为德害，天辄知之，又辄应之，近人之效也。"如实论之，天，

---

① 雒（luò 洛）阳：即洛阳，东汉都城，在今河南洛阳市东北。 ② 度（duó 夺）：推测。 ③ "地"字原本作"日"，据文意改。 ④ 承：通"乘"。

体，非气也。人生于天，何嫌天无气？犹有体在上，与人相远。秘传或言天之离天下六万余里[①]。数家计之，三百六十五度一周天[②]。下有周度，高有里数。如天审气，气如云烟，安得里度？又以二十八宿效之[③]，二十八宿为日月舍[④]，犹地有邮亭为长吏廨矣[⑤]。邮亭著地，亦如星舍著天也。案传书者[⑥]，天有形体，所据不虚。犹此考之，则无恍惚，明矣。

【翻译】

儒家的书上说："共工与颛顼争当天子而不能胜，怒撞不周之山，使得撑天的柱子倾折，系地四角的绳子也断了。女娲熔炼五色石上补苍天，砍断海中大龟的四足来支撑大地的四角。天的西北方残缺了，所以日月往那里移动；大地的东南低下，所以百河流注。"这是很早以

---

① 秘传：指纬书，是汉代儒生用神学迷信解释儒家经典的书。 ② 一周天：我国古代天文学家认为太阳绕地球转，并把太阳绕地球一周称为一周天，又把一周天分为三百六十五等分多，每一等分叫一度。 ③ 二十八宿（xiù 秀）：我国古代天文学家把沿黄道和赤道的一部分恒星划成二十八个星座，叫做二十八宿。 ④ 舍：古人把二十八宿比喻为日、月、行星运行时停留、休息的地方，每一星宿叫一舍。 ⑤ 邮亭：汉代官吏出巡送文件的人停歇的地方。廨（xiè 谢）：官吏居住办公的房舍。 ⑥ "传"字原本作"附"，据文意改。

前的记载，也是世上一般人所肯定的说法。有学问的人感到奇怪，但无法指出它哪里不对；或者认为它不对，但却不能驳倒它；又恐怕它确实如此，不敢从正面去议论。用自然的道理和人间的事实来论证，这恐怕是虚假的说法。

与他人争当天子而不能胜，怒撞不周之山，使撑天柱倾折，系地角的绳子也断了。有这么大的力气，可以无敌于天下。用这种力气和敌国的军队作战，那敌军的士卒就犹如蝼蚁一样渺小，兵器和盔甲也会像毫毛和麦芒那样不堪一击，怎么会有失败后的怨恨，去怒撞不周之山呢？况且，没有什么能比山还坚固稳重。用万人的力气，共同去推一座小山，不能使小山动摇一下。像不周之山，那是一座大山。要说不周山就是天柱吗，折断它实在是太难了。要说它不是天柱吗，撞不周之山而使天柱折断，这也很难令人相信。颛顼与共工相争，发动天下的军队，用尽海内的兵力，也是抵挡不了的，共工怎么会打不胜呢？

再说这个天，是气呢？还是实体呢？如果是气，那它和云烟没什么不同，怎么会有撑它的柱子而被折断呢？女娲用五色石补天，那它就是实体。如果确实如此，天就是玉石一类的东西。石的质量很重，千里间立一个柱子，也是撑不住天的。像五岳那样高的山顶都顶不着天而成为天柱，像共工所撞的不周山，能顶着天吗？假如不周山被共工所折断，在这个时候，天就被毁坏了。如果确实被毁坏了，用什么去把它顶起来呢？砍断海龟的四足，用来支撑大地的四角，解释的人说："海龟，是古代最大的兽类，四足长大，所以砍断海龟的足来撑立大地的四角。"不周，是山；海龟，是兽。天本来是以山为柱，共工把天柱撞断了，用兽足来代替，但兽骨终究会腐朽的，怎能长久撑立？况且龟足若是可以撑住天，那龟体必定庞大，天地也容纳不下，女娲虽是圣人，怎么能够杀得了这个庞然大物？假如能杀得了，那得用什么武器杀呢？龟的足可以拄天，那它的皮革一定坚如铁石，刀剑矛戟不能刺得进，强弓利箭也是射不穿的。

观察现在的天，离地很高。古时的天与现在没有什么两样。当共工毁坏天的时候，天并没有坠落到地上。女娲是人，人再高大，也没有能够顶着天的。她补天的时候，是攀登和依靠着什么才把天补好的呢？难道古时的天像屋顶的形状，离人不远，所以共工能够毁坏它，女娲也能够补好它吗？如果确实如此，在女娲以前，开始成为人的，最先应是人皇。人皇的时候，天离人难道像屋盖那样近吗？

讲论《周易》的人说："当元气没有分离开的时候，清浊不分，混在一起。"儒家的书上又说："混混沌沌、模糊不清的样子是元气还没有分出清浊时的状态。等到分离开来,清的成为天,浊的成为地。”按照讲论《周易》的人和儒家书上的说法,天地刚刚分离的时候,形体还很小,天地间相距很近。既然很近,那么天或者枕在不周山上。所以共工能够毁坏它,女娲也能够补好它。

凡是含有元气的自然万物,没有不在增长着的。天和地,是含有元气的自然之物,从开始产生以来,已经很多年了,因此天和地相距的广狭远近,无法再进行计算。儒家书上的说法,可能是有它的见解的。但是儒书上说共工怒撞不周之山而折断撑天柱,断绝了系地角的绳子,女娲熔炼五色石上补苍天,砍断海龟的足来撑立地的四角,也还是虚妄的话。为什么呢?山是难以撼动的,共工的力气是不能够折断的。难道天和地刚开始分离的时候,山很小人反而很大吗?靠什么来撞击而折断呢?用五色石来补天,还可以说五色石像药物能给人治病那样。至于说断龟足来撑立大地的四角,这就很难说了。从女娲到现在已经很久远了,地的四角仍在那里和以前一样,难道这能是海龟的四足吗?

邹衍的书上,说中国有九州,就是《尚书·禹贡》上所说的九州。而《禹贡》的九州,就是他说的大九州中的一个州。像《禹贡》书上所说的“九州”,世界上共有九个。《禹贡》上的九州,就是现在中国的九州,在大九州的东南角，名字叫做“赤县神州”。此外还另有八个州。每一州都四面环海，名叫小海。九个州以外，另有大海。上述说法稀奇古怪，听见的人感到惊讶，可也不能证实它对还是不对，人们相继观读、传诵并加以谈论。所以虚无和实有的事情，同时流传在世间，真伪就分别不清了。世上的人为此感到迷惑，因此，我要加以责难和评论。

考察邹衍的知识，不超过夏禹。夏禹治洪水，用伯益作他的助手。夏禹主持治水，伯益负责记载各种事物。他们走遍天下地上，足迹遍及四海之外，穷尽四山之上，到过中国之外的三十五个国家，有关鸟兽草木、金石水土，没有不全部记载下来的，但没有谈到另有九州。淮南王召集术士伍被、左吴之流，这些人充满了宫殿，作道术之书《淮南子》，纵论天下的事。《淮南子·地形》记述奇异的物类、外国的怪事，列举三十五国的不同，也没有谈到另有九州。邹衍所走过的地方不如夏禹、伯益多，所闻所见不如伍被、左吴广，才能不及圣人，行事又非上天授意，他是从哪里得到这些说法呢？根据夏禹的《山经》和《淮南子·地形》，用来考察邹衍的书，那是虚妄的说法。

司马迁说：“《禹本纪》说黄河发源于昆仑山，山高三千五百里，是日月交替隐蔽、轮流显露光明的地方。山上有玉泉、华池。现在自从张骞出使西域大夏国以后，察清了黄河的发源地，哪里看到过《禹本纪》所说的昆仑山的情况呢？所以谈九州山川的情况，《尚书·禹贡》的记载是比较接近实际的。至于《禹本纪》、《山海经》所谈到的奇事怪物，我是不敢妄加评论的。”司马迁所说的不敢妄加评论，实际上是说那些说法是虚妄的。昆仑山很高，山上有玉泉、华池，世上的人都听说过，经张骞亲自考察，并无其实。考查《尚书·禹贡》，九州山川的奇事怪物、金玉珍宝。没有不完全记载的，但没有讲昆仑山上有玉泉、华池。根据司马迁的说法，《山海经》、《禹本纪》中的一些记载，全是虚妄的话。

凡是难以了解的事，便很难测定它的是非。天极是天的正中①，现今中国在天极的南面，那么天极的北面必定更高而且有很多人。《禹贡》上所说的“往东到大海，往西到沙漠”，这是天地的最边沿了。太阳的直径有千里长，而现今从东海上会稽郡的鄞、鄮二县观察，太阳初升时的直径才不过二尺，这是太阳离我们还很远的验证。既然太阳升起的地方离我们很远，那么东方的土地一定还很辽阔。东方的土地还很辽阔，那么在天极的北方，天地的广长更是不可估量了。既然如此，邹衍的说

① 天极：这里是指天北极。

法不可厚非，《禹本纪》、《山海经》、《淮南子·地形》的记载不可相信。邹衍说："现今的中国在大地的东南，名叫赤县神州。"天极是天下的正中，如果现今的中国在大地的东南，那所看到的天极应当在西北。现今我们看到的天极在正北，那现今的中国应当在天极的南方。以天极来说，中国不在大地的东南，所以邹衍的话是不对的。如果中国在大地的东南，离太阳出来的地方近，太阳初升时，它的光亮应当很强。现在从东海上观察太阳，同在西方沙漠地带看到的太阳，大小相同，东西相距万里远，所看到的太阳却大小一样，可见现在中国占有的土地面积是很小的。

洛阳位于中国的中心。从洛阳北望，天极在正北。东海之上，距洛阳三千里，看天极也在北方。根据这个道理来推测，从西方沙漠地带看天极，也必然还是在北方。东海与沙漠，是九州东西的边界，相距万里，看天极还是在北方，是因为中国地方狭小，未能远离天极的缘故。汉武帝时在南方所设置的日南郡，距离洛阳将近万里。询问迁移到日南郡并且从那里回来的人，他们说：中午的时候，日南郡也不在太阳的南面。推测从日南郡再往南一万里，那个地方应当在太阳的南面。那就是说，向南离开洛阳二万里，才是位于太阳南面的地方。

现在从洛阳观察太阳距离的远近，和在洛阳观察天极的远近是不同的，天极更远些。现在要向北行三万里，也不能到天极的下面。如果走到了，那就叫到了天极之下的地方。从极下之地到日南是五万里，那么极下之地的北面也应当有五万里。天极之下以北有五万里，那么天极之下以东、以西也都有五万里。东方和西方相距十万里，南方和北方相距十万里，南北十万里和东西十万里相乘，面积为一百万里①。邹衍说："天地之间，有像中国这样大小的地方共有九个。"考察周代中国九州的面积，东西与南北都是相距五千里。五乘五是二十五，那么"大九州"的一州面积是二万五千里②。天下像中国这样大的州有九个。乘二万五千里，为二十二万五千里③。像邹衍书上那样的记载，如果认为它是说多了，按照计算的结果来核实，反倒应该认为它是说少了。

儒家学派的人说："天是气，所以它离人不远，人有对或不对，暗中做了好事或坏事，天就会知道，就会报应，这是天离人不远的证明。"按照实质来讨论，天是物质的实体，并不是气。既然人是禀受天的气而生的，怎么能怀疑天没有气呢？但是还有一个实体的天在它施

① 应是一百万万平方里。 ② 东西五千里和南北五千里相乘，面积应为二千五百万平方里。 ③ 应是九乘二千五百万平方里，面积为二亿二千五百万平方里。

放的气的上面，离人很远。“纬书”有的说天与地相距六万多里。搞天文历算的人计算，三百六十五度为一周天，下有周度，高有里数。如果天确实是气，气如同烟云，哪里会有什么里数和周度？又用二十八宿来证明，二十八宿是日月运行时停留的地方，好像地上有邮亭作为地方长官出巡时居住办事的房舍一样。邮亭附著在地上，也就像星舍附著在天上一样。考察“纬书”上所写的，天有形体，所据不是虚无。由此来考察，那么天不是恍恍惚惚不可捉摸的，这是很明确的了。

遣告篇

《遣告》是《论衡》的第四十二篇。本篇揭露和批判了汉代的一些儒者所宣扬的"天人感应"论，特别是其中的"遣告"说。

西汉以来，以董仲舒为代表的汉儒捏造天人感应论，认为自然灾异是天神用来告诫和惩罚君主违背天意办事的手段，"人君失政，天为异；不改，灾其民；不改，乃灾其身"。认为"天神遣告人君，犹人君责怒臣下"。针对上述谬论，王充首先提出"天道自然也，无为"，指出天没有意志，根本不存在"遣告"这种事情。其次，王充以大量事实揭露并嘲弄了天能遣告人君的谎言。与此同时，王充对自然界的某些异常现象，作了具体的唯物主义解释，指出“风气不和，岁生灾异”，就像“人生疾病”是因为“血脉不调”一样。最后，他一针见血地说道：“上天之心，在圣人之胸，及其言谴告，在圣人之口”，指出天人感应论的实质，在于劝说君主按照儒家的政治主张来行事，同时也是为了宣扬君权神授，恐吓人民。

论灾异者①，谓古之人君为政失道，天用灾异谴告之②。灾异非一，复以寒温为之效。人君用刑非时则寒，施赏违节则温。天神谴告人君，犹人君责怒臣下也。故楚严王曰③：“天不下灾异，天其忘予乎④！”灾异为谴告，故严王惧而思之也。

曰：此疑也。

---

① “者”字原本无，据文意增。灾：灾害。异：变异。小的叫灾，如水旱之灾。大的叫异，如日食、山崩之类。汉代天人感应说，其中以灾异说为核心。 ② 谴：谴责。谴告也是董仲舒最先提出的。他说：“国家将有失道之败，而天先出灾害以谴告之，不知自省，又出怪异以警惧之。”（见《汉书·董仲舒传》） ③ 楚严王：即楚庄王，春秋五霸之一，公元前613年至前590年在位。汉人避明帝刘庄讳改“庄”为“严”。 ④ “予”字原本作“子”，据递修本改。

夫国之有灾异也，犹家人之有变怪也。有灾异，谓天谴人君；有变怪，天复谴告家人乎？家人既明，人之身中亦将可以喻。身中病，犹天有灾异也。血脉不调，人生疾病；风气不和，岁生灾异。灾异谓天谴告国政，疾病天复谴告人乎？酿酒于罂①，烹肉于鼎，皆欲其气味调得也。时或咸苦酸淡不应口者，犹人勺药失其和也。夫政治之有灾异也，犹烹酿之有恶味也。苟谓灾异为天谴告，是其烹酿之误得见谴告也。占大以小，明物事之喻，足以审天。使严王知如孔子②，则其言可信。衰世霸者之才，犹夫变复之家也，言未必信，故疑之。

夫天道，自然也，无为。如谴告人，是有为，非自然也。黄老之家③，论说天道，得其实矣。且天审能谴告人君，宜变易其气以觉悟之。用刑非时，刑气寒，而天宜为温；施赏违节，赏气温，而天宜为寒。变其政而易其气，故君得以觉悟，知是非。今乃随寒从温，为寒为温，非谴告之意④，欲令变更之宜⑤。太王亶父以王季之可立⑥，

---

① 罂（yīng 英）：大肚小口的坛子。 ② 知（zhì 智）：通“智”。 ③ 黄老之家：汉初盛行的一个学派，黄是指黄帝，老是指老子。该学派主张效法自然，无为而治。 ④“非”字原本作“以”，据递修本改。 ⑤“宜”字原本作“且”，形近而误，今改。 ⑥ 太王亶（dǎn 胆）父：即古公亶父，周文王的祖父。王季：季历，古公亶父的第三个儿子。

故易名为“历”。历者，適也①。太伯觉悟②，之吴越采药，以避王季。使太王不易季名，而复字之“季”，太伯岂觉悟以避之哉？今刑赏失法，天欲改易其政，宜为异气，若太王之易季名。今乃重为同气以谴告之，人君何时将能觉悟，以见刑赏之误哉？

鼓瑟者误于张弦设柱③，宫商易声④，其师知之，易其弦而复移其柱。夫天之见刑赏之误，犹瑟师之睹弦柱之非也。不更变气以悟人君，反增其气以渥其恶⑤，则天无心意，苟随人君为误非也。

纣为长夜之饮⑥，文王朝夕曰：“祀，兹酒⑦。”齐奢于祀，晏子祭庙⑧，豚不掩俎⑨。何则？非疾之者，宜有以改易之也。

子弟傲慢，父兄教以谨敬；吏民横悖⑩，长吏示以和

① 適（dí 敌）：通“嫡”。 ② 太伯：古公亶父的长子，吴国的始祖。避地的经过，见《史记·吴太伯世家》。 ③ 瑟（sè 色）：古代的一种乐器，有二十五弦，弦各有柱，可以上下移动。 ④ 宫商：五音（宫、商、角、徵、羽）中的两声。 ⑤ 渥（wò 沃）：增厚。 ⑥ 纣：商朝的最后一个君主。纣为长夜之饮，见《史记·殷本纪》。 ⑦ 文王：周文王。引文见《尚书·酒诰》。 ⑧ 晏子：晏婴，春秋时期齐国的大夫。 ⑨ 豚（tún 屯）：小猪。俎（zǔ 祖）：古代割食肉类的器具。 ⑩ 横悖（bèi 倍）：蛮不讲理。

顺。是故康叔、伯禽失子弟之道①，见于周公②，拜起骄悖，三见三笞③。往见商子④，商子令观桥梓之树。二子见桥梓，心感觉悟，以知父子之礼。周公可随为骄，商子可顺为慢，必须加以捶杖⑤，教观于物者，冀二人之见异，以奇自觉悟也⑥。夫人君之失政，犹二子失道也。天不告以政道，令其觉悟，若二子观见桥梓，而顾随刑赏之误，为寒温之报，此则天与人君俱为非也。无相觉悟之感，有相随从之气，非皇天之意，爱下谴告之宜也。

凡物能相割截者，必异性者也；能相奉成者，必同气者也。是故离下兑上曰"革"⑦。革，更也。火金殊气，故能相革。如俱火而皆金，安能相革⑧？

屈原疾楚之臭洿⑨，故称香洁之辞；渔父议以不随

① 康叔：周公旦的弟弟，封于康，故称康叔。伯禽：周公旦的儿子。 ② 周公：姬旦，康叔的哥哥。 ③ 笞（chī 吃）：用鞭子或竹板抽打。 ④ 商子：商容，商末周初的一位贤人。 ⑤ 捶：通"箠"，鞭子。 ⑥ 伯禽、康叔受教于商容的故事，见《说苑·建本篇》。 ⑦ 离：离卦。兑：兑卦。由下卦离和上卦兑所组成的卦，在《周易》六十四卦中是革卦。兑为泽，离为火，二者相违，产生变革，故卦名称"革"。 ⑧ "革"字原本作"成"，据文意改。 ⑨ 屈原：战国时代伟大的文学家，著有《离骚》、《九歌》、《九章》等凡二十五篇，《史记》卷八四有传。洿：同"污"。

俗，故陈沐浴之言[1]。凡相溷者[2]，或教之熏隧[3]，或令之负豕。二言之于除臭洿也，孰是孰非？非有不易[4]，少有以益。夫用寒温非刑赏也，能易之乎？

西门豹急[5]，佩韦以自宽；董安于缓[6]，带弦以自促。二贤知佩带变己之物，而以攻身之短。天至明矣[7]，人君失政，不以他气谴告变易，反随其误，就起其气，此则皇天用意不若二贤审也[8]。

楚庄王好猎，樊姬为之不食鸟兽之肉[9]；秦缪公好淫乐[10]，华阳后为之不听郑、卫之之音[11]。二姬非两主，拂其欲而不顺其行[12]。皇天非赏罚而顺其操，而渥其气，此盖皇天之德不若妇人贤也。

故谏之为言，间也。持善间恶，必谓之一乱。周缪王任刑[13]，《甫刑》篇曰[14]："报虐用威。"威、虐皆恶也。用

---

① 沐浴之言：指"新沐者必弹冠，新浴者必振衣"两句，见《楚辞·渔父》。 ② 溷(hùn 混)：猪圈。相：看。 ③ 隧：通"燧"。 ④ 有：通"又"。 ⑤ 西门豹：战国时魏国人，曾任魏文侯的邺县县令。 ⑥ 董安于：春秋时晋国人，为赵氏家臣。西门豹和董安于的故事见《韩非子·观行篇》。 ⑦ "天"字原本作"夫"，据十五卷本改。 ⑧ 审：详细，周密。 ⑨ 樊姬：楚庄王的妾。 ⑩ 秦缪公：即秦穆公。 ⑪ 华阳后：秦穆公夫人。郑、卫之音：春秋时期郑、卫两国的一种新音乐，被儒家污蔑为"淫乐"。 ⑫ 拂：纠正。 ⑬ 周缪王：即周穆王。 ⑭《甫刑》：即《吕刑》，《尚书》中的一篇。

恶报恶，乱莫甚焉。今刑失赏宽，恶也。夫复为恶以应之，此则皇天之操与缪王同也。

故以善驳恶，以恶惧善，告人之理，劝厉为善之道也①。舜戒禹曰："毋若丹朱敖②。"周公敕成王曰③："毋若殷王纣④。"毋者，禁之也。丹朱、殷纣至恶，故曰"毋"以禁之。夫言"毋若"，孰与言"必若"哉⑤？故"毋"、"必"二辞，圣人审之，况肯谴非为非，顺人之过以增其恶哉？天人同道，大人与天合德。圣贤以善反恶，皇天以恶随非，岂道同之效、合德之验哉？

孝武皇帝好仙⑥，司马长卿献《大人赋》，上乃仙仙有凌云之气⑦。孝成皇帝好广宫室，扬子云上《甘泉颂》⑧，妙称神怪，若曰非人力所能为，鬼神力乃可成。皇帝不觉，为之不止。长卿之赋，如言仙无实效，子云之颂，言奢有害，孝武岂有仙仙之气者，孝成岂有不觉之惑哉？然即天之不为他气以谴告人君，反顺人心以非应之，犹

---

① 厉：通"励"。 ② 毋：不要。丹朱：是唐尧的不肖之子。敖：通"傲"，狂妄。引文参见《尚书·皋陶谟》。 ③ 敕（chì 赤）：告诫。 ④ 引文参见《尚书·无逸》。 ⑤ 孰与：何如。必若：一定要像。 ⑥ 孝武皇帝：即汉武帝。 ⑦ 司马长卿：司马相如，西汉著名文学家。"仙仙"二字疑误，《史记·司马相如列传》作"飘飘"。 ⑧ 扬子云：扬雄，西汉著名文学家。《汉书》卷八七有传。

二子为赋颂，令二帝惑而不悟也。

窦婴、灌夫疾时为邪①，相与日引绳以纠缪之②，心疾之甚，安肯从其欲？太伯教吴冠带，孰与随从其俗与之俱倮也③？故吴之知礼仪也，太伯改其俗也。苏武入匈奴④，终不左衽⑤；赵他入南越⑥，箕踞椎髻⑦。汉朝称苏武而毁赵他。赵他之性⑧，习越土气，畔冠带之制⑨，陆贾说之⑩，夏服雅礼⑪，风告以义⑫，赵他觉悟，运心向内。如陆贾复越服夷谈，从其乱俗，安能令之觉悟，自变从汉制哉？

---

① 窦婴：汉武帝时任丞相。灌夫：汉武帝时任太仆。二人后来均因罪被处死。见《史记·魏其武安侯列传》。 ② 缪(mò末)：绳。纠缪：指责的意思。 ③ 倮：同“裸”。 ④ 苏武：汉武帝时出使匈奴，不辱汉节，十九年后被放回。《汉书》卷五四有传。 ⑤ 衽(rèn任)：衣襟。左衽：衣襟向左，是胡人的装束。 ⑥ 赵他(tuó驮)：即赵佗，西汉时在南越(今广东、广西一带)割据称王。见《史记·南越尉佗传》。 ⑦ 箕踞：坐时两足张开，形似簸箕。椎(chuí槌)：同“槌”。髻(jì计)：发髻。椎髻：像棒槌形的发髻。 ⑧ “赵他”二字原文无，据文意增。 ⑨ 畔：通“叛”。 ⑩ 陆贾：汉高祖谋臣，曾两次出使南越说服赵佗归汉。《史记》卷九七有传。说(shuì税)：劝说。 ⑪ 夏：华夏。雅：通“夏”。夏、雅泛指中原。 ⑫ 风(fěng讽)：通“讽”。

三教之相违，文质之相反，政失，不相反袭也[①]。谴告人君误，不变其失，而袭其非，欲行谴告之教，不从如何？管、蔡篡畔[②]，周公告教之，至于再三。其所以告教之者，岂云当篡畔哉？人道善善恶恶[③]，施善以赏，加恶以罪，天道宜然。刑赏失实，恶也，为恶气以应之，恶恶之义，安所施哉？汉正首匿之罪[④]，制亡从之法[⑤]，恶其随非而与恶人为群党也。如束罪人以诣吏[⑥]，离恶人与异居，首匿、亡从之法除矣。狄牙之调味也[⑦]，酸则沃之以水，淡则加之以咸，水火相变易，故膳无咸淡之失也。今刑赏失实[⑧]，不为异气以变其过，而又为寒于寒，为温于温，此犹憎酸而沃之以咸，恶淡而灌之以水也。由斯言之，谴告之言，疑乎？必信也？今熯薪燃釜[⑨]，火猛则汤热，火微则汤冷。夫政犹火，寒温犹热冷也。顾可言人君为政赏罚失中也，逆乱阴阳，使气不和，乃言天为人

① 反：通“返”。三教文质：指夏、商、周三代统治政策的变化，详见《春秋繁露·三代政制篇》。 ② 管：管叔鲜，周武王的弟弟，封于管。蔡：蔡叔度，周武王的弟弟，封于蔡。管叔、蔡叔的事迹，见《史记·管蔡世家》。 ③ 恶（wù务）恶：憎恶坏的。 ④ 首匿：主谋窝藏罪犯。 ⑤ 亡从：不许放走犯人。亡：通“无”。从：通“纵”。 ⑥ 束：捆绑。诣（yì义）：到。 ⑦ 狄牙：即易牙，春秋时齐桓公的宠臣，以善烹调著名。 ⑧ “赏”字原本作“罚”，据上文“刑赏失实”改。 ⑨ 熯（hàn汉）：烤。薪：柴。釜（fǔ斧）：锅。

君为寒为温，以谴告之乎？

儒者之说又言："人君失政，天为异；不改，灾其人民；不改，乃灾其身也。先异后灾，先教后诛之义也①。"曰：此复疑也。

以夏树物②，物枯不生；以冬收谷③，谷弃不藏。夫为政教，犹树物、收谷也。顾可言政治失时，气物为灾；乃言天为异以谴告之，不改，为灾以诛伐之乎？儒者之说，俗人言也。盛夏阳气炽烈④，阴气干之，激射毄裂⑤，中杀人物⑥。谓天罚阴过，外闻若是⑦，内实不然。夫谓灾异为谴告诛伐，犹为雷杀人罚阴过也，非谓之言，不然之说也。

或曰："谷子云上书⑧，陈言变异，明天之谴告，不改，后将复有，愿贯械待时。后竟复然。即不为谴告，何故复有？子云之言，故后有以示改也。"

曰：夫变异自有占候，阴阳物气自有始终。履霜以

---

① 以上说法参见《汉书·董仲舒传》。 ② 树：栽，名词当动词用。 ③ "冬"字原本作"秋"，据文意改。 ④ 炽（chì 赤）：盛。 ⑤ 毄（bié 别）裂：霹雳。 ⑥ 中（zhòng 众）：击中。人物：人和物。 ⑦ "闻"字前原本有"一"字，据文意删。 ⑧ 谷子云：谷永，字子云，西汉时人，是一个鼓吹天人感应论的儒生。《汉书》卷八五有传。

知坚冰必至[①]，天之道也。子云识微，知后复然，借变复之说，以效其言，故愿贯械以待时也。犹齐晏子见钩星在房、心之间，则知地且动也[②]。使子云见钩星，则将复曰“天以钩星谴告政治，不改，将有地动之变”矣。然则子云之愿贯械待时，犹子韦之愿伏陛下以俟荧惑徙处，必然之验，故谴告之言信也。予之谴告，何伤于义？损皇天之德，使自然无为转为人事，故难听之也。

称天之谴告，誉天之聪察也，反以聪察伤损于天德。“何以知其聋也？以其听之聪也。何以知其盲也？以其视之明也。何以知知其狂也？以其言之当也[③]。”夫言当，视听聪明，而道家谓之狂而盲聋。今言天之谴告，是谓天狂而盲聋也！

《易》曰：“大人与天地合其德[④]。”故太伯曰：“天不言，殖其道于贤者之心。”夫大人之德，则天德也。贤者之言，则天言也。大人刺而贤者谏，是则天谴告也，而反归告于灾异，故疑之也。

《六经》之文[⑤]，圣人之语，动言天者，欲化无道，惧愚

---

① 履（lǚ 吕）：踏，踩。此句的出处，见《易经·坤卦初六》。 ② 晏子知地动的故事，见《淮南子·道应训》。 ③ 引文见《吕氏春秋·任教》。 ④ 引文见《易经·乾卦文言》。 ⑤《六经》：儒家的六部经书，即《诗》、《书》、《易》、《礼》、《乐》、《春秋》。

者。欲言非独吾心，亦天意也。及其言天，犹以人心，非谓上天苍苍之体也。变复之家，见诬于天，灾异时至，则生谴告之言矣。

验古以今，知天以人。“受终于文祖”①，不言受终于天，尧之心知天之意也。尧授之，天亦授之，百官臣子皆乡与舜②。舜之授禹，禹之传启③，皆以人心效天意④。《诗》之“眷顾”⑤，《洪范》之“震怒”⑥，皆以人心效天之意。

文、武之卒，成王幼少⑦，周道未成，周公居摄，当时岂有上天之教哉？周公推心合天志也。上天之心，在圣人之胸，及其谴告，在圣人之口。不信圣人之言，反然灾异之气，求索上天之意，何其远哉！世无圣人，安所得圣人之言？贤人庶几之才，亦圣人之次也。

---

① 终：终止。受终：语意等于现代汉语的“接班”。文祖：尧的祖庙。这句话见《尚书·尧典》。 ② 乡：通“向”，向往。③ 启：禹的儿子，夏朝的君主。自上文“尧授之”至此句，大体上根据《论语·尧曰》。 ④ “心”字原本作“身”，据文意改。⑤ 眷顾：指“乃眷西顾”一句，见《诗·大雅·皇矣》。 ⑥ 震怒：指“帝乃震怒”一句，见《尚书·洪范》。 ⑦ 成王：周成王，周武王的儿子。

【翻译】

谈论灾异的人说，古时候国君治理国家违背了先王之道，天就用灾异来谴责警告他。灾异不止一种，又用寒暖来作为国君失政的效验。君主用刑不合时令，天就在夏季用寒气来谴告他；赏施违背节气，天就在冬季用温气来谴告他。天谴告国君，就像国君发怒斥责臣下一样。所以楚庄王说："老天爷不降灾异，他是把我忘了吧！"灾异是上天的谴告，所以楚庄王对天不降灾异感到恐惧，而且惦记着这件事。

我们认为：谴告这种说法是值得怀疑的。

国里出现灾异，就像家中发生异常的现象一样。国有灾异，说它是上天谴告人君；家里出现异常现象，难道天也谴告百姓吗？上天不能谴告老百姓，这个道理已经是很明白的了，还可以用人的身体来作比喻。身体有病，就像天有灾异一样，血脉不调和，人就会生病；气候失调，庄稼就会受灾。把灾异说成是上天谴告国家的政事，难道也可以把疾病说成是上天谴告百姓吗？在坛子里酿酒，在鼎里煮肉，都希望把味道调得可口，或咸或苦、或酸或淡，不合乎人的口味，是由于人们调合五味不得当。由于国家治理得不好而出现灾异，就像煮肉、酿酒失调而产生坏味一样。假如说灾异是上天的谴告，那就是说，煮肉、酿酒不当，也会被上天谴告了。用小事推断大事,懂得用具体事物所进行的比喻,足以了解天是不能谴告的。假使楚庄王的智慧如同孔子,那么他说的话是可信的。但楚庄王不过是一个在王权衰落的乱世当中,仅能够做霸主的人才,如同宣扬迷信谶纬、天人感应的儒生一样,他说的话未必可信,所以值得怀疑。

天道是任其自然、无所作为的。如果天能谴告人,那它就是有为的,而不是自然的了。黄老学派关于天道的论述,是符合实际的。再说,假如天果真能够谴告国君,就应当变换天气,使君主觉悟。如果国君违背了用刑应当在寒冷的冬季的规定,那么天就应当用温气来谴告他;如果国君违背了行赏应当在暑热的夏季的规定,那么天就应当用寒气来谴告他。上天要想改变君主的政事,就应当改变当时的天气,使它与行赏之气的寒温正好相反,这样国君才能觉悟,知道自己做的是否正确。现在天却随着刑气寒、赏气温来继续散布寒气、温气,这不符合谴告的道理。也不是想叫君主改变政事的适当办法。周太王古公亶父,以为第三子王季可以立为君,但这又不符合嫡长子继承制度的规定,所以给他改名为"历",暗示将立他为君。历,就是"嫡"的意思。古公亶父的长子太伯,明白了父亲的用意,便以到吴、越地区采药为名,来避开王季。假使古公亶父不给王季改名,还用他的字"季",太伯怎么会觉悟而避开王季呢?现在国君在刑赏上违背了法度，天想要改变国君的政事，就应该用相反的天气来谴告，像古公亶父改变王季的名字那样。如今，天仍旧用同样的天气来谴告，那么，国君何时才能觉悟，看到自己刑赏的错误呢？

弹瑟的人如果在上弦和安柱的时候发生失误，使“宫”“商”两个音阶走了音调，指导他的乐师发现了，便会给他重新调弦而又移动瑟的码子。天看到国君用刑和行赏的错误，就像乐师看到瑟的安弦和设柱发生了错误一样。天不改变气候的寒温来使国君醒悟，反而随着国君增加原来的寒温之气，以加重国君的错误，这就是说，天本无心意，只是苟且地跟随着国君为非作歹啊。

殷纣王通宵达旦地饮酒，周文王经常说：“只有祭祀的时候才能用酒。”齐国的祭祀有奢侈之风，所以晏子在祭庙的时候，上供的猪很小，连俎板都盖不满。为什么这样呢？对于自己所反对和痛恨的事物，就应当用相反的作法来改变它。

做儿子和弟弟的傲慢无礼，父兄用谨慎恭敬教育他们；官员和百姓蛮横不讲理，长官就教导他们和睦恭顺。所以，康叔、伯禽违背做弟弟和儿子所应遵守的礼节，在看望周公之际，下拜和起立时显得很骄横无礼，见了几次，就被周公抽打了几次。他们二人就去见商子，商子带领二人去看南山阳坡上象征着“父道”的高大桥树，然后再去看南山阴坡上象征着"子道"的枝叶下垂的梓树。康叔和伯禽看过这两种树，心中有所觉悟，因此懂得了父子、兄弟之间所应遵守的礼节。周公可以随着康叔、伯禽的傲慢而表现骄横，商公也可以顺着他们的态度以傲慢相待，但周公、商子不这样做，一定要用鞭子、棍棒抽打他们，用观看桥树、梓树来教育他们，是希望他们看到与自己的行为不同的事物，通过这些不同事物的启发使他们自己觉悟过来。国君在政事上有失误，就像他们两人违背了礼节一样。天不告诉国君治理国家的办法，使他觉悟，像商子教康叔、伯禽去观看桥树、梓木那样，反而顺着国君刑赏的失误，做出随寒从温的反应，这就是上天和国君一道去做错事啊。天没有起着使国君觉悟的作用，却随从他的寒温之气，这不是上天应有的意愿，也不是上天爱护下属而进行谴告的适当作法。

凡事物之间能相互克制和变革的，必须是不同性质的；能够相辅相成的，必须是性质相同的。所以《周易》中离下兑上的这一卦叫"革"，革，就是变更的意思。离代表火，兑代表金，火和金是不同的气，所以能相互克制，如果都是火或者都是金，那怎能相互变革呢？

屈原痛恨楚国政治的腐败，所以他在作品中常用芳草、美人来比喻美好的东西，后人称之为"香洁之辞"。当渔翁劝他不要固执己见，而应随波逐流时，屈原回答说，洗澡后必须弹掉衣帽上的尘土，使身体免受污染，表示宁愿投河喂鱼，也不和坏人同流合污。看到身上沾了猪圈里的脏东西的人，有人教他使焚香来薰身，有人叫他用背猪来掩盖身上的臭味。这两种说法对于除掉臭味来说，哪一种对、哪一种不对呢？进行非难而又不加改变，是很少有益处的。上天用随寒从温的办法来谴告国君刑赏的失误，这样能使他改变吗？

西门豹性情急躁，就用佩带柔皮的办法时常提醒自己要缓和些；董安于性情缓慢，就用佩带弓弦的办法，时常提醒自己要紧张些。二位贤人知道佩带是可改变自己性格的东西，用来克服自己身上的缺点。上天是最英明的了，国君没有治理好国家，天不用相反的气来谴告并使他改变，反而随着国君的过失，迁就原有的寒温之气，这就是说，上天的用意还不如两个贤人高明呢。

楚庄王喜好打猎，樊姬为了阻止他，就不吃他打来的鸟兽的肉；秦穆公爱好淫乐，华阳后为了表示反对，就不听郑、卫两国的音乐。这两个妇人为责难这两位霸主，就违背他们的欲望，不顺从他们的行为。皇天谴告君主赏罚失时，却顺应他的错误行为，增加原有的寒温之气，这说明皇天的德行还不如妇人好呢。

所以“谏”这个词，就是阻拦的意思。用善去阻拦恶，一定是认为它能制止祸乱。周穆王滥用刑罚，《尚书·吕刑》说："用淫威来对付残暴。"而淫威和残暴都是恶的东西。用恶去回答恶，祸乱没有比这个更厉害的了。现在用刑有错，行赏太宽，这也是一种恶。天还用恶去顺应他，这就是上天的操行和周穆王相同了。

因此，用善去驳斥恶，以恶人恶事为例，使人畏惧而从善，这才符合告诫人的道理，是勉励人为善的途径。舜告诫禹说："不要像丹朱那样傲慢！"周公告诫成王说："不要像殷纣王那样！""毋"这个词，是禁止、不要的意思。丹朱、殷纣王坏到了极点，所以用"毋"这个词来表示禁止学他们那个样子。说"毋若"比起说"必要"，哪一个更恰当呢？所以"毋"和"必"这两个词的用法，圣人区分得很清楚，怎么肯用错误来谴告别人的错误，顺着别人的过失来增加他的错误呢？天的道理和人的道理是一样的，圣贤的德行和天的德行也完全一致，但圣贤用善来反对恶，而上天却以恶随从非，难道这是天人同道、圣人与天合德的证明吗？

汉武帝喜好仙术，司马相如向他献了一篇《大人赋》，武帝读后就飘飘然有驾云成仙的感觉。汉成帝喜好大建宫室，扬雄向他献了一篇《甘泉颂》，其中描写甘泉宫构造奇妙，说这绝非是人力所能做到的，只有鬼神的力量才能造成，以讽刺成帝。汉成帝没有觉察到扬雄的用意，反而继续建造宫殿不止。司马相如的《大人赋》，如果直接说修道成仙并无实效；扬雄的《甘泉颂》，如果直接说奢侈有害，汉武帝怎会有飘飘欲仙的感觉，汉成帝又怎能执迷不悟呢？然而上天不用相反的气来谴告国君，反而顺从国君的心理，用错误迎合他的错误，像司马相如、扬雄所写的赋、颂那样，使得武帝和成帝一直执迷不悟。

窦婴和灌夫憎恨当时的风气不正，二人时常在一起咒骂那些过去曾阿谀奉承而现在却为了避害而离开他们的宾客。他俩对那些人心里十分憎恨，怎么肯顺从他们的心愿呢？周太伯到了吴地后，教吴地人民穿衣戴帽，这同顺从他们的风俗，跟着他们一样都不穿衣服相比，哪种作法好呢？所以，吴地人民的懂得礼义，是太伯改变了他们旧风俗的结果。苏武出使匈奴，被扣留十九年，他始终不肯穿匈奴的服装；赵他到两广一带割据称王，按照越人"箕踞椎髻"的习俗生活。所以汉朝人称赞苏武，指责赵他。赵他的习性，沾染了南越地方的风俗，背叛了汉朝的冠带制度。后来，陆贾去劝说他的时候，穿的是中原服装，行的是汉朝礼节，用道理去规劝他。赵他觉悟，回心转意，归附汉朝。假如陆贾也穿着越人的衣服，说着越人的话，随从那里的落后风俗，那怎能使赵他觉悟，自动转而服从汉朝的制度呢？

夏、商、周三代的教化各不相同，重"文"或尚"质"是相反的，这是因为前一代政治上的过失，后一代不能再沿袭的缘故。上天谴告君主的错误，不去纠正他的过失，而是沿袭他的错误，想要用这种方法达到谴告的目的，国君不觉悟，又怎么办呢？管叔、蔡叔叛乱之前，周公曾再三地教导和告诫他们。周公用来教诲和告诫他们的话，难道会说“你们应当叛乱”吗？人的正道是称赞好的，憎恶坏的，对好事予以奖赏，对坏事加以惩罚，天道也应该如此。刑赏不合乎实际，这是恶行，天却用恶气去顺应他，那么“恶恶”的原则又运用到哪里去了呢？汉朝制定了严惩窝藏和放纵罪犯的“首匿”和“亡从”的法律，是因为憎恨有人跟着坏人作恶，并且和坏人结成群党。如果人人都能把罪犯绑起来送交官吏，离开坏人而不同他们在一起住，那“首匿”、“亡从”的法律就可以废除了。齐桓公宠臣易牙在调味的时候，酸了就加些水，淡了就放点盐，如同水与火之间可以相克变易一样，所以他做的饭菜就不会过咸或过淡。现在刑赏违背实际，不用相反的气来改变国君的错误，而是在寒的时候加寒，温的时候加温，这就和嫌酸反而加盐、嫌淡反而加水一样。由此说来，“谴告”这种说法，应该怀疑呢？还是一定要相信呢？比如烧柴用锅煮水，火猛水就热，火弱水就凉。国家的政事就像火，天气的寒温就像锅里水的凉热。只能说君主处理政事赏罚不当，扰乱了阴气和阳气，使得天气失调，怎么说是上天因为国君有错误而用寒气、温气来谴告他呢？

儒家之言又讲道："国君的政事有了错误，天就显示异常；如果不改，就伤害国君的人民；再不改，就伤害国君本身。先显示异常后降临灾害，是上天先施教育而后行惩罚的道理。"我们说，这也是值得怀疑的。

在夏天种植作物，作物就会干枯，不能生长。到冬天才收获谷物，谷物便会落在地上而得不到收藏。从事国家的政事和教化，就像种植庄稼、收获谷物一样。只能说由于政治不合时宜，天气和万物就会出现灾害；怎能说上天用变异来谴告君主，君主不改，上天就用灾来惩罚他呢？儒家的这些说法，是俗人的言论。盛夏阳气很盛，阴气干犯阳气，二气相冲击，霹雳作响，有时击中人畜。儒家说这是天在惩罚暗中犯了罪过的人，这话从表面听来好像是对的，其实并不正确。说灾异是为了谴告和惩罚，就像说雷劈人是天惩罚暗中犯罪的人一样，都是没有道理的言论，是不正确的说法。

有人说：西汉时谷永向皇帝上书，陈述灾异，指明这是上天的谴告，如果皇帝不改，以后还会有灾异出现。并表示如果自己的说法不对，宁愿先带着刑具等着，不再出现灾异，就甘受重刑。后来，果然又出现了谷永所说的灾异。如果灾异不是天对君主的谴告，为什么还会出现灾异呢？谷永这样说了，所以以后皇帝有了改正错误的表示。

我们说：变异本来都是有征兆的，自然界的万物都自有它的产生与终结。踏到霜，就知道坚厚的冰一定会出现，这是自然的道理。谷永能够认识变异的苗头，知道它以后还会出现，于是他就借"变复"的说法，来证明自己的话有效验，所以才表示情愿带上刑具等待灾异的降临。这就好像齐国大夫晏子看到钩星在房宿、心宿之间，就知道将要发生地震一样。假使谷永看见钩星，那他将又说："天用钩星来谴告国家的政事，国君如不改错，将有地震发生。"谷永情愿带上刑具等待灾异的到来，就和春秋时宋国的子韦对宋景公说他愿跪伏在皇帝的台阶上等待荧惑星移动方位那件事一样，都是他们预测到的必然变化的效验，因此，谴告这种说法就被人相信了。把自然变异说成是上天的谴告，这在道理上有什么损害呢？损害天的品德，把自然无为的事情转变成人类有意识、有目的的活动，所以令人难以听信。

说天能谴告君主，是想称赞天的耳聪目明，实际上反以所谓聪明而损害了天德。"怎么知道他聋呢？因为他听得很清楚。怎么知道他瞎呢？因为他看得很明白。怎么知道他疯呢？因为他说的话很得当。"说话得当，视听聪明，而道家却说他是狂人、瞎子、聋子。现在儒家说天能谴告君主，这就等于说天是狂人、瞎子、聋子啊！

《周易》上说："圣人与天地具有相同的道德。"所以太伯说："天不说话，而是把它的道理种植在贤人的心中。"圣人的道德，就是天的道德。贤人说的话，就是天说的话。圣人的指责、贤人的规劝，这就是天的谴告啊，然而反把灾异说成是谴告，所以令人怀疑。

《六经》的文章，圣人的话语，动不动就说"天"，企图以此感化无道的君主，恐吓愚昧的百姓。他们想说这不只是我自己的心意，也是上天的意志。待到那些圣人说天，也还是根据人的心理进行描绘，而不是指头上蓝蓝的天体本身。那些讲"变复"的人，看到关于天的胡言乱语，灾异的不时到来，于是就制造出谴告的说法来了。

用现在的事来验证古代的事，用人事来推知天。舜接受帝位的时候说："我是在尧的祖庙里受命于尧的。"他并没有说受命于天，因为他知道，尧的心里是知道天的意思的。尧传位给他，也就是天传位给他，所以百官都拥戴舜。舜传位给禹，禹传位给启，都是由人心来说明天意的。《诗经》里说的上天的"眷顾"，《尚书·洪范》里说的上帝"震怒"，都是由人心来说明天意的。

文王、武王死了以后，周成王幼小，周朝的统治尚不巩固，周公居于摄政的地位，当时难道有上天的教导吗？只是周公的用心符合天的意志罢了。上天的心意，实际上在圣人的胸中，待到需要谴告的时候，就由圣人的口里表达出来。现在有人不相信圣人的话，反而相信灾异之气是上天对君主的谴告，这样来求索上天的意志，该是多么遥远哪！当今世上还没有圣人，到哪儿能听到圣人的话呢？贤人的才能与圣人差不多，也就是仅次于圣人的人了。

自 然 篇

《自然》是《论衡》的第五十四篇。它是阐述王充朴素唯物主义自然观的代表作，在《论衡》一书中占有重要地位。

在本篇中，王充针对两汉时期唯心主义的神学目的论，集中地阐述了天是自然的，没有思想，没有欲望，没有口目耳鼻，无知无为。天地间的一切灾异变化都是自然的，“物自生，气自变”，与人事没有任何联系。王充认为整个自然界都是由物质性的元气组成的，元气充塞于天地万物之间。虽然地以土为形体，天或以土或以气为形体，但究其实质，都是元气。“天道无为”，天地的运动不过是施放元气，“天地合气，万物自生”。王充的朴素唯物主义元气说，是对先秦以来“天道无为”思想和“精气”学说的继承和发展，在我国哲学发展史上有重要贡献。与此相应，王充在本篇还肯定了西汉初期的“无为”政治，表彰了曹参与汲黯等一批地主阶级先进人物，从而表达他对东汉豪族政治的不满。

当然，王充的唯物主义思想是不彻底的，例如他相信“妖气为鬼”等迷信说法。此外他过分夸大了“无为”的作用，认为人在自然面前是无能为力的，并盛赞“三皇”，即原始社会的蒙昧状态。

天地合气，万物自生，犹夫妇合气，子自生矣。万物之生，含血之类，知饥知寒。见五谷可食，取而食之；见丝麻可衣，取而衣之。或说以为天生五谷以食人①，生丝麻以衣人②。此谓天为人作农夫桑女之徒也。不合自然，故其义疑，未可从也。试依道家论之。

天者，普施气万物之中，谷愈饥，而丝麻救寒，故人食谷，衣丝麻也。夫天之不故生五谷丝麻以衣食人，由其有灾变不欲以谴告人也。物自生而人衣食之，气自变

---

① 食(sì 四)人：给人吃。 ② 衣人：给人穿。

而人畏惧之。以若说论之，厌于人心矣[①]。如天瑞为故，自然焉在，无为何居？

何以知天之自然也[②]？以天无口目也。案有为者，口目之类也。口欲食而目欲视，有嗜欲于内，发之于外，口目求之，得以为利，欲之为也。今无口目之欲，于物无所求索，夫何为乎？何以知天无口目也？以地知之。地以土为体，土本无口目。天地，夫妇也，地体无口目，亦知天无口目也。使天体乎？宜与地同。使天气乎？气若云烟，云烟之属，安得口目。

或曰："凡动行之类，皆本有为[③]。有欲故动，劳动有为。今天动行与人相似，安得无为？"曰：天之动行也，施气也。体动气乃出，物乃生矣。由人动气也，体动气乃出，子亦生也。夫人之施气也，非欲以生子，气施而子自生矣。天动不欲以生物，而物自生，此则自然也；施气不欲为物，而物自为，此则无为也。谓天自然无为者何？气也恬淡无欲[④]，无为无事者也。老聃得以寿矣[⑤]。老聃禀之于天，使天无此气，老聃安所禀受此性！师无其

① 厌：同"餍"(yàn 厌)，满足。 ② 原脱"知"字，据刘盼遂说补。 ③ "有"字上原有"无"字，据刘盼遂说删。 ④ 恬(tián 甜)淡：安静、淡泊。 ⑤ 老聃(dān 丹)：一般认为即老子，又名李耳，春秋时期思想家，道家学派创始人，著有《老子》一书。《史记》卷六三有传。

说而弟子独言者，未之有也。或复于桓公，公曰："以告仲父。"左右曰："一则仲父，二则仲父，为君乃易乎？"桓公曰："吾未得仲父，故难；已得仲父，何为不易！"夫桓公得仲父，任之以事，委之以政，不复与知。皇天以至优之德与王政而谴告之，则天德不若桓公，而霸君之操过上帝也。

或曰："桓公知管仲贤，故委任之。如非管仲，亦将谴告之矣。使天遭尧舜，必无谴告之变。"曰：天能谴告人君，则亦能故命圣君。择才若尧、舜，受以王命，委以王事，勿复与知。今则不然。生庸庸之君，失道废德，随谴告之，何天不惮劳也①？曹参为汉相②，纵酒歌乐，不听政治，其子谏之，笞之二百。当时天下无扰乱之变。淮阳铸伪钱，吏不能禁。汲黯为太守③，不坏一炉，不刑一人，高枕安卧，而淮阳政清。夫曹参为相，若不为相；汲黯为太守，若郡无人。然而汉朝无事，淮阳刑错者④，参德优而黯威重也。计天之威德，孰与曹参、汲黯？而谓天与王政，随而谴告之，是谓天德不若曹参厚，而威不

---

① 不惮(dàn但)劳：不怕烦劳。惮，怕。 ② 曹参(shēn深)：沛县(今江苏沛县)人，西汉初期功臣，汉惠帝时继萧何为丞相。《史记》卷五四有《曹相国世家》。 ③ 汲黯(jí àn及暗)：濮阳(今河南濮阳)人，汉武帝时任淮阳太守。《史记》卷一二〇有传。 ④ 错：通"措"，指措置不用。

若汲黯重也。蘧伯玉治卫①，子贡使人问之：“何以治卫？”对曰：“以不治治之。”夫不治之治，无为之道也。

或曰：“太平之应，河出图、洛出书②。不画不就，不为不成。天地出之，有为之验也。张良游泗水之上，遇黄石公授太公书③，盖天佐汉诛秦，故命令神石为鬼书授人，复为有为之效也。”曰：此皆自然也。夫天安得以笔墨而为图书乎？天道自然，故图书自成。晋唐叔虞、鲁成季友生④，文在其手，故叔曰“虞”，季曰“友”。宋仲子生⑤，有文在手，曰“为鲁夫人”。三者在母之时，文字成

---

① 蘧(qú 渠)伯玉：名瑗，春秋时卫国大夫。 ② 河出图、洛出书：这句话始见《易·系辞传》。河，黄河。传说上古伏羲氏时，黄河有图出现，伏羲氏仿效黄河图画出了八卦。洛，洛水，即今洛河。传说禹治水时，洛河有书出现，禹取法洛书作出《洪范》。参见《汉书·五行志》上。 ③ 黄石公授太公书：黄石公是秦末隐士。当秦未亡时，张良在泗水桥上遇到他，他赠送张良一部《太公兵法》，即《太公书》，临别时告诉张良，说十三年后济北谷城山下黄石就是他，因此人称黄石公。事见《史记·留侯世家》。 ④ 晋唐叔虞：周武王子，成王弟，名虞，封于唐，后唐改称晋，所以称他为晋唐叔虞。《左传》昭公元年载，他降生时手上有“虞”字。鲁成季友：春秋时鲁桓公少子，名友，又称成季，所以叫成季友。《左传》昭公二十三年载，他降生时手上有“友”字。 ⑤ 宋仲子：春秋时宋武公女、鲁惠公夫人，鲁桓公生母。据《左传》隐公元年载，她降生时手上有“为鲁夫人”几个字。

矣，而谓天为文字，在母之时，天使神持锥笔墨刻其身乎？自然之化，固疑难知，外若有为，内实自然。是以太史公记黄石事①，疑而不能实也。赵简子梦上天②，见一男子在帝侧，后出，见人当道，则前所梦在帝侧者也。论之以为赵国且昌之状也。黄石授书，亦汉且兴之象也。妖气为鬼，鬼象人形，自然之道，非或为之也。

草木之生，华叶青葱③，皆有曲折，象类文章。谓天为文字，复为华叶乎？宋人或刻木为楮叶者④。三年乃成，列子曰："使天地三年乃成一叶，则万物之有叶者寡矣⑤。"如列子之言，万物之叶自为生也。自为生也，故能并成。如天为之，其迟当若宋人刻楮叶矣。观鸟兽之毛羽，毛羽之采色，通可为乎？鸟兽未能尽实。春观万物之生，秋观其成，天地为之乎？物自然也。如谓天地为之，为之宜用手，天地安得万万千千手，并为万万千千物

---

① 太史公：即司马迁，字子长，陕西韩城人。汉武帝时继父司马谈职，任太史令，是西汉著名历史学家和文学家，《史记》的作者。《史记》卷一三〇有自序，《汉书》卷六二有传。
② 赵简子：即赵鞅，春秋末年晋国大夫，赵氏家族的首领。当时赵氏与魏、韩、智三家俱为晋国强家。赵鞅为赵国的奠基人。 ③ 华（huā 花）：同"花"。 ④ 楮（chǔ 楚）：即楮树。
⑤ 列子：原作"孔子"。据《韩非子·喻老篇》改，下同。列子名列御寇，战国时人，著有《列子》。原书已佚。今本《列子》，系晋人假托的著作，属于道家学派。

乎？诸物在天地之间也，犹子在母腹中也。母怀子气，十月而生，鼻口耳目，发肤毛理，血脉脂腴，骨节爪齿，自然成腹中乎？母为之也？偶人千万，不名为人者，何也？鼻口耳目，非性自然也。武帝幸王夫人①，王夫人死，思见其形。道士以方术作夫人形，形成，出入宫门，武帝大惊，立而迎之，忽不复见。盖非自然之真，方士巧妄之伪，故一见恍忽，消散灭亡。有为之化，其不可久行，犹王夫人形不可久见也。道家论自然，不知引物事以验其言行，故自然之说，未见信也。

物虽自然，亦须有为辅助。耒耜耕耘②，因春播种者，人为之也。及谷入地，日夜长大，人不能为也。或为之者，败之道也。宋人有悯其苗之不长者，就而揠之③，明日枯死。夫欲为自然者，宋人之徒也。

问曰："人生于天地，天地无为。人禀天性者，亦当无为，而有为，何也？"

---

① 王夫人：见《史记·封禅书》。方士是少翁。《汉书·外戚传》以为李夫人，并载有武帝悼念她的诗赋。也谈到少翁，故后人多信此说。其实李夫人死时少翁之死已久，应以《史记》为正。 ② 耒耜（lěi sì 垒四）：古代农业生产工具。③ 揠（yà 亚）：拔。"揠苗助长"的故事见《孟子·公孙丑上》。又"日夜长大"本作"日夜长夫"，据刘盼遂说改。

曰：至德纯渥之人[1]，禀天气多，故能则天，自然无为。禀气薄少，不遵道德，不似天地，故曰不肖。不肖者，不似也。不似天地，不类圣贤，故有为也。天地为炉，造化为工，禀气不一，安能皆贤？贤之纯者，黄、老是也。黄者，黄帝也；老者，老子也。黄、老之操，身中恬淡，其治无为。正身共已，而阴阳自和，无心于为，而物自化，无意于生，而物自成。

《易》曰："黄帝、尧、舜垂衣裳而天下治[2]。"垂衣裳者，垂拱无为也[3]。孔子曰："大哉，尧之为君也！惟天为大，惟尧则之。"又曰："巍巍乎舜、禹之有天下也！而不与焉[4]。"周公曰："上帝引佚[5]。"上帝，谓虞舜也。虞舜承安继治，任贤使能，恭已无为而天下治。虞舜承尧之安，尧则天而行，不作功邀名[6]，无为之化自成，故曰："荡荡乎民无能名焉！"年五十者击壤于涂，不能知尧之德，盖自然之化也。《易》曰："大人与天地合其德[7]。"黄帝、尧、舜大人也，其德与天地合，故知无为也。天道无为，故春不为生，而夏不为长，秋不为成，冬不为藏。阳气自

---

① 纯渥（wò 握）：纯朴，敦厚。 ② 见《易·繫辞下》。 ③ 拱：双手合于胸前。垂拱：把手垂下来，形容清闲。 ④ 见《论语·泰伯》。刘盼遂案："舜禹当为虞舜，声误而又倒植也。上下文皆以黄帝尧舜连言，无与禹事。" ⑤ 见《尚书·多士》。 ⑥ 邀（yāo 腰）名：追求名誉。 ⑦ 见《易·乾卦文言》。

出，物自生长；阴气自起，物自成藏。汲井决陂[①]，灌溉园田，物亦生长；霈然而雨，物之茎叶根荄[②]，莫不洽濡。程量澍泽[③]，孰与汲井决陂哉？故无为之为大矣。本不求功，故其功立；本不求名，故其名成。沛然之雨，功名大矣，而天地不为也，气和而雨自集。

儒家说夫妇之道取法于天地。知夫妇法天地，不知推夫妇之道以论天地之性，可谓惑矣。夫天覆于上，地偃于下，下气烝上，上气降下，万物自生其中间矣。当其生也，天不须复与也，由子在母怀中，父不能知也。物自生，子自成，天地父母，何与知哉！及其生也，人道有教训之义；天道无为，听恣其性。故放鱼于川，纵兽于山，从其性命之欲也。不驱鱼令上陵，不逐兽令入渊者，何哉？拂诡其性，失其所宜也。夫百姓，鱼兽之类也。上德治之，若烹小鲜，与天地同操也。商鞅变秦法[④]，欲为殊异之功，不听赵良之议，以取车裂之患，德薄多欲，君臣相憎怨也。道家德厚，下当其上，上安其下，纯蒙无

---

① 决陂（bēi 杯）：从池塘里放水。陂：水库。 ② 荄（gāi 该）：草根。 ③ 程量：测量，比较。 ④ 商鞅：本名公孙鞅，又名卫鞅。战国中期卫国人，曾仕魏为中庶子，后入秦变法有功，被封于商，所以又称商鞅，是战国时期法家的代表人物。传世的《商君书》中有少数篇章确为商鞅作。《史记》卷六八有传。

为，何复谴告？故曰：政之适也，君臣相忘于治，鱼相忘于水，兽相忘于林，人相忘于世①，故曰天也。孔子谓颜回曰："吾服汝，忘也；汝之服于我，亦忘也②。"以孔子为君，颜渊为臣，尚不能谴告，况以老子为君，文子为臣乎？老子、文子③，似天地者也。淳酒味甘，饮之者醉不相知。薄酒酸苦，宾主嚬蹙④。夫相谴告，道薄之验也。谓天谴告，曾谓天德不若淳酒乎！

礼者，忠信之薄，乱之首也。相讥以礼，故相谴告。三皇之时，坐者于于，行者居居，乍自以为马，乍自以为牛。纯德行而民瞳矇⑤，晓惠之心未形生也。当时亦无灾异，如有灾异，不名曰谴告。何则？时人愚蠢，不知相绳责也。末世衰微，上下相非，灾异时至，则造谴告之言矣。夫今之天，古之天也。非古之天厚，而今之天薄也。谴告之言生于今者，人以心准况之也⑥。诰誓不及五帝，

---

① "鱼相"三句：《庄子·大宗师》作："鱼相忘乎江湖，人相忘乎道术。"《庄子》又说："泉涸，鱼处于陆，相呴以湿，相濡以沫，不如相忘于江湖。"意为：泉水干涸，鱼失去水相处于陆地，会感到相呴以湿、相濡以沫的可贵，但不如在江湖中彼此相忘那样好。 ② 见《庄子·田子方》。服：臣服。忘：相忘。 ③ 文子：传说是老子弟子，著有《文子》。 ④ 嚬蹙（pín cù 贫促）：皱眉。 ⑤ 瞳矇（tóng méng 同蒙）：无知无识。 ⑥ 准况：比照，推论。

要盟不及三王[①]，交质子不及五伯。德弥薄者信弥衰，心险而行诐[②]，则犯约而负教。教约不行，则相谴告。谴告不改，举兵相灭。由此言之，谴告之言，衰乱之语也，而谓之上天为之，斯盖所以疑也。

且凡言谴告者，以人道验之也。人道，君谴告臣；上天谴告君也，谓灾异为谴告。夫人道，臣亦有谏君，以灾异为谴告，而王者亦当时有谏上天之义，其效何在？苟谓天德优，人不能谏，优德亦宜玄默，不当谴告。万石君子有过[③]，不言，对案不食，至优之验也。夫人之优者，犹能不言，皇天德大，而乃谓之谴告乎？夫天无为，故不言，灾变时至，气自为之。夫天地不能为，亦不能知也。腹中有寒，腹中疾痛，人不使也，气自为之。夫天地之间，犹人背腹之中也。谓天为灾变，凡诸怪异之类，无小大薄厚，皆天所为乎？牛生马，桃生李，如论者之言，天神入牛腹中为马，把李实提桃间乎？牢曰："子云：'吾不试，故艺。'又曰：'吾少也贱，故多能鄙事。'"人之贱不用于大者，类多伎能。天尊贵高大，安能撰为灾变以谴告

① 要（yāo 腰）：强迫，威胁。要盟：以势力威逼对方订立盟约。语出《穀梁传》隐公八年与《荀子·大略》。 ② 诐（bì 毕）：邪僻。 ③ 万石君：名石奋，西汉温县人，初为中涓，累迁至诸侯相。有四子，官皆至二千石，故号万石君。事详《史记·万石君列传》。

人①？且吉凶蜚色见于面②，人不能为，色自发也。天地犹人身，气变犹蜚色，人不能为蜚色，天地安能为气变？然则气变之见，殆自然也③。变自见，色自发，占候之家，因以言也。

夫寒温、谴告、变动、招致，四疑皆已论矣。谴告于天道尤诡，故重论之。论之所以难别也。说合于人事，不入于道意。从道不随事，虽违儒家之说，合黄、老之义也。

【翻译】

天气与地气相交合，万物就会自然产生，好比夫妇二气相交合，子女就会自然产生一样。万物一经产生，含有血脉的动物类，就知道饥饿和寒冷。人看见五谷可以食用，就取来吃；看见丝麻可以做衣服，就取来做衣服穿。有的说法认为天特意生出五谷给人吃，生出丝麻给人穿。这是说天在给人们充当农夫和桑女之类。这不符合天道自然的道理，所以这种说法是值得怀疑的，不能信从。试按道家的主张来论证这个问题。

天普遍向万物当中施放元气，五谷可以解除饥饿而

① 撰(zhuàn 赚)：制造。 ② 蜚(fēi 飞)：通“飞”，因思想活动而突然表现于脸部的气色。 ③ 殆(dài 代)：大概。

丝麻可以抵御寒冷，所以人们食用五谷、穿戴丝麻。天不能有意识地生出五谷和丝麻来供给人们吃穿，犹如天有灾异变化不是它想用来谴责告诫人们的现象一样。万物自然生成，然而人们食用它、穿戴它；元气自然变化，然而人们惧怕它。用这个说法来论证天道变化，能够使人满意。如果说天的祥瑞是有意识的，那么自然在哪里？无为又处于什么地位？

怎么知道天是自然的呢？因为天没有嘴，没有眼睛。据考察凡属有作为的东西，都是有口有眼睛的动物一类。嘴想要吃，眼睛想要看，心里产生了嗜好愿望，就会表现到外部来，口和眼睛就会去寻求，想要得到以满足私利，这就是欲望所起的作用。现在天没有口和眼的欲望，对于万物没有要求，它能有什么作为呢？怎样知道天没有口和眼睛呢？是凭地知道的。大地以土为形体，土本来没有口和眼睛。天与地，是夫与妇。地的形体没有口和眼睛，也就知道天没有口和眼睛了。假使天是实体，那它应该与地相同；假使天是元气，元气像云烟一样，云烟之类，哪里会有口和眼睛！

有的人说：“凡是能行动的物类，本来就都是有作为的。有欲望所以有行动，有行动就会有作为。现在天的运动与人相似，怎么能无为呢？”我说：天的运动，是在施放元气。天体一运动，元气就施放出来，万物就产生了。

像人运动施气一样，人体一运动，气就施放出来，子女就产生了。人体的施放元气，并不是要生产孩子，但元气施放出来，孩子也就自己生出来了。天体的运动不是想化生万物，而万物自己生长，这就是自然；天施放元气不是要创造万物，而万物自己有作为，这就是无为。说天自然无为是根据什么呢？气安静淡泊，没有欲望，没有作为，不干事情。老聃凭借这种气因此长寿。老聃从天那里承受了元气，如果天没有这种元气，老聃是从哪里接受到无为的性情呢？老师没有自己的学说而学生个人说出了老师的学说来，这种事是不会有的。有人向齐桓公请示事情，齐桓公说："把这事报告仲父。"左右的人说："一次（有人来报告），说去找仲父，二次（有人来报告），说去找仲父，当国君这么容易吗？"齐桓公说："我没有得到仲父时，（自己处理事务）所以困难；已经得到了仲父，为什么不容易呢！"齐桓公得到管仲，任命他承担国家大事，委托他处理政务，自己不再过问。皇天以无上优美的品德，把政权交给君王，随后就指责、警告他，那么上天的德性反不如齐桓公，而霸国君主的操行倒胜过上帝了。

有人说："齐桓公知道管仲贤明，所以才把所有的事情交给他。如果不是管仲，桓公也会指责警告他的。假使天遇到尧和舜，一定不会有谴告一类灾变的出现。"我说：天若能指责、警告人君，那么也就能有意识地任命圣明的君主，选择才能像尧、舜那样的人，授给王的权力，委托给王的事业，自己不再过问。现在却不是这样。天生些平庸的君主，丧失正道，废弃德性，跟着天又来指责、警告他们，为什么天这样不怕烦劳呢！曹参当汉朝的丞相，纵情美酒，歌唱玩乐，不过问国家事务。他儿子劝谏他，他就打儿子二百板子。当时天下并没有发生骚动叛乱等变化。（汉武帝时）淮阳郡有盗铸假钱的，官吏没办法禁止。汲黯去当太守，没有毁坏一个铸钱炉子，没有法办一个铸假钱的人，只是安然睡觉，而淮阳的政治就清明了。曹参做丞相，好像未当丞相一样；汲黯当太守，好像郡里没人一样。然而汉代的朝廷却能太平无事，淮阳的刑罚竟能废置不用，原因是曹参的德行优秀而汲黯的威望厚重啊。衡量一下天的威望德行，与曹参、汲黯相比较哪个高呢？如果说天授给君王政权，跟着又指责、警告他，这就是说天的德行不如曹参敦厚，而威望不如汲黯重啊。蘧伯玉治理卫国，子贡派人问他："用什么办法治理卫国？"他回答说："用不治理的办法治理卫国。"不治理的治理方式，就是无为的理论。

有人说："太平盛世的吉祥征兆，是黄河出八卦图，洛水出《洪范》书。图不画不成，书不写不成。天地能显现出河图洛书，是天地有作为的验证。张良在泗水桥上游览，遇到黄石公交给他一部《太公兵法》。这是天要帮助汉消灭秦朝，所以命令石头变的黄石公写作鬼书交给人。这又是天有作为的验证。”我说：这一切都是自然的。天怎么使用笔墨写作图书呢？天的规律是自然的，所以河图洛书是自然形成的。唐国的叔虞、鲁国的成季友生下来时，就有文字在手上，所以唐叔叫“虞”，成季叫“友”。宋国的仲子初生时，手上也有文字，是“为鲁夫人”。这三个人在母亲孕育他们的时候，文字就已经形成了，如果说是天写的文字，难道他们在母体里的时候，是天让神拿着锥子和笔墨把字刻在他们身上的吗？自然的变化，本来就疑惑难知，有些表面上好像天有意识造作的现象，实际上却是自然的。所以司马迁记载黄石公的事情，就存疑而不能证实。赵简子做梦上了天，看见一个男子在上帝身边，后来他出门，看见有人挡住道路，正是先前自己梦见在上帝身边的那个人。议论这件事的人认为这是赵国将要昌盛的征兆。黄石公交给张良书籍，也是汉朝将要兴盛的迹象。妖气形成鬼怪，鬼怪像人的形状，这是自然的道理，并不是其他什么东西有意识造作的。

草木的生长，花朵和叶片长得青葱茂盛，都有曲折的纹理，好像文字图案。如果说（晋唐叔虞等人手上的）文字是天写的，那么它还能创作花朵和叶片吗？宋国有个人用木头雕刻楮树的叶子，三年才雕刻成一片。列子说：“假如天三年才造成一片树叶，那么万物当中有叶子的就十分稀少了。”按照列子的说法，万物的叶子是自然生出来的。正因为是自然生出来的，所以才能同时长成。如果叶子是天有意识造成的，那么它的生长就像宋国人雕刻楮树叶子一样缓慢了。试观察鸟兽的毛羽，毛羽的彩色，它们都是能够造作出来的吗？光说鸟兽还不能完全反映实际。春天我们观看万物生长，秋天我们观看万物成熟，这是天地有意识造成的吗？这是万物自然生长的。如果说这是天有意识造成的，那么操作应当用手，天地哪里有万万千千只手，同时作成万万千千种事物呢？各种事物在天地之间，好像孩子孕育在母亲的腹中。母亲孕育孩子，十个月才能生产，孩子的鼻子、嘴、耳朵、眼睛、头发、皮肤、汗毛、纹理、血液，脉络、脂肪、肌肉、骨头、关节、指甲、牙齿是在母腹中自然长成的呢？还是母亲有意识做成的呢？土木偶人有千千万万个，却不被称作人，为什么？就因为他们的鼻子、嘴、耳朵、眼睛等不是顺应物的性质自然生成的。汉武帝宠爱王夫人，王夫人死后，汉武帝想见见她生时的形貌。有个道士用法术仿制王夫人的形象，形象作成之后，进出宫门，汉武帝看见十分惊奇，站起身去迎接她，她忽然又不见了。总之，她不是自然生成的真人，而是道士用巧妙虚假的方法制作的假象，所以叫人恍惚地看一下，就消散灭亡了。有意识制作的变化，它不可能长久地存在，犹如王夫人的形象不可能长久地显现一样。道家谈论自然，不知道引用实际事物来验证他们的言行，所以他们关于自然的论说，不能使人相信。

万物虽然是自然形成的，但也需要人有意识的行动来辅助。用耒耜耕地锄草，趁春季进行播种，这就是人有意识的行为。当种子种到地里，日夜生长壮大，人对它的生长就不能有作为了。有人硬要帮助它长大，那就破坏它生长的规律了。宋国有个人担忧他的禾苗长不大，就到田里去把禾苗拔起一些来，第二天禾苗枯死了。想要做自然所做的事情的人，就是那个宋国人的同类。

有人问："人是由天地产生的，天地没有作为。人禀受了天性，也应当没有作为，然而人却有作为，这是为什么？"我说：德性最高最纯厚的人，禀受天的气最多，所以能以天为榜样，顺从自然没有作为。禀受天的气稀薄微少的人，不遵守天的道德，不像天地那样行事，所以叫"不肖"。"不肖"的意思，就是不相像。不像天地，不像圣贤，所以有作为。天地是个大熔炉，大自然的变化是工匠，人禀受的气质不一样，怎么能都是贤人呢？贤人当中最纯粹的人，就是黄、老。黄，就是黄帝；老，就是老子。黄帝、老子的操行，身体中和，性情恬淡。他们治国的方法是“无为”。他们端庄严肃地坐在那里，而阴气与阳气自然和谐，没有用心去干事，而万物自然变化，没有意识去生成万物，而万物自然生成。

《易经》说：“黄帝、尧、舜垂着衣裳就把天下治理好了。”所谓“垂衣裳”，就是说双手自由下垂或合于胸前，表明顺应自然，没有作为。孔子说：“伟大呀，尧作为君主。只有天最伟大，只有尧能够效法天。”又说：“多么崇高啊，舜和禹享有天下自己不参与国家事务。”周公说：“上帝长久安逸。”上帝，说的就是舜。舜继承了安定的局面，任用贤明和有才能的人，自己安静无所作为，而天下政治清平。舜继承了尧的安宁，尧能够效法天的无为来行事，不有意识地创立功业，不存心去追求名誉，而无为的教化会自然获得成功。所以说：“尧的功业伟大啊，老百姓都说不出个名目来。”五十岁的老人在道路上做击壤游戏，却不能意识到尧的德政，这就是效法自然无为的教化啊。《易经》说：“圣人的德性能够与天地的德性相符合。”黄帝、尧、舜，就是圣人，他们的德性就与天地的德性相符合，所以知道天是无为的。天的规律自然无为，所以春天的出现并不是为了萌生万物，夏天的出现并不是为了成长万物，秋天的出现并不是为了万物成熟，冬天的出现并不是为了收藏万物。春夏的温暖气候自然出现，万物自然萌发生长；秋冬的寒冷气候自发兴起，万物自然成熟收藏。提取井水和放池塘水，用来灌溉农田园圃，植物也会生长；下一场滂沱大雨，植物的茎、叶、根、草根，没有不湿润的，衡量一下及时雨的滋润程度，与提取井水和放池塘水相比较究竟那一种作用大呢？所以无为的作用是伟大的。本来不追求功业，所以它能建立功业；本来不追求名誉，所以它才成了名。充沛的雨量，其功业和名誉太伟大了，但这不是天地有意识的作为，阴阳二气相协调雨就会自然降落了。

儒家说夫妻之道是效法天地的。知道夫妻之道效法天地，却不知道用夫妻之道来推论天地的本性，可以说是糊涂了。天在上面覆盖着，地在下面仰卧着，地下的气向上升，天上的气向下降，万物就自然在二气的交感中产生了。当万物产生时，天就不必再干预它了，像孩子孕育在母腹中、父亲不能过问一样。万物自然生长，孩子自然成熟，天地和父母何必需要过问呢？当万物产生以后，从人道上说，人们有教育抚养孩子的义务；从天道上说，天是自然无为的，听任万物按本性恣意发展。所以要把鱼放入河流，要把野兽放归山林，顺应它们本性的要求。不驱赶鱼类到山陵上去，不驱逐野兽到深渊中去，为什么？因为那违背了他们的本性，使他们失去了适宜的处所。老百姓，就是鱼和野兽一类，由道德高尚的人来治理，就像煮小鱼似的（不要频频搅动），这样就做到了与天地的方法一致。商鞅变革秦国的法律,想要建立特殊优异的功勋,不听从赵良的建议,结果遭到了车裂的大祸。这是他德性浅薄而欲望太多,秦国君臣憎恨他、仇怨他的结果。道家的德性浑厚,在下位的仰望其长上,在上位的安抚其属下,纯朴浑厚,哪里还用得着指责和警告?所以说:"政治适宜,君臣就在天下大治中互相忘记了,鱼儿就在水里互相忘记了,人民就在人世间互相忘记了。因此这就叫自然。"孔子对颜渊说:"我使你信服,但忘记了你;你信服我,也忘记了我。"如果孔子当国君,颜渊当大臣(因为彼此互相忘记了),尚且不用指责、警告,何况老子做国君,文子当大臣呢?老子和文子的关系,就像天和地似的。醇美的酒味道甘甜,喝酒的人醉得分不清谁是谁。劣质的酒味道又酸又苦,客人主人喝了直皱眉头。互相指责、警告,就是道德浅薄的证明。说天能指责、警告人,岂不就是说天的道德还不如美酒吗!

礼这种东西,是忠信衰微的表现、丧乱的开始。人们互相用礼来指责,所以才有谴告。三皇的时候,坐着的人们悠然自得,行走的人们无忧无虑,忽儿觉能自己像匹马,忽儿觉能自己是头牛。纯厚的德性蔚然成风,人民蒙昧无知,聪明智慧的思想还没有形成。当时也没有灾异,如果有灾异,也不把它叫做谴告。为什么?因为当时的人愚昧无知,不懂得互相责备啊。末世世道衰微,上下互相诽谤,碰巧灾异又时有发生,于是就编造出了谴告的言论。今天的天,就是古时候的天。不是古时候的天德性厚,而今天的天德性薄。谴告的说法产生在今天,是人们用自己的心理来推论比附天的缘故。诰誓这种东西,五帝时还没有;要盟这种东西,在三王时还没有;互相交换儿子当人质,五霸时还没有。德性越淡薄的人,信用越衰微。心地险恶行为诡诈的人,就违犯誓约而且背叛教令。教令和誓约不能遵行,就互相谴告。谴责告诫还不改,就发兵互相消灭。由此说来,谴告的言论是衰乱世道的语言,而硬说它是上天的作品,这就足以使我们产生怀疑。

再说凡是谈论谴告的人,都以人世间的道理来验证。依人世间的道理,君主谴告臣下;上天谴告君主,于是说灾异就是谴告。但是依人世间的道理,臣下也可以劝谏君主,要说灾异就是谴告,那么君主也应当有随时规劝上天的义务了,可是它的表现在哪里呢?如果说天的道德优秀,人不能劝谏它,那么具有优秀品德的天也应该是沉默的,不应当指责、警告人。万石君的子孙有了错误,他不用语言批评,只是对着食案不吃饭,这是最优秀品德的证据。人世间的优秀人物,还能够不说话,皇天的德性高大,反而能说它谴告吗?天是自然无为的，所以不能说话，灾变时有发生，这是天气自然形成的。天地不能有作为，也不能有知识。人肚子里有寒气，肚子就疼痛，人不能使肚子疼，是寒气自然造成的。天和地之间，就像人体的脊背和肚腹中间一样，说天能产生灾变，那么凡是各种怪异的事情，不论大小厚薄，都是天造成的吗？牛生了马，桃树结了李子，如按照“天为灾变”论者们的说法，是天神进入牛肚子里制造了马，把李树的果实栽到了桃树中间的吗？琴牢说：“孔子说过：‘我没被任用当官，所以多技艺。’又说：‘我年青的时候社会地位卑贱，所以能做很多被人看不起的事。’”人的地位卑贱，不被重用去当大官，大多都有各种技能。天是尊贵高大的，哪能制造出许多灾变来谴告人类呢？况且吉凶的气色突然显现在脸上，那不是人能自己制造的，而是气色自然表现出来的。天地好比人的身体，天地之气的变化好比人的气色，人不能自己造作气色，天地怎么能造作天气灾变呢？因此天气灾变的出现，大概是自然产生的。灾变自然显现，气色自然发生，那些以占卜为职业的迷信家们正是利用了这些自然变化来制造他们自己的理论。

关于寒温、谴告、变动、招致这四种可疑的说法都已论述过了。谴告对于自然规律来说，尤其荒谬怪诞，所以再次评论了它。评论它是为了进一步责难它、识别它。谴告说符合了人世间的事情,但不符合自然的道理。我服从自然的道理而不随顺人世间的事情,这虽然违背儒家的说教,却符合黄老的思想。

实 知 篇

《实知》是《论衡》的第七十八篇，它与《知实》是姊妹篇，旨在阐述人类知识的来源问题。

东汉的官方哲学认为自然是有意识创造万物的神明，人的认识是先天的。他们割断人与外界事物的联系，说圣人能“前知千岁，后知万世，有独见之明，独听之聪，事来则名，不学自知，不问自晓”。

王充在本篇深入批判了这种唯心主义的先验论。他指出人的知识来源于人对外界事物的细致考察，是“任耳目以定情实”。任何正确的认识，都必须经过“案兆察迹，推原事类”。

他断然否定了圣人能“生而知之”的谬论，

说“圣贤不能性(生)知”,认为圣贤“不学自知,不问自晓”的说法是荒诞的。他指出所谓圣贤先知,不过是圣贤对于一些事物已经有过接触,能“阴见默识,用思深秘”而已。

他说人类要认识事物,必须经过学习,“学之乃知,不学不识”。就是最蠢笨的人,经过学习思考,也能认识天下的事物。

在东汉的社会历史条件下,王充能坚持运用朴素唯物主义的认识观点批判先验论,其进步意义和战斗精神都是不可低估的。当然,王充还不可能把认识的来源问题提到实践的高度来认识,而仅局限于一般的社会经验上,并承认世间确实存在着不可知的事物。另外文中也还带有明显的谶纬迷信色彩,并宣扬了一些形而上学的东西。对于这些,我们不应过分苛责。

儒者论圣人,以为前知千岁,后知万世,有独见之明、独听之聪,事来则名,不学自知,不问自晓,故称圣则神矣。若蓍、龟之知吉凶①,蓍草称神,龟称灵矣。贤者

① 蓍(shī 师):俗称锯齿草,古人用它的茎来占筮;龟:乌龟,古人用它的甲来占卜。

才下不能及，智劣不能料，故谓之贤。夫名异则实殊，质同则称钧，以圣名论之，知圣人卓绝，与贤殊也。

孔子将死，遗谶书曰[①]："不知何一男子，自谓秦始皇，上我之堂，踞我之床，颠倒我衣裳，至沙丘而亡。"其后秦王兼吞天下，号"始皇"，巡狩至鲁[②]，观孔子宅，乃至沙丘，道病而崩[③]。又曰："董仲舒乱我书[④]。"其后，江都相董仲舒论思《春秋》[⑤]，造著传记。又书曰："亡秦者，胡也。"其后，二世胡亥竟亡天下。用三者论之，圣人后知万世之效也。孔子生不知其父，若母匿之，吹律自知殷宋大夫子氏之世也[⑥]。不案图书，不闻人言，吹律精思，自知其世，圣人前知千岁之验也。

曰：此皆虚也。案神怪之言，皆在谶记，所表皆效图书[⑦]。"亡秦者胡"，河图之文也。孔子条畅增益，以表

---

① 谶（chèn 趁）书：记载谶语的书。谶语：神秘的预言。 ② 巡狩：王者视察领地或诸侯封国。 ③ 崩：天子死。 ④ 董仲舒：西汉初期儒家学派代表人物，著名的思想家、哲学家。广川（今河北枣强）人，官至江都相。著有《春秋繁露》一书，《汉书》卷五六有传。乱：治。 ⑤《春秋》：孔子编撰的鲁国编年体断代史，记鲁隐公元年至鲁哀公十四年（前 722—前 481）事。后儒续至哀十六年，是中国最早的编年史。 ⑥ 律：律管，古代用来定音的竹制乐器。吹律是古代的一种占卜方法。 ⑦ 图书：即河图洛书。详见《自然篇》注。

神怪；或后人诈记，以明效验。高皇帝封吴王①，送之，拊其背曰："汉后五十年②，东南有反者，岂汝邪？"到景帝时，濞与七国通谋反汉③。建此言者，或时观气见象，处其有反，不知主名，高祖见濞之勇，则谓之是。原此以论，孔子见始皇、仲舒，或时但言"将有观我之宅"、"乱我之书"者，后人见始皇入其宅，仲舒读其书，则增益其辞，著其主名④。如孔子神而空见始皇、仲舒，则其自为殷后子氏之世，亦当默而知之，无为吹律以自定也。孔子不吹律，不能立其姓⑤，及其见始皇、睹仲舒，亦复以吹律之类矣。案始皇本事⑥，始皇不至鲁，安得上孔子之堂，踞孔子之床，颠倒孔子之衣裳乎？始皇三十七年十月癸丑出游，至云梦，望祀虞舜于九嶷⑦。浮江下，观藉柯⑧，度梅渚，过丹阳，至钱唐⑨，临浙江⑩，涛恶，乃西百二十里，

---

① 高皇帝：即汉高祖刘邦。吴王：刘濞（bì 毕），刘邦的侄儿。 ② 汉后五十年：汉朝开国后五十年。 ③ 七国：指汉初分封的同姓诸侯国，即吴、楚、赵、胶西、济南、菑（zī 资）川、胶东。这七国在汉景帝时曾发动叛乱，史称"七国之乱"。 ④ 著：标明。主：指当事人。 ⑤ 立：确立。 ⑥ 本事：本来的事实，指《史记·秦始皇本纪》。 ⑦ 望祀：古代诸侯祭祀山川神祇的礼节。虞舜：即舜。九嶷：即九嶷山，在今湖南宁远南。传说舜葬于此。 ⑧ 藉柯：古地名，不详。 ⑨ 钱唐：即钱塘，古县名，在今浙江杭州西。 ⑩ 浙江：即今钱塘江。

从陕中度①，上会稽②，祭大禹，立石刊颂③，望于南海。还过吴④，从江乘渡⑤，旁海上，北至琅邪⑥。自琅邪北至劳、成山⑦，因至之罘⑧，遂并海西，至平原津而病，崩于沙丘平台。既不至鲁，谶记何见而云始皇至鲁⑨？至鲁未可知，其言孔子曰“不知何一男子”之言，亦未可用。“不知何一男子”之言不可用，则言“董仲舒乱我书”亦复不可信也。行事文记谲，常人言耳⑩。非天地之书，则皆缘前因古，有所据状⑪；如无闻见，则无所状。凡圣人见祸福也，亦揆端推类⑫，原始见终，从闾巷论朝堂，由昭昭

---

① 陕：《史记·秦始皇本纪》作“狭”，指江面狭窄处。② 会稽：山名，在今浙江绍兴东南，传说禹葬在此山。③ 立石刊颂：立石碑，刻颂辞，指《秦会稽刻石》，见《史记·秦始皇本纪》，今有宋人摹本。④ 吴：此字原本无，据《史记·秦始皇本纪》补。“吴”即今江苏苏州。⑤ 江乘：古县名，在今江苏南京东北。“渡”字原本无，据《史记·秦始皇本纪》补。⑥ 琅邪：山名，在今山东胶南海滨。⑦ 劳、成山：即崂山、成山。崂山在今山东青岛，成山在今山东莱芜。⑧ 之罘（fú 浮）：山名，亦作芝罘，在今山东烟台北。⑨ 刘盼遂案：“《史记·秦始皇本纪》，二十八年，始皇东至邹县，上邹峄山立石，与鲁诸儒生议刻石颂秦德，乃遂上泰山，是始皇未尝不至鲁也。”王充说误。⑩ 这两句是说，事情和记载怎么异常，也不过是平常人说的话。谲（jué 决）：诡异。⑪ 据状：有根据地描写。状：描述。⑫ 揆（kuí 葵）：估量。端：开端。

察冥冥[1]。谶书秘文[2]，远见未然，空虚暗昧，豫睹未有[3]，达闻暂见[4]，卓谲怪神，若非庸口所能言。

放象事类以见祸[5]，推原往验以处来[6]，贤者亦能，非独圣也。周公治鲁，太公知其后世当有削弱之患；太公治齐，周公睹其后世当有劫弑之祸[7]。见法术之极，睹祸乱之前矣。纣作象箸而箕子讥[8]，鲁以偶人葬而孔子叹[9]，缘象箸而见龙干之患[10]，偶人睹殉葬之祸也[11]。太公、周公俱见未然，箕子、孔子并睹未有，所由见方来者，贤圣同也。鲁侯老[12]，太子弱，次室之女依柱而啸，由老弱之征，见败乱之兆也。妇人之知，尚能推类以见方来，

① 昭昭：指明显的事。冥冥：指不清楚的事。 ② 秘文：神秘的文字记载，这里指汉代的“纬书”。 ③ 豫睹：预先看到。豫，通“预”。 ④ 达闻暂见：乍一听，猛一见。 ⑤ 放（fǎng 仿）：通“仿”。放象：仿效。 ⑥ 处：判断。 ⑦ 劫：用武力威逼。弑（shì 士）：古代臣杀君、子杀父称“弑”。据《吕氏春秋·长见》和《淮南子·齐俗训》载，太公望和周公旦受封国后两人见了面，互相询问怎样治理国家，周公说：“亲亲上恩。”太公望说：“尊贤上功。”太公断定鲁必然出现削弱的祸患。周公断定齐必然出现被劫杀之君。 ⑧ 纣：殷代最后一个王。象箸：象牙筷子。箕子：纣王叔父。 ⑨ 偶人：即俑，用木雕或泥塑的假人，用作随葬品。 ⑩ 龙干：即龙肝，传说中的一种珍贵食品。 ⑪ 由用偶人随葬看到了用人殉葬的祸患。按，从考古材料来看，先是用活人殉葬，后来才用俑人的。 ⑫ 鲁侯：指战国时鲁国君鲁穆公。

况圣人君子，才高智明者乎！秦始皇七年①，严襄王母夏太后薨②。孝文王后曰华阳后，与文王葬寿陵，夏太后子严襄王葬于范陵③，故夏太后别葬杜陵，曰："东望吾子，西望吾夫，后百年，旁当有万家邑。"其后皆如其言。必以推类见方来为圣，次室、夏太后，圣也。秦昭王七年④，樗里子卒⑤，葬于渭南章台之东，曰："后百年，当有天子宫挟我墓。"至汉兴，长乐宫在其东，未央宫在其西，武库正值其墓⑥，竟如其言。先知之效，见方来之验也。如以此效圣，樗里子圣人也；如非圣人，先知见方来，不足以明圣。然则樗里子见天子宫挟其墓也，亦犹辛有知伊川之当戎⑦。昔辛有过伊川，见被发而祭者，曰："不及百年，此其戎乎⑧！"其后百年，晋迁陆浑之戎于伊川焉，竟如其言。辛有之知当戎，见被发之兆也；樗里子之见天

① 七年：原本作十年，据《史记·吕不韦列传》改。是年为公元前240年。 ② 严襄王：即庄襄王，避汉明帝刘庄讳改。薨原本作"梦"，形近而误。据刘盼遂说改。 ③"子"字原本无，据《史记·吕不韦列传》补。 ④ 七年：原本作十年，据《史记·樗里子甘茂列传》改。 ⑤ 樗(chū初)里子：嬴氏，名疾，秦惠文王异母弟。 ⑥ 武库：兵器库。 ⑦ 辛有：春秋时周的大夫。戎：春秋时住居在西北地区的少数民族。 ⑧ 见《左传》僖公二十二年。

子宫挟其墓，亦见博平之基也。韩信葬其母①，亦行营高敞地，令其旁可置万家，其后竟有万家处其墓旁。故樗里子之见博平土有宫台之兆，犹韩信之睹高敞万家之台也。先知之见方来之事，无达视洞听之聪明，皆案兆察迹，推原事类。春秋之时，卿大夫相与会遇②，见动作之变，听言谈之诡，善则明吉祥之福，恶则处凶妖之祸。明福处祸，远图未然，无神怪之知，皆由兆类。以今论之，故夫可知之事者，思虑所能见也；不可知之事，不学不问不能知也。不学自知，不问自晓，古今行事，未之有也。夫可知之事，惟精思之，虽大无难；不可知之事，厉心学问，虽小无易。故知能之士，不学不成，不问不知。

难曰："夫项托年七岁教孔子③。案七岁未入小学而教孔子，性自知也④。孔子曰：'生而知之，上也；学而知之，其次也⑤。'夫言生而知之，不言学问，谓若项托之类

---

① 韩信：西汉初大将，在对楚作战中立过大功，封楚王，贬为淮阴侯，后为吕后所杀，葬母是他早年的事。《史记》卷九二有传。 ② 会遇：聚会。 ③ 项托：又作项橐（tuó 驮），春秋时人，据说他"七岁而为孔子师"。事见《战国策·秦策》。 ④ 性：天生。 ⑤ 孔子把人的智力发展程度分为上、次、又其次、下四等。参见《论语·季氏》。

也。王莽之时[①]，勃海尹方年二十一，无所师友，性知开敏，明达六艺。魏都牧淳于仓奏：'方不学，得文能读诵，论义引五经文，文说议事，厌合人之心[②]。'帝征方，使射蜚虫[③]、策射[④]，无非知者，天下谓之圣人。夫无所师友，明达六艺，本不学书，得文能读，此圣人也。不学自能，无师自达，非神如何？”

曰：虽无师友，亦已有所问受矣；不学书，已弄笔墨矣。儿始生产，耳目始开，虽有圣性，安能有知？项托七岁，其三四岁时，而受纳人言矣。尹方年二十一，其十四五时，多闻见矣。性敏才茂，独思无所据，不睹兆象，不见类验，却念百世之后，有马生牛，牛生驴，桃生李，李生梅，圣人能知之乎？臣弑君，子弑父，仁如颜渊，孝如曾参，勇如贲、育，辩如赐、予[⑤]，圣人能见之乎？孔子曰：

---

① 王莽：西汉末年外戚，后以阴谋手段、禅让形式夺取了汉朝政权，建立“新”朝，统治了十五年(9—23)，被农民起义推翻。《汉书》卷九九有传。 ② 厌：见《自然篇》注。 ③ 蜚虫：指虫书，秦书八体之一，是一种变体篆书，以像鸟虫形而得名。新莽时更为鸟虫书。射：猜测，辨认。蜚：通“飞”。 ④ 策射：即策试，又名射策、对策、策问，是汉代的一种考试方法，将试题写在竹简上，让考生回答。 ⑤ 赐：端木赐，字子贡。予：宰予。都是孔子弟子。

"其或继周者,虽百世可知也①。"又曰:"后生可畏,焉知来者之不如今也②。"论损益,言"可知";称后生,言"焉知"。后生难处,损益易明也。此尚为远,非所听察也。使一人立于墙东,令之出声,使圣人听之墙西,能知其黑白、短长、乡里、姓字,所自从出乎?沟有流澌③,泽有枯骨,发首陋亡,肌肉腐绝,使人询之,能知其农商、老少,若所犯而坐死乎?非圣人无知,其知无以知也。知无以知,非问不能知也。不能知,则贤圣所共病也。

难曰:"詹何坐④,弟子侍,有牛鸣于门外。弟子曰:'是黑牛也,而白蹄。'詹何曰:'然。是黑牛也,而白其蹄⑤。'使人视之,果黑牛而以布裹其蹄。詹何,贤者也,尚能听声而知其色,以圣人之智,反不能知乎?"

曰:能知黑牛白其蹄,能知此谁之牛乎?白其蹄者以何事乎?夫术数直见一端⑥,不能尽其实。虽审一事,曲辩问之,辄不能尽知。何则?不目见口问,不能尽知

---

① 见《论语·为政》。原文为"殷因于夏礼,所损益可知也。周因于殷礼,所损益可知也。其或继周者,虽百世可知也。" ② 见《论语·子罕》。 ③ 澌(sī 思):死,此处指死尸。 ④ 詹何:春秋时楚国人。事见《韩非子·解老》。 ⑤ 白其蹄:《韩非子·解老》作"白其角",下同。 ⑥ 术数:指的是阴阳五行、占卜、星相等神秘的方术。

也。鲁僖公二十九年，介葛卢来朝，舍于昌衍之上①，闻牛鸣，曰："是牛生三牺，皆已用矣②。"或问："何以知之？"曰："其音云。"人问牛主，竟如其言。此复用术数，非知所能见也。广汉杨翁仲能听鸟兽之音③，乘蹇马之野④，田间有放眇马，相去数里⑤，鸣声相闻。翁仲谓其御曰："彼放马知此马，而目眇。"其御曰："何以知之？"曰："骂此辕中马蹇，此马亦骂之眇。"其御不信，往视之，目竟眇焉，翁仲之知马声，犹詹何、介葛卢之听牛鸣也，据术任数，相合其意，不达视遥见流目以察之也⑥。夫听声有术，则察色有数矣。推用术数，若先闻见，众人不知，则谓神圣。若孔子之见兽，名之曰狌狌⑦；太史公之见张良，似妇人之形矣。案孔子未尝见狌狌，至辄能名之；太史公与张良异世，而目见其形。使众人闻此言，则谓神而先知。然而孔子名狌狌，闻野人之歌⑧；太史公之见张

---

① 昌衍：即昌平乡，在今山东曲阜。 ② 用：指用作祭祀时的牺牲。按：介葛卢闻牛鸣，事见《左传》僖公二十九年。 ③ 广汉：郡名，在今四川北部。杨翁仲：人名。 ④ 蹇（jiǎn 减）：跛，瘸腿。 ⑤ 数里：原本脱此二字，据《艺文类聚》卷九三引文补。 ⑥ 原文作"不达视听遥见"，"听"字据刘盼遂说删。 ⑦ 狌狌：同"猩猩"。 ⑧ 野人：古郊外曰野，居住在野的人统称野人。"野"字原本作"昭"，据《意林》卷三引桓谭《新论》改。

良，观宣室之画也①。阴见默识，用思深秘。众人阔略，寡所意识，见贤圣之名物，则谓之神。推此以论，詹何见黑牛白蹄，犹此类也。彼不以术数，则先时闻见于外矣。方今占射事之工，据正术数，术数不中，集以人事。集人事于术数而用之者与神无异。詹何之徒，方今占射事者之类也。如以詹何之徒性能知之，不用术数，是则巢居者先知风，穴处者先知雨。智明早成，项托、尹方其是也。

难曰："黄帝生而神灵②，弱而能言。帝喾生而自言其名③。未有闻见于外，生辄能言，称其名，非神灵之效，生知之验乎？"

曰：黄帝生而能言，然而母怀二十月生，计其月数，亦已二岁在母身中矣。帝喾能自言其名，然不能言他人之名，虽有一能，未能遍通。所谓神而生知者，岂谓生而能言其名乎？乃谓不受而能知之，未得能见之也。黄帝、帝喾虽有神灵之验，亦皆早成之才也。人才早成，亦有晚就。虽未就师，家问室学。人见其幼成早就，称之过度。云项托七岁，是必十岁；云教孔子，是必孔子问

① 宣室：汉朝未央宫前殿正室。 ② 黄帝：传说中我国原始社会的部落或部落联盟首领。参见《史记·五帝本纪》。③ 帝喾：传说中的部落或氏族首领。

之。云黄帝、帝喾生而能言，是亦数月。云尹方年二十一，是亦且三十；云无所师友，有不学书①，是亦游学家习。世俗褒称过实，毁败逾恶。世俗传颜渊年十八岁升太山，望见吴昌门外有系白马②。定考实，颜渊年三十，不升太山，不望吴昌门。项托之称，尹方之誉，颜渊之类也。

人才有高下，知物由学。学之乃知，不问不识。子贡曰："夫子焉不学，而亦何常师之有③？"孔子曰："吾十有五而志乎学④。"五帝、三王，皆有所师。曰："是欲为人法也。"曰：精思亦可为人法，何必以学者？事难空知，贤圣之才能立也。所谓神者，不学而知。所谓圣者，须学以圣。以圣人学，知其非神。天地之间，含血之类，无性知者。狌狌知往，鳱鹊知来⑤，禀天之性，自然者也。如以圣人为若狌狌乎？则夫狌狌之类，鸟兽也。僮谣不学而知⑥，可谓神而先知矣。如以圣人为若僮谣乎？则夫僮谣者，妖也。世间圣神，以为巫与⑦？鬼神用巫之口告人。如以圣人为若巫乎？则夫为巫者亦妖也。与妖同

---

① 有(yòu 又)：通"又"。 ② 昌门：吴都城的西门。 ③ 夫子：古代对男子的尊称。参见《论语·子张》。 ④ 参见《论语·为政》。 ⑤ 鳱(gān 甘)鹊：喜鹊。古代传说喜鹊能预知未来，参见《淮南子·记论训》。 ⑥ 僮谣：儿童歌谣。僮：通"童"。 ⑦ 巫：古代社会侍奉鬼神替人求福消灾的神职人员。

气，则与圣异类矣。巫与圣异，则圣不能神矣。不能神，则贤之党也。同党，则所知者无以异也。及其有异，以人道也。圣人疾，贤者迟；贤者才多，圣人智多。所知同业，多少异量；所道一途，步驺相过①。

事有难知易晓，贤圣所共关思也。若夫文质之复②，三教之重③，正朔相缘④，损益相因，贤圣所共知也。古之水火，今之水火也；今之声色，后世之声色也。鸟兽草木，人民好恶，以今而见古，以此而知来。千岁之前，万世之后，无以异也。追观上古，探察来世，文质之类，水火之辈，贤圣共之；见兆闻象，图画祸福，贤圣共之；见怪名物，无所疑惑，贤圣共之。事可知者，贤圣所共知也；不可知者，圣人亦不能知也。何以明之？使圣空坐先知雨也，性能一事知远道，孔窍不普，未足以论也。所论先知性达者，尽知万物之性，毕睹千道之要也。如知一不通二，达左不见右，偏驳不纯，踦校不具⑤，非所谓圣也。

---

① 步驺(zhòu 宙)：速度的迟速不同。驺，通“骤”。 ② 文：文采。质：质朴。指两种不同的社会风气。参见《论语·雍也》。 ③ 三教：指“忠”、“敬”、“文”三种教化。夏尚忠，殷尚敬，周尚文。详见《礼记·表记》。 ④ 正朔：指历法。一年的开始叫正，一月的开始叫朔。古代有夏、殷、周“三正”的说法，后来新王朝颁布的历法，叫作改朔正。 ⑤ 踦校(qī qiāo 期敲)：残缺不全。踦，即一只脚。校，通“骹”。

如必谓之圣，是明圣人无以奇也。詹何之徒圣，孔子之党亦称圣，是圣无以异于贤，贤无以乏于圣也①。贤圣皆能，何以称圣奇于贤乎？如俱任用术数，贤何以不及圣？

实者，圣贤不能性知②，须任耳目以定情实。其任耳目也，可知之事，思之辄决；不可知之事，待问乃解。天下之事，世间之物，可思而知，愚夫能开精；不可思而知，上圣不能省。孔子曰："吾尝终日不食，终夜不寝以思，无益，不如学也③。"天下事有不可知，犹结有不可解也。兒说善解结④，结无有不可解。结有不可解，兒说不能解也。非兒说不能解也，结有不可解。及其解之，用不能也⑤。圣人知事，事无不可知。事有不可知，圣人不能知。非圣人不能知，事有不可知。及其知之，用不知也。故夫难知之事，学问所能及也；不可知之事，问之学之，不能晓也。

---

① 乏：缺少。 ② 性知：原本作"知性"，据北大《论衡注释》改。性，与"生"通。 ③ 参见《论语・卫灵公》。 ④ 兒说（ní yuè 泥悦）：战国时擅长解绳结的人，事见《吕氏春秋・君守》。 ⑤ 用：因此。

【翻译】

儒生们论说圣人，认为圣人能前知千年，后知万代，有独特的观察力、独特的听辨力，事物一出现就能说出名称，不用学习就自然知道，不用问人就自己明白，所以一提到圣人那就说成神了。就像蓍草、乌龟能够预知吉凶，就把蓍草称作神草，把乌龟称作灵龟一样。贤人才能低，比不上圣人，智慧差，不能先知，所以就叫做贤人。名称不同实质就有差别，实质相同那名称就会一样。拿圣人这个名称来说，就知道圣人超群出众，无与伦比，和贤人不同。

孔子临死时，留下谶书说："不知哪来的一个男子，自己说叫秦始皇，上我的堂，坐我的床，弄颠倒了我的衣裳，到了沙丘就死亡。"后来，秦王兼并天下，号称"始皇"，到鲁地去巡察，观看孔子的住宅，于是到了沙丘，半路上生病死去。谶书又说："董仲舒整理我的书。"后来，江都王的相董仲舒研究《春秋》，编写了《春秋繁露》等。谶书又说："灭亡秦朝的，是胡啊。"后来，秦二世胡亥果然丢了天下。从这三条谶语来说，就是圣人能后知万代的证据。孔子生下来不知道父亲是谁，他的母亲瞒着他，他用吹律管的办法自己知道了是宋国大夫子氏的后代。不依据图书，没听到别人说过，只凭吹律管精心思考，自己就知道了身世，这是圣人能前知千年的证据。

我说：这些都虚假的。据查有关神怪的话，都记载在谶书里，它所表述的都是从河图洛书那里仿效来的。“亡秦者胡”，就是河图里的文字。孔子对它疏通条理，增添润色，用它记载神怪；而有些是后人伪造的，用来证明鬼神的灵验。汉高祖封刘濞做吴王，送他到吴国去，拍着他的脊背说：“（有人说）汉朝开国后五十年，东南一带有造反的，难道是你吗？”到汉景帝的时候，刘濞串通七国反叛汉朝。说出这句话的人，或许当时观察阴阳二气预见到了征象。判断出东南一带有造反的，但不知道主事人的名字。汉高祖看到刘濞勇武，就说他是当事人。根据这个来推论，孔子预见到秦始皇、董仲舒所做的事，或许当时仅仅说“将有看我的住宅”、“整理我的书”的人，后代人看到秦始皇进入他的住宅，董仲舒读他的书，就夸大其辞，标上了当事人的名字。如果孔子真的神奇到能凭空预见秦始皇、董仲舒所做的事，那么他自己是殷朝后裔子氏的子孙，也应当不动声色就能知道，用不着再吹律管来自己确定了。孔子不吹律管，就不能确定自己的姓氏，那么他预见秦始皇、董仲舒的事，也还是用了吹律管这类办法。考查秦始皇本来的事实，秦始皇没有到过鲁国，怎么能上孔子的堂，坐孔子的床，弄颠倒孔子的衣裳呢？秦始皇三十七年十月癸丑那天开始出游，到达云梦泽，在九嶷山祭祀虞舜。然后乘船沿江而下，观看了藉柯，从梅渚渡江登岸，经过丹阳，到达钱塘。在钱塘江岸，看到波涛险恶，就向西走一百二十里，从江面狭窄处渡过钱塘江，登上会稽山，祭祀大禹，立石碑刻颂辞，对南海进行望祭。回来时经过吴地，从江乘渡过长江，沿海边北上，到了琅邪。从琅邪又北上劳山、成山，由此到了之罘山，于是沿海边西行，到平原津就病倒了，死在沙丘平台。秦始皇既然没到过鲁国，谶书根据什么说秦始皇到过鲁？连到没到过鲁都不知道，它讲孔子说过"不知何一男子"的话，也就不可信了。"不知何一男子"的话不可信，那么说"董仲舒乱我书"的话也就不能相信。已有的事实与文字记载再异常，也不过是人所说的话罢了。只要不是天生地长的书，那就都得依据前代的材料，因袭古人的旧说，有所根据的描写。如果从来没有听到、看到过，那也就没有什么可描写的了。凡是圣人预见的祸福，也是估量事物的端绪而加以类推，考察事物的开头而预见它的结局，从里巷小事推论到朝廷大事，由明白清楚的事去考察昏暗不明的事。但是，谶纬图书的神秘文字，却宣扬很早就预见到了尚未出现的事，说得空洞模糊；宣扬能预先看到尚未发生的事，乍一听，猛一见，显得离奇古怪，好像是一般人口里所能说得出来的。

类推同一类事物以预测祸患，推究过去的经验以判断将来，贤人也能做到，不单单只有圣人。周公治理鲁国，太公望料到他的后代将有削弱的祸患。太公望治理齐国，周公料到他的后代将有被劫夺政权和被杀的灾祸。他们都预见到了对方治国方法导致的终极结果，看到了祸乱的前因。纣王做象牙筷子，箕子就进行讥刺；鲁国用俑作随葬品，孔子就发出感叹。因为由做象牙筷子就可看到纣要吃龙肝的祸患，从用俑随葬就可看到用人殉葬的灾难。太公望、周公都能预测未来的事，箕子、孔子都能看到将要发生的事。可见依据某种缘由预见将来，贤人和圣人是一样的。鲁穆公年纪老了，太子还幼小，次室的一个女子靠着柱子悲叹，这是她根据这一老一小的征兆，看到了鲁国衰败祸乱的苗头。妇女的见识，尚且能推论事物以预见将来，何况圣人君子，才气高智慧明的人呢！秦始皇七年，庄襄王的母亲夏太后死了，孝文王的王后叫华阳后，已经与孝文王合葬在寿陵，夏太后的儿子庄襄王葬在范陵，所以夏太后就另外葬在杜陵。她曾说："向东可以看见我儿子，向西可以看见我丈夫，百年以后，我的坟旁该会有万家的城邑。"后来，一切都像她所说的那样。如果一定要把能用类推方法以预见将来的人作为圣人，那么次室的女子、夏太后就是圣人啊。秦昭王十年，樗里子死了，葬在渭南章台的东边。他说过："百年以后，该会有天子的宫殿夹着我的坟墓。”到汉朝兴起，长乐宫建在他坟东，未央宫建在他坟西，兵器库正对着他的坟，果然像他说的那样。这是能够先知的功效，预见将来的证明啊。如果用这个标准来验证圣人，樗里子就是圣人了。如果樗里子不算圣人，那么能够预见将来也就不足以证明是圣人了。但是樗里子预见天子宫殿夹着他的坟，也就像辛有预知伊川将会变成戎族居住的地方一样。从前辛有路过伊川，看见有披散头发进行祭祀的人，就说：“不等到一百年，这里就是戎族的住地了。”此后一百年，晋国迁徙陆浑地方的戎族到伊川来，竟然像他说的一样。辛有之所以知道伊川将变成戎族的住地，是因为他看见了披散头发的征兆。樗里子之所以预见天子宫殿夹着他的坟墓，也是因为他看见了广阔平坦的地基。韩信埋葬他的母亲，也是营造一块高而宽敞的地方，让它旁边能安置万户人家，后来果然有万户人家居住在坟墓两旁。所以樗里子之能够预见广阔平坦的地方有修建宫殿台阁的征兆，就像韩信能够预见高而宽敞的台地能容纳万家一样。有先见之明的人预见将来的事情，并不需要看得远、听得清的超常视力和听力，都是根据征兆考察迹象，推论同类事物得来的。春秋时候，卿大夫之间相互交往聚会，彼此观察对方动作的异常，听取对方言谈的异常，言行好的就表明有吉祥的福，言行不好的就能判断出有凶妖的祸。明确地预见福判断祸，提早考虑尚未发生的事，这不是神怪的智慧，都是根据征兆推论的。拿现在的事情来说，那些可以知道的事，通过深思熟虑能够预见；那些不能知道的事，不学习、不询问就不能知道。不学习就自然知道，不询问就自己明白，在古今的行事当中，是从来没有过的。可以认识的事物，只要精心思考，虽然问题大也不难弄懂。不能认识的事物，即使用心钻研和询问别人，虽然问题小也不容易弄懂。所以有智慧有才能的人士，不学习就不能成功，不询问就不能知道。

有人责难说："项托年仅七岁就能教孔子。考察七岁还没有进小学就能教孔子，这是天生自己知道的。孔子说：'生下来就知道的，是上等；学习后知道的，是次一等。'这是说生下来就知道，没有说经过学和问，指的就是项托这类人。王莽的时候，渤海郡人尹方二十一岁，没有老师和学友，天生智慧聪明，通晓六艺，管辖魏都的州牧淳于仓上报皇帝说：'尹方没有从师学习，拿到文章就能朗读背诵，评论问题会引用五经的话，解释文字议论事情，能符合人们的心意。'皇帝征召尹方，叫他辨认鸟虫体的文书、回答策试，他没有不知道的，天下人都说他是圣人。没有师傅学友，能够通晓六艺，本来没有学过写字，拿到文章就能读，这就是圣人啊。不学习自己就会，没有师傅自己能通晓，不是神而先知又是什么？"

我说：虽然没有师傅学友，但是也已经向别人提问和接受指教了；没有学过写字，已经使用过笔墨了。婴儿刚出生，耳朵刚能听眼睛刚睁开，虽然有圣人的资质，怎么能有知识？项托七岁（教孔子），但他三四岁时，就能接受采纳别人的话了。尹方二十一岁（无师自通），但他十四五岁时，就听到看到许多东西了。一个天生聪明有才华的人，只是独自思考，没有根据，不观察事物变化的征兆，不看同类事物的经验，却想到百代以后，将会有马生牛，牛生驴，桃树结李子，李树结梅子，圣人能预知这些吗？（百代以后）有臣杀君、子杀父的现象，有仁像颜渊、孝像曾参，勇猛像孟贲、夏育，口才像子贡、宰予那样的人，圣人能预见到吗？孔子说："假如将来有继承周朝（而称王）的，虽然经过一百代，（它礼制的损益）也是可以知道的。"又说："少年人真可敬畏呀，怎么能知道后来的人不如现在的人呢？"谈论礼制的增减改易时，说"可知"；讲到少年人时，说"焉知"。这是因为少年人难于判断，礼制的增减容易明了啊。这些例子都还比较遥远，不是人们所能耳闻目见的。假使让一个人站在墙东，叫他发出声音，让圣人在墙西边听，圣人能知道他长得是黑是白，身材高矮，家乡在哪，姓甚名谁，出身的家族渊源吗？沟里有漂浮的死尸，山泽有干枯的白骨，头发、面孔烂掉了，肌肉烂光了，叫人去问圣人，圣人能知道这些人是农民还是商人，是年老的还是年轻的，以及是犯了什么罪被处死的吗？这不是圣人无知，而是只凭他的才智是无从知道的。个人的才智无法知道，不问就不能知道了。不问就不能知道，这是贤人、圣人所共有的缺陷啊。

有人责难说："詹何闲坐着，他的弟子站在他身旁，有头牛在门外鸣叫。他的弟子说：'这是头黑牛，而蹄子是白的。'詹何说：'对，这是头黑牛，但被人弄白了蹄子。'派人去查看，果真是头黑牛，而用白布裹着它的蹄子。詹何是位贤人，尚且能够听到声音就知道它的颜色，凭圣人的智慧，反而不能知道吗？"

我说：(詹何)能知道黑牛被弄白了蹄子，但能知道这头牛是谁的牛吗？弄白它的蹄子是为什么吗？用术数来推论仅能看到事物的一个方面，不能弄清全部事实。虽然能明了一件事，如果多方面地辩驳和追问，他就不能完全知道了。为什么？因为不是亲眼见亲口问的，就不能全部知道。鲁僖公二十九年，介国君主葛卢来朝见鲁君，住在昌衍这个地方，听见牛鸣叫，就说："这头牛生过三头纯色小牛，都已用作祭品了。"有人问他："你根据什么知道的？"他说："它的叫声说的。"人们去问牛的主人，果然像他说的一样。这又是用术数推算的，不是他凭借智慧所能看到的。广汉郡杨翁仲能听懂鸟兽的声音，他乘坐瘸腿马拉的车到野外去，田间有放牧瞎马的，两匹马相距好几里，但叫声能互相听到。翁仲对他的车夫说："那匹放牧着的马知道这匹马(是跛的)，但它的眼睛瞎了一只。"他的车夫说："你怎么知道的？"他说："那匹马骂车辕中的马瘸，这匹马也骂那匹马瞎一只眼。"他的车夫不相信，走过去看那匹马，眼睛果然瞎了一只。杨翁仲所以能听懂马的声音，像詹何、介葛卢听懂牛的叫声一样，是依靠术数，把(两匹马叫声中的)意思合在一起考察出来的，不是他真有极好的眼力，远远一望就能看清楚的。听声音是有方法的，那么鉴貌辨色也是有方法的。用术数来推算，就像事先听到和看到了似的，大家不知道，就说他真是神和圣人了。就像孔子看见一头野兽，能说出它叫猩猩；司马迁看到张良，说他像妇女的样子。考查孔子从来没有看到过猩猩，刚碰到就叫出它的名字来；太史公与张良不处在同一个时代，而就像亲眼看到他的形貌一样。假使大家听到这样的话，那就会说他俩神而先知。然而，孔子能说出猩猩的名字，是因听了山野之民的歌声；太史公知道张良像妇女，是看到了宣室中的画像。他们暗暗观察默默地记住，用心深沉精密。大家马虎大意，很少留心，看见圣贤能说出事物的名称，就说他们是神。由此推论，詹何知道黑牛裹白蹄，也是这一类。他要不用术数来推算，那就是先在外面听到过、见到过。现在以占卜猜度事物预测吉凶为职业的人，就首先依靠术数来推算，术数推算不准，就掺杂人事判断。能掺和人事于术数当中而应用的人，就与神没有什么不同了。詹何这种人，就是当今占卜算卦一类的人。如果认为詹何之流天生就能先知，用不着以术数来推算，那他们就像在树上搭窝的鸟能预知刮风、在地下凿洞的虫能预知下雨一样了。人的聪明才智能早熟，项托、尹方大概就是这一类吧？

有人责难说："黄帝生下来就像神一样灵，刚出生就能说话。帝喾生下来就能说出自己的名字。没有从外面听到见到什么，出生就能说话，讲出自己的名字，这不是神灵的功效，天生就能自知的证明吗？"

我说：黄帝生下来就能说话，然而他母亲怀了他二十多个月才生产。计算他的实际月数，他在母亲肚子里也已经两年了。帝喾虽然能说出自己的名字，但是不能说别人的名字，虽然有这一种能力，却不能通晓所有的事。所说的"神而生知"的人，难道说的就是生下来会讲自己的名字吗？说的乃是没有经过传授就能知道，没有接触过就能预见啊。黄帝、帝喾虽然有神灵的效验，也都是早熟的才能。人才智早熟的，也要有后天的学习所得。虽然没有跟老师学习，但在家里已经向人请教学习过了。人们看到他们幼年早熟，称赞他们就过了头。说项托七岁，就必定有十岁了；说他教授孔子，肯定是孔子问他的。说黄帝、帝喾生下来就能说话，这也一定是出生好几个月了。说尹方二十一岁，这一定也是将近三十了；说他没有老师和学友，又没有学习过写字，实际上一定也是到外面或在家里学习过了。世上的习俗称赞别人往往超过他的实际，诽谤别人往往超过他的罪恶。世上的习俗传说颜渊十八岁登过泰山，看见吴国昌门外拴着一匹白马。考查实际情况，颜渊只活了三十多岁，没有登过泰山，也没有望见吴国昌门的事。世人对项托的称颂、对尹方的赞扬，都属于颜渊的传说一类。

人的才能有高有低，但是对事物的认识都由学习得来。学习了才能知道，不请教就不能认识。子贡说："夫子怎会不学习呢？他又哪里有固定的老师呢？"孔子说："我十五岁而有志于学问。"五帝、三王都有受教的老师。有人说："这是想给人树立榜样啊。"我说：精心思考也可以给人作榜样，何必一定要以勤学做榜样呢？事情很难光凭思考得知，贤圣的才能却可以通过学习具备。所说的神人，不学习就能知道。所说的圣人，必须经过学习才能成为圣人。由于圣人学习，所以知道他不是神。在天地之间，凡是有血脉的动物，没有天生就能知道的。猩猩知道过去，喜鹊知道将来，这是承受天的习性，是自然形成的。如果认为圣人就像猩猩呢？那么猩猩一类，是鸟兽啊。童谣是不学习就知道的，可以说是神而先知。如果以为圣人就像童谣呢？那么童谣这种东西，是一种妖象啊。世上的圣神，要是说是巫吗？鬼神却通过巫的口来指示人。如果认为圣人就像是巫呢？那么充当巫的人也是妖啊。假如巫与妖象属于一种气，那么它与圣人就不是一类人了。巫与圣人不是同类，那么圣人就不能是神了。不能是神，那就是贤人的同类。圣人与贤人同属一类，那么他们所知道的东西就没有差别。至于有所差别，是因为掌握道的情况不同。圣人快，贤人慢；贤人才能多，圣人智慧多。所知道的是同一种学问，只是多少数量不同，所走的是同一条道路，只是走得快的超过了走得慢的。

事情有的难以认识，有的容易明白，这是贤人圣人所共同关心思考的。就像文与质的反复更替、三种教化的循环往复、历法的相互沿用、典章制度的增减因袭等，这是贤人和圣人所共同知道的。古时候的水火，就是现在的水火；现在的声音、颜色，就是后世的声音、颜色。鸟兽和草木，人民的喜好和厌恶，从现代就可以看到古代，从今天就可以知道将来。千年以前，万代以后，都不会有什么差别。追索考见上古，探求观察将来，了解“文质”、“水火”一类的事物，这是贤人和圣人同样能做到的；看到征兆，觉察到迹象，就能说明祸福，这也是贤人和圣人同样能做到的；见到奇异的东西，能说出它的名目，没有什么疑惑，这同样是贤人和圣人都可以做到的。事物可以认识的，贤人和圣人都能认识；不能认识的，圣人也不能认识。怎么能证明呢？假使圣人凭空坐着就能先知天要下雨，但他天生就仅在这一件事上有先知远见，聪明才智并不全面，那也是不值得一提的。所说的能先知、能天生通达的人，指的是能全面认识万物的性质，完全看清各种道理的要领。如果他只能知道一而不通晓二，知道左而看不到右，片面杂乱而不纯正，残腿缺脚而不完备，那就不是所说的圣人了。如果一定要说这种人是圣人，那反而说明圣人没有什么出奇的。要说詹何这种人是圣人，孔子这类人也称作圣人，这就是说圣人不比贤人特殊，贤人也并不比圣人差。贤人、圣人都有才能，为什么说圣人比贤人出奇呢？如果他们都运用术数推测事物，那么贤人为什么不如圣人呢？

实际上，圣人贤人并不能天生知道，必须依靠耳朵、眼睛来确定事情的真相。他依靠耳朵和眼睛，对于能知道的事物，经过思考就作出判断；对于不能知道的事物，就等待请教别人来解决。天下的事情，世间的万物，可以经过个人思考解决的，愚人也能弄明白；不能经过个人思考知道的，最高明的圣人也不能弄明白。孔子说过："我曾经整天不吃饭、整夜不睡觉来思考，没有好处，不如去学习。”天下的事情有不能知道的，就像有的绳结永远解不开，兒说擅长解绳结，绳结到他手里没有解不开的。绳结有解不开的，兒说也不能解开。不是兒说不会解结，而是有的绳结根本不可解。因此当他去解时，也不能解开。圣人所以知道事情，是因为那些事情没有不能知道的。事情要是有不知道的，圣人也不能知道。不是圣人不能知道，而是有的事情根本不可能知道。因此当圣人去认识时，也不能知道。所以难以知道的事情，经过学习请教就能了解；不能知道的事情，即使经过学习请教，也是不能弄明白的。

论死篇

《论死》是《论衡》的第六十二篇。它与《死伪》、《纪妖》、《订鬼》、《言毒》、《薄葬》、《祀义》等六篇为一组文章，集中论述了无神论思想。

《论死》是反映王充无神论思想的代表作。王充说他所以写作《论死》等篇的目的，在于阐明人死无知，不能变鬼，希望人们读后懂得薄葬的意义。

东汉时期，以董仲舒的天人感应和谶纬迷信为特征的神学目的论，是统治阶级的正统思想。在这一思想的影响下，“人死为鬼，有知，能害人”的谬论四处泛滥。王充在本篇中明确提出了“人死不为鬼，无知，不能害人”的无神论主张。他论证说人是物，物也是物，自然本质是相同的，“物死不为鬼，人死何故独能为鬼？”他说人的精神依赖于人的形体而存在，“人死血脉竭，竭而精气灭，灭而形体朽，朽而成灰土，何用为鬼？”他用燃烧物和火形象地比喻人的形神关系说：“天下无独燃之火，世间安得有无体独知之精？”他认为人是由元气构成的，“气凝为人”，“死还为气”。如果说人死能变成鬼，那么自有人以来，社会上死去的人比活着的人多得多，道路上将会是一步一鬼。他否定了人死能变成鬼，当然也就否定了鬼有知觉、能害人的谬论。

王充的无神论思想在一定的理论高度上批判了“灵魂不灭”的谬论，在我国反对有神论的斗争史上占有光辉的一页，对于我们今天宣传无神论思想也有一定的借鉴意义。

由于历史条件的限制，王充还不能对生命的起源和物质与精神的关系问题作出科学的解释。因此他在批判“死人为鬼”的同时，又承认存在着某些元气变成鬼神的现象，并把物质与精神混为一谈，说人死后构成人的精神的精气，可以回到元气中去。他甚至承认某些老物的精灵能变成人的形状，等等。这表明他的唯物主义思想是不彻底的，也未能完全从有神论的影响下摆脱出来。

世谓死人为鬼，有知，能害人。试以物类验之。死人不为鬼，无知，不能害人。何以验之？验之以物。人，物也；物，亦物也。物死不为鬼，人死何故独能为鬼？世能别物不能为鬼，则人为鬼不为鬼尚难分明；如不能别，则亦无以知其能为鬼也。

人之所以生者，精气也，死而精气灭。能为精气者，血脉也。人死血脉竭，竭而精气灭，灭而形体朽，朽而成灰土，何用为鬼①？人无耳目则无所知，故聋盲之人，比于草木。夫精气去人，岂徒与无耳目同哉！朽则消亡，荒忽不见，故谓之鬼神。人见鬼神之形，故非死人之精也。何则？鬼神，荒忽不见之名也。人死精神升天，骸骨归土，故谓之鬼神。鬼者，归也；神者，荒忽无形者也。或说：鬼神，阴阳之名②也。阴气逆物而归，故谓之鬼；阳气导物而生，故谓之神。神者，伸也，申复无已，终而复始。人用神气生，其死复归神气。阴阳称鬼神，人死亦

① 用：以。 ② 参见《易·系辞传上》："阴阳不测之谓神。"

称鬼神。气之生人，犹水之为冰也。水凝为冰，气凝为人；冰释为水，人死复神。其名为神也，犹冰释更名水也。人见名异，则谓有知，能为形而害人，无据以论之也。

人见鬼若生人之形，以其见若生人之形，故知非死人之精也。何以效之？以囊橐盈粟米①。米在囊中，若粟在橐中，满盈坚强，立树可见，人瞻望之，则知其为粟米囊橐。何则？囊橐之形若其容可察也。如囊穿米出，橐败粟弃，则囊橐委辟②，人瞻望之，弗复见矣。人之精神藏于形体之内，犹粟米在囊橐之中也。死而形体朽，精气散，犹囊橐穿败，粟米弃出也。粟米弃出，囊橐无复有形，精气散亡，何能复有体而人得见之乎？禽兽之死也，其肉尽索③，皮毛尚在，制以为裘，人望见之，似禽兽之形。故世有衣狗裘为狗盗者，人不觉知，假狗之皮毛，故人不意疑也④。今人死，皮毛朽败，虽精气尚在，神安能复假此形而以行见乎！夫死人不能假生人之形以见，犹生人不能假死人之魂以亡矣。六畜能变化象人之形者⑤，其形尚生，精气尚在也。如死，其形腐朽，虽虎兕勇

① 囊橐（tuó 驮）：口袋。② 委辟（bì 毕）：口袋瘪了。委：通“萎”。辟：通“襞”，折叠。③ 索：尽。④ 不意疑：没想到怀疑。⑤ 六畜：马、牛、羊、鸡、狗、猪。

悍，不能复化。鲁公牛哀病化为虎①，亦以未死也。世有以生形转为生类者矣，未有以死身化为生象者也。

天地开辟，人皇以来②，随寿而死③，若中年夭亡，以亿万数。计今人之数，不若死者多。如人死辄为鬼，则道路之上一步一鬼也。人且死见鬼，宜见数百千万，满堂盈廷④，填塞巷路，不宜徒见一两人也。人之兵死也，世言其血为磷⑤。血者，生时之精气也。人夜行见磷，不象人形，浑沌积聚，若火光之状。磷，死人之血也，其形不类生人之血也。鬼，死人之形也⑥，其形不类生人之形。精气去人，何故象人之体？人见鬼也，皆象死人之形，则可疑死人为鬼，或反象生人之形。病者见鬼，云甲来，甲时不死，气象甲形。如死人为鬼，病者何故见生人之体乎？

天地之性，能更生火，不能使灭火复燃；能更生人，不能令死人复见。能使灭灰更为燃火，吾乃颇疑死人能复为形，案火灭不能复燃以况之，死人不能复为鬼，明

---

① 公牛哀：春秋时鲁国人。《淮南子·俶真训》说他得病后变成了虎。 ② 人皇：古代传说有天皇、人皇、地皇，认为人皇是最早的人。 ③ 随寿而死：指活到百岁左右而死。王充认为人可以活到一百岁。 ④ 廷：通“庭”，院子。 ⑤ 磷：磷火，俗称“鬼火”。 ⑥ 刘盼遂：“鬼，死人之形也”六字原脱。据刘说补。

矣。夫为鬼者，人谓死人之精神。如审鬼者死人之精神①，则人见之，宜徒见裸袒之形，无为见衣带被服也。何则？衣服无精神，人死与形体俱朽，何以得贯穿之乎②？精神本以血气为主，血气常附形体，形体虽朽，精神尚在，能为鬼可也。今衣服，丝絮布帛也，生时血气不附着，而亦自无血气，败朽遂已，与形体等，安能自若为衣服之形？由此言之，见鬼衣服象之，则形体亦象之矣。象之，则知非死人之精神也③。

夫死人不能为鬼，则亦无所知矣。何以验之？以未生之时无所知也。人未生，在元气之中；既死，复归元气。元气荒忽，人气在其中④。人未生，无所知；其死，归无知之本⑤，何能有知乎？人之所以聪明智惠者，以含五常之气也⑥；五常之气所以在人者，以五藏在形中也。五藏不伤则人智惠，五藏有病则人荒忽⑦，荒忽则愚痴矣。人死五藏腐朽，腐朽则五常无所托矣，所用藏智者已败矣，所用为智者已去矣。形须气而成，气须形而知。天

---

① 审：确实。 ② 贯：穿。 ③ 刘盼遂引孙人和曰："此文象之，并当作'象人'。字之误也。" ④ 人气：构成人的元气。 ⑤ 无知之本：指没有知觉的原始状态。 ⑥ 五常之气：具有仁、义、礼、智、信五种道德属性的气。这种说法当然是错误的，应由《孟子·公孙丑上》仁、义、礼、智四端说而来。 ⑦ 荒忽：这里指神志不清。

下无独燃之火，世间安得有无体独知之精？

人之死也，其犹梦也。梦者，殄之次也[①]；殄者，死之比也。人殄不悟则死矣。案人殄复悟[②]，死复来者，与梦相似，然则梦、殄、死，一实也。人梦不能知觉时所作，犹死不能识生时所为矣。人言谈有所作于卧人之旁[③]，卧人不能知，犹对死人之棺为善恶之事，死人不能复知也。夫卧，精气尚在，形体尚全，犹无所知，况死人精神消亡，形体朽败乎！

人为人所殴伤，诣吏告苦以语人，有知之故也。或为人所杀，则不知何人杀也，或家不知其尸所在。使死人有知，必恚人之杀己也，当能言于吏旁，告以贼主名；若能归语其家，告以尸之所在。今则不能，无知之效也。世间死者，令生人殄而用其言[④]，及巫叩元弦[⑤]，下死人魂[⑥]，因巫口谈，皆夸诞之言也。如不夸诞，物之精神为之象也。或曰："不能言也。"夫不能言，则亦不能知矣。知用气，言亦用气焉。人之未死也，知惠精神定矣，病则昏乱，精神扰也。夫死，病之甚者也，病、死之微，犹昏乱，况其甚乎！精神扰，自无所知，况其散也！

---

① 殄(tiǎn 舔)：昏迷。 ② 案：考察。 ③ 卧人：睡着的人。 ④ 令：原误作"今"，据吴承仕说改正。 ⑤ 叩：弹。元弦：乐器名。 ⑥ 下：指召来。

人之死，犹火之灭也。火灭而耀不照，人死而知不惠，二者宜同一实，论者犹谓死有知，惑也。人病且死，与火之且灭何以异？火灭光消而烛在，人死精亡而形存。谓人死有知，是谓火灭复有光也。

隆冬之月，寒气用事①，水凝为冰。逾春气温，冰释为水。人生于天地之间，其犹冰也。阴阳之气，凝而为人，年终寿尽②，死还为气。夫春水不能复为冰，死魂安能复为形？

妒夫媢妻③，同室而处，淫乱失行，忿怒斗讼。夫死妻更嫁，妻死夫更娶，以有知验之，宜大忿怒。今夫妻死者寂寞无声，更嫁娶者平忽无祸④，无知之验也。

孔子葬母于防，既而雨甚至⑤，防墓崩。孔子闻之，泫然流涕曰⑥："古者不修墓⑦。"遂不复修。使死有知，必恚人不修也。孔子知之，宜辄修墓，以喜魂神，然而不修，圣人明审，晓其无知也。

枯骨在野，时呜呼有声，若夜闻哭声，谓之死人之音，非也。何以验之？生人所以言语吁呼者，气括口喉之中⑧，动摇其舌，张歙其口⑨，故能成言。譬犹吹箫笙，

---

① 用事：主事。 ② 年：活的岁数。 ③ 媢（mào 冒）：嫉妒。 ④ 平忽：平静。 ⑤ 雨甚至：暴雨到来。 ⑥ 泫然：落泪的样子。 ⑦ 参见《礼记·檀弓上》。 ⑧ 括：包含，存在。 ⑨ 张歙（xī 西）：一张一合。

箫笙折破，气越不括①，手无所弄，则不成音。夫箫笙之管，犹人之口喉也；手弄其孔，犹人之动舌也。人死口喉腐败，舌不复动，何能成言！然而枯骨时呻鸣者②，人骨自有能呻鸣者焉。或以为妖也③，是与夜鬼哭无以异也。妖气为呻鸣之变，自有所为，依倚死骨之侧，人则谓之骨尚有知，呻鸣于野。草泽暴体以千万数，呻鸣之声，宜步属焉。

夫有能使不言者言，未有言者死能复使之言。言者死④，不能复使之言，犹物生以青为色⑤，或予之也⑥，物死青者去，或夺之也。予之物青，夺之青去，去后不能复予之青，物亦不能复自青。声色俱通，并禀于天。青青之色，犹枭枭之声也⑦，死物之色不能复青，独为死人之声能复自言，惑也。

人之所以能言语者，以有气力也，气力之盛，以能饮食也。饮食损减则气力衰，衰则声音嘶⑧，困不能食，则口不能复言。夫死，困之甚，何能复言？或曰："死人歆

---

① 越：散。 ② 呻鸣：哀鸣。 ③ 妖：此字与下句"妖气"的"妖"，原本都作"秋"，据《论衡校释》改。 ④ 死：原误作"亦"，据刘盼遂说改正。 ⑤ 色：原误作"气"，据刘盼遂说改正。 ⑥ 或予之：有一种力量给予它。或：指自然。 ⑦ 枭（xiāo肖）枭：呼喊声。 ⑧ 嘶（sī 思）：沙哑。

肴食气①,故能言。”夫死人之精,生人之精也。使生人不饮食,而徒以口歆肴食之气,不过三日则饿死矣。或曰:“死人之精,神于生人之精②,故能歆气为音。”夫生人之精在于身中,死则在于身外。死之与生何以殊?身中身外何以异?取水实于大盎中③,盎破水流地,地水能异于盎中之水乎?地水不异于盎中之水,身外之精何故殊于身中之精!

人死不为鬼,无知,不能语言,则不能害人矣。何以验之?夫人之怒也,用气,其害人用力,用力须筋骨而强,强则能害人。忿怒之人,呴呼于人之旁④,口气喘射人之面,虽勇如贲、育⑤,气不害人。使舒手而击,举足而蹶,则所击蹶无不破折。夫死,骨朽筋力绝,手足不举,虽精气尚在,犹呴吁之时无嗣助也,何以能害人也?凡人与物所以能害人者,手臂把刃,爪牙坚利之故也。今人死,手臂朽败,不能复持刃,爪牙隳落⑥,不能复啮噬,安能害人?儿之始生也,手足具成,手不能搏,足不能蹶者,气适凝成,未能坚强也。由此言之,精气不能坚强,

---

① 歆肴(xīn yáo 欣姚):享用饭菜的气味。歆指享用供物,肴指鱼肉一类的熟食。 ② 神:用作动词,指更神奇、更神灵。 ③ 实:装满。盎(àng 肮去声):一种器皿,口大肚小。 ④ 呴(hǒu 吼)呼:大声呵斥。呴:通“吼”。 ⑤ 贲、育:指孟贲和夏育,古代传说中的勇士。 ⑥ 隳(huī 灰)落:毁坏。

审矣。气为形体、形体微弱，犹未能害人，况死，气去精神绝！微弱犹未能害人，寒骨谓能害人者邪？死人之气不去邪？何能害人！

鸡卵之未孚也[①]，澒溶于㲉中[②]，溃而视之，苦水之形。良雌伛伏，体方就成，就成之后，能啄蹶之。夫人之死，归澒溶之时[③]，澒溶之气安能害人？人之所以勇猛能害人者，以饮食也，饮食饱足则强壮勇猛，强壮勇猛则能害人矣。人病不能饮食，则身羸弱[④]，羸弱困甚，故至于死。病困之时，仇在其旁，不能咄叱[⑤]，人盗其物不能禁夺，羸弱困劣之故也。夫死，羸弱困劣之甚者也，何能害人？有鸡犬之畜，为人所盗窃，虽怯无势之人，莫不忿怒。忿怒之极，至相贼灭[⑥]。败乱之时，人相啖食者，使其神有知，宜能害人。身贵于鸡犬，己死重于见盗，忿怒于鸡犬，无怨于食己，不能害人之验也。蝉之未蜕也为复育[⑦]，已蜕也去复育之体，更为蝉之形。使死人精神去形体若蝉之去复育乎，则夫为蝉者不能害为复育者。夫蝉不能害复育，死人之精神何能害生人之身？

---

① 孚：孵化。此字原本作“字”，据递修本改。 ② 澒（hòng 讧）溶：浑沌。㲉（kòu 寇）：蛋壳。 ③ 归：此字原本作“犹”，据递修本改。 ④ 羸（léi 雷）：瘦弱。原本作“嬴”，据递修本改，下句同此。 ⑤ 咄（duō 多）叱：大声呵斥。 ⑥ 贼：害。 ⑦ 复育：蝉的幼虫。

梦者之义疑。或言[1]:“梦者,精神自止身中,为吉凶之象。”或言:“精神行,与人物相更[2]。”今其审止身中,死之精神亦将复然。今其审行,人梦杀伤人[3],若为人所复杀,明日视彼之身,察己之体,无兵刃创伤之验。夫梦用精神,精神[4],死之精神也。梦之精神不能害人,死之精神安能为害?火炽而釜沸,沸止而气歇,以火为主也。精神之怒也,乃能害人,不怒不能害人。火猛灶中,釜涌气蒸,精怒胸中,力盛身热。今人之将死,身体清凉,凉益清甚,遂以死亡。当死之时,精神不怒,身亡之后,犹汤之离釜也,安能害人?

物与人通[5],人有痴狂之病。如知其物然而理之,病则愈矣。夫物未死,精神依倚形体,故能变化,与人交通;已死,形体坏烂,精神散亡,无所复依,不能变化。夫人之精神,犹物之精神也。物生,精神为病;其死,精神消亡。人与物同,死而精神亦灭,安能为害祸?设谓人贵,精神有异,成事[6],物能变化,人则不能,是反人精神

---

① 或:原本作“惑”,据吴承仕说改。 ② 相更:相交,相接触。 ③ “人梦杀伤人”后原本重“梦杀伤人”四字,据刘盼遂说删。 ④ 精神:指做梦时的精神。 ⑤ 物:指物的精神。王充认为物的精神能与人发生关系,使人生病。参见《订鬼篇》。 ⑥ 成事:已有的事实。

不若物，物精神奇于人也①。

水火烧溺，凡能害人者，皆五行之物②。金伤人，木殴人，土压人，水溺人，火烧人。使人死，精神为五行之物乎，害人；不为乎，不能害人。不为物则为气矣。气之害人者，太阳之气，为毒者也③。使人死，其气为毒乎，害人；不为乎，不能害人。

夫论死不为鬼，无知，不能害人。则夫所见鬼者，非死人之精，其害人者，非其精所为，明矣。

【翻译】

世上的人说，人死后会变成鬼，有知觉，能祸害人。试用其他物类来检验一下，便知人死不会变成鬼，无知觉，不能祸害人。用什么来检验呢？用生物来检验。人，是生物；万物，也是生物。万物死后不会变成鬼，为什么单单人死后会变成鬼呢？世人能识别物死后不能变成鬼，然而对人死后能不能变鬼还难以分辨清楚；假如世人对此不能识别，那么就更无法知道人死后能否变成鬼了。

---

① 此句“物精神奇于人也”，原文“精”下脱一“神”字，据刘盼遂说补。 ② 五行之物：由金、木、水、火、土构成的东西。 ③ 太阳之气：一种极盛的阳气。王充认为它有毒，能害人。

人所以能够生存，是依靠精气，人死掉了，精气也就散灭了。能够产生精气的，是血脉。人死后血脉就会枯竭，血脉枯竭，精气就会散灭，精气散灭，形体就腐朽了，形体一经腐朽，就化作灰土了，如何会变鬼？人如果没有耳朵和眼睛就会一无所知，所以聋人和盲人，如同草木一样。精气要是离开了人，怎会仅仅像人没有耳朵和眼睛一样呢？人体腐朽后精气就消散而去，成了恍惚无形的东西，因此叫做鬼神。人们看见的鬼神的形体，那肯定不是死人的精气。为什么？因为所谓“鬼神”，就是恍惚无形的东西的名称。人死后，精气就升空归复到自然元气当中，尸骨回归地下，所以叫做“鬼”。鬼的意思就是归，神是恍惚无形的东西。有人说：鬼神，就是阴气和阳气的名字。阴气阻绝万物，使它们回归地下，所以叫鬼。阳气引导万物，使它们生长，所以叫神。神，就是伸，伸张还原，循环往复，永不休止。人利用神气生成，人死后还原为神气。阴阳叫做鬼神，人死后也叫做鬼神。精气生成人，就像水结成冰一样，水凝聚结成冰，精气凝聚生成人；冰融化变成水，人死后还原为神（气）。人死后之所以叫做神，就像冰融化后改称水一样。人们看见“神”的名字与“人”不同，就说它有知觉，能形成形体并且祸害人，这是没有根据的。

人们看见的鬼都像活人的样子，正因为他们见到的鬼像活人的样子,所以也就知道那并不是死人的精气。用什么来证明呢?用装满粟米的口袋来证明。米装在口袋里,或粟装在口袋里,口袋饱满又坚实,竖在那里可以看见。人们远远地一看,就知道它是装粟米的口袋。为什么?因为口袋的形状和它们装的东西可以看得出来。如果口袋破了,粟米流出,那么口袋就塌瘪了。人们从远处看,就再也看不出来了。人的精神藏在形体当中,就像粟米装在口袋里一样。人死后形体腐朽,精气消散灭亡,怎能再有形体而使人们能够看到呢?禽兽在死了以后,它的肉全没有了,可是皮毛还存在,用它制成皮衣,人看见它,还像禽兽的形象。所以社会上有穿上狗皮裘装成狗的小偷,而人们不能觉察到,因为他借用狗的皮毛,因此人们没想到怀疑他。现在人死了,连皮毛也腐朽败坏,虽然精气还存在,但它怎么能再借用这个朽烂了的形体活动和现身呢?死人不能借用活人的形体出现,就像活人不能借用死人的灵魂使自己的形体消亡一样。六畜能够变化成人的形状的,是因为它的形体存在,精气存在。如果六畜已经死掉,它的形体腐朽了,那么即使它像老虎和犀牛那样勇猛凶悍,也不能再变化了。鲁国的公牛哀得病后变成了老虎,也是因为他还未死。世界上有能以活着的形体转化为另一类活的形体的现象,但却没有能以死掉的尸身转化为活的形象这种事情。

自从开天辟地、人皇氏以来，人活到寿限死的，或中年早死的，有亿万数。总计现在活着的人数，不如已死去的人多。如果人死就变成鬼，那么在道路上就会一步一个鬼了。据说人将要死时能看到鬼，那就应该看到成千上万，满屋满院，排满街道，不应该只见到一两个。人被兵器杀死的，世人说他的血可以变成磷。血，是人活着时的精气。人们夜间行走时看见的磷火，不像人的形状，浑浑沌沌聚集在一起，像是火光的样子。磷，是死人的血，它的形状不像活人的血；鬼，是死人的形象，它的形状不像活人的形体。精气离开了人，怎么能还像人的形体呢？人们看见的鬼如果都像死人的样子，那么还可以怀疑死人能变成鬼，然而有人看见的鬼却像活人的形体。有位病人看到鬼，说是某甲来了，但当时某甲并没有死，不过是阳气幻化像某甲的形象。如果死人能变成鬼，那么患病的人为什么能看到活人的形象呢？

天地的本性，能够重新产生火，但不能使熄灭了的火再燃烧；能不断地产生人，但不能使已死的人再出现。即使能使死灰重新燃烧，我仍非常怀疑死人能再变成活人的样子。根据火灭以后不能再燃烧来比拟，死人不能再变成鬼，是很清楚的。所谓鬼这种东西，人们都说是死人的精神。如果鬼确实是死人的精神，那么人见鬼，就应当只看到赤身露体的形状,不应当看到它系着带穿着衣服。为什么?因为衣服没有精神,人死后,它与人体一起腐朽了,怎么还能穿戴着它呢?精神本来是以血气为基础的,血气经常附着在形体上,形体虽然朽烂了,精神仍然存在,说它能变成鬼还可以。现在说衣服,它是丝絮布帛做成的。人活着时血气并不附着在衣服上,而它自身也没有血气,腐烂后就完了,与人的形体一样,怎么能照旧保持衣服的形状呢?由此说来,看见鬼穿衣服像死人,那么,鬼的形体也就像死人。既然鬼的形体像死人,那就知道鬼不是死人的精神。

死人不能变成鬼,那么就一无所知了。用什么来证明?用人未出生时一无所知来证明。人未出生,处在元气当中;人死之后,重新还原为元气。元气恍惚渺茫,生成人的气就在当中。人未出生时一无所知,人死后回到一无所知的元气状态,怎么能有知觉呢?人之所以具有聪明智慧,是因为含有五常之气;五常之气所以能存在于人的身上,是因为五脏在人体当中。五脏不受伤,人就有智慧;五脏生了病,人就神志不清。神志不清就会愚蠢呆傻。人死后五脏就腐烂,五脏腐烂五常之气就没有了依托,用来蕴藏智慧的器官已经朽坏,用来产生智慧的五常之气也就离开躯体了。形体依靠精气才能形成,精气依赖形体才有知觉。天下没有离开燃烧物而独自燃烧的火,人世间哪会有脱离形体而单独产生知觉的精气呢?

人死亡时,就像睡着了一样。睡着了,就和昏迷差不多;昏迷,就与死亡相接近了。人昏迷后不再醒来,那就死了。考察一下,人昏迷后再醒过来,死过去又复生这种情况,是与睡着了又醒来相似的。那么,睡觉、昏迷和死亡,是同样的情况。人睡觉的时候,不能知道醒着时所做的事,就像死人不能记得活着时所做的事一样。人们在睡着的人身边交谈、做事,睡觉的人不能知道,就像对着死人的棺材做好事或坏事,死人不能再知道一样。睡觉,人的精气还存在,形体还完整,尚且不能有所知,何况死人精神已经消散灭亡,形体已经腐朽败坏了呢!

人被别人打伤,能到官吏那里去告状诉苦,并把情况对人讲,这是因为他有知的缘故。如果他被人杀死了,那人们就不知道是什么人杀的,或者家里不知道他的尸体在什么地方。假使死人有知觉,一定会怨恨杀死自己的人,应当能到官吏那里去说,报告凶手的名字;或者能回家去说,告诉尸体在什么地方。但是现在做不到这些,这就是死人无知的证明。据说人世间死去的人,能使活人昏迷然后借他的嘴说话;还说巫人弹奏元弦,能召来死人的灵魂,死人借巫的嘴说话,这些都是虚夸荒诞的说法。如果不是荒诞无稽的,那就是老物精所造成的假象。有人说:“(人死后仍有知觉,只是)不能说话。”不能说话,那也就不能有知觉。因为知觉要运用气,说话也要运用气。人在没生病的时候,智慧精神是安定的,生了病就会昏乱,这是神志昏乱的缘故。死,是病的最重的结果;病,是死的细微的萌芽,病尚且造成神志昏乱,何况死呢!神志昏乱,犹自不能知晓,何况精神散灭了呢?

人的死,就像火的熄灭。火熄灭了,光焰就不能照耀;人死掉了,知觉就失去了智慧,二者应该是同一样的道理。有的人还说死人有知觉,这是糊涂。人病得将要死去,和火将要熄灭有什么区别呢?火一熄灭,光焰就消失,而蜡烛还在;人一死去,精神就消散,而形体还存在。说人死后有知觉,那就是说火灭了还有光焰。

隆冬季节,寒气盛行,水就凝结成冰。到春天气候温暖,冰就融化为水。人生在天地之间,就像冰一样。阴阳二气凝聚为人,人年老寿终,死后还原为气。春天的水不能再结成冰,死人的灵魂怎么能再恢复形体?

嫉妒的丈夫和嫉妒的妻子,同居在一室,因为淫乱行为不正,时常怨恨而殴斗争辩。丈夫死了妻子改嫁,妻子死了丈夫再娶,按照死人有知的说法来验证这些事,死者应该十分愤怒。可是今天死去的丈夫或妻子寂寞无声，活着的一方或嫁或娶也平安无祸，这就是死人无知的证明啊！

孔子把母亲葬在防山，葬后不久暴雨到来，防山的坟墓塌陷了。孔子听说这件事，痛苦地流着泪水说："古时候是不修整坟墓的。"于是就没有再去修理。假如死人有知觉，一定会埋怨生者不修整坟墓。孔子要认为死人有知觉，应该立刻去修好坟墓，以安慰母亲的灵魂。然而他却没有去修，这是因为圣人明白事理，知道死人是无知的啊！

枯骨在野地里，有时发出呼叫的声音，如果夜晚听到人的哭声，说它是死人的声音，这是不对的。怎么来证明呢？活人所以能够说话呼吸叹气，是因为有气包含在口腔和喉咙当中，当人摇动舌头，使口一张一合，（气流）就能形成语言。就像吹箫吹笙，箫、笙折断破裂，气散去笼不住，手不能再按，那就不能发音了。箫笙的管子，好比人的口和喉咙；手按它的管孔，好像人摇动舌头。人死后口和喉咙腐朽败坏了，舌头不能再动，怎能再说话！但是枯骨有时确有呻吟鸣叫的，那是因为人的骨头本来就有能发出哀鸣的。有人认为这就是"妖"，所以它的声音与夜间鬼的哭声没有什么差别。妖气能有这种怪异声音的变化，自有它的道理。由于这种声音紧靠着枯骨旁边，人们就说枯骨还有知觉，在野地里呻鸣。

（如果真是这样）那么荒野之中暴露着的尸骨成千上万，呻鸣的声音，应该每走一步都能听到。

有能让不会说话的人说话这样的事，但却没有能让会说话的人死后再说话的。会说话的人死了，不能再叫他说话。这就像植物活着的时候颜色是青的，是某种力量赋予它的；而植物一死，青色就消去了，是某种力量夺去了它。给予它，植物就是青色的；夺去他，植物的青色就失去。植物失去青色之后，就谁也不能再把它变青了，植物也不能使自己再变青。声音和颜色的道理是相通的，都是从自然那里承受来的。青青的颜色，就像呼喊的声音。死去的植物的颜色不能再青，却单单认为死人的声音能够重新说话，这是糊涂。

人之所以能够说话，是因为有气力。气力的旺盛，是因为能喝水吃饭。吃喝减少了，气力就衰弱。气力衰弱，声音就嘶哑，当衰弱到不能吃饭时，口就不能再说话了。死，是衰弱的极限，怎么能再说话？有人说："死人能享用饭菜的气味，所以能说话。"但是，死人的精气，就是活人的精气。假使活人不吃不喝，而只用嘴去吸收饭菜的气味，不过三天就会饿死了。有人说："死人的精气，比活人的精气神灵，所以能靠闻吸饭菜的气味发出声音。"但是，活人的精气是在身体里面，死后精气就到身体外面来了。死人的精气与活人的精气有什么不同呢？精气在身体内与在身体外又有什么区别呢？把水装在大盆里，盆破了水流在地上，地上的水能有别于盆中的水吗？地上的水没有不同于盆中的水，那么身体外的精气怎么能有别于身体中的精气呢！

人死不会变成鬼，没有知觉，不能说话，那么也就不能害人了。用什么来证明？因为人的愤怒要用气，害人要用力，用力就必须筋骨强健，筋骨强健才能害人。发怒的人，在别人身旁大声呵斥，嘴里的气喷射到人的脸上，即使他像孟贲和夏育那样勇猛，他的气也是不能害人的。假使他伸手去打，抬脚去踢，那么被踢打的人没有不皮破骨折的。而死去的人，骨头腐朽，筋力断绝了，手脚抬不起来，即使精气还存在，就像人在大声呵斥的时候不继之以拳打脚踢，那怎么能害人呢？人与动物所以能够害人，是因为手里拿着兵器，爪子和牙齿坚硬锋利的缘故。现在死了的人，手臂腐朽败坏，已不能再持兵器，爪子和牙齿也毁坏脱落，不能再撕咬，怎么能害人？小孩刚出生，手足俱全，但手不能打，脚不能踢，因为精气刚刚凝聚成，筋骨还不结实。由此说来，精气本身不能结实强壮，这是很清楚的。精气凝成形体，形体微弱，还不能害人，何况死人精气已离开形体，精神也已经断绝了呢！微弱的形体尚且不能害人，能说冰冷的骨头是害人的东西吗？难道死人的精气没有离开形体吗？

它怎么能害人!

鸡蛋在未孵化的时候,浑浑沌沌地存在于蛋壳当中,打开来看,就像水的形状。经过母鸡孵化,鸡体才能形成,形成鸡体之后,才能啄能刨。人的死亡,就是回归到浑沌状态,浑沌状态的气怎么能害人?人之所以勇猛能害人,是因喝水吃饭的缘故。吃饱喝足那才能强壮勇猛,强壮勇猛才能够害人。人生病不能吃喝,身体就会虚弱,虚弱困乏到极点,就会导致死亡。人在病困的时候,就是仇人在身旁,他也不能大声呵斥了,别人偷盗他的财物,他也不能禁止,这是因为虚弱和困乏无力的缘故。死,就是虚弱困乏的极限,那怎么能害人?有养的鸡狗被别人偷盗去了,即使是胆小无力的人,也没有不愤怒的。愤怒到了极点,甚至会互相杀害。荒年乱世,有人吃人的现象,假如被吃的人神灵有知,他应该能害人。因为人的身体比鸡狗宝贵,自己被杀死又比鸡狗被偷盗严重。然而人们(活着)对于鸡狗被偷盗非常愤怒,(死后)却不怨恨人家吃掉自己,这就是死人不能害人的证据啊!蝉在未脱壳的时候叫复育,脱壳后离开复育的形体,就变成蝉的形状。假如死人的精神离开躯体就像蝉脱离复育一样的话,那么蝉不能够害复育,死人的精神又怎么能害活人的身体呢?

做梦的道理是有疑问的。有人说:“做梦,是人的精神在自己的身体里产生或吉或凶的现象。”有人说：“做梦，是人的精神离开了身体，去与别人及物相接触。”如果做梦时精神的确停留在身体中，那么死人的精神也将同样停留在身体中(不能去害人)。做梦时精神如果真的离开了身体，那么梦见自己杀伤了人，或者自己又被别人杀了，可是第二天看看别人的身体，瞧瞧自己的身体，都没有兵器砍伤的证据。可见做梦要用精神，这个精神，就是人死后的精神。做梦时的精神不能害人，人死后的精神怎么能害人？火燃烧旺盛，锅里的水就沸腾，沸腾一停止，蒸气就不冒了，是火起主导作用。人的精神愤怒才能害人，不愤怒就不能害人。火在灶中猛烈燃烧，锅里的水汽就翻滚蒸腾；精气在胸中愤怒，人就力量旺盛身体发热。现在人将要死去，身体就变得寒凉，寒凉到了极点，于是就死亡了。当人将要死的时候，精神不愤怒，身死以后，就像水离开了锅，怎么能害人？

老物精与人发生关系，人就患呆傻疯狂的病，如果知道是什么物使人生病并且治住它，病就会痊愈。当物没有死的时候，它的精神依附着形体，所以能进行变化，与人发生关系；当物已经死去，形体腐烂掉了，精神消散灭亡，没有了依托，也就不能变化了。人的精神，就像物的精神一样。物活着，它的精神能使人得病；物死了，精神也就消散灭亡了。人与物相同，人死后精神也就灭亡了，怎么能产生祸害？假如说人比物高贵，人的精神与物的精神有区别，但事实是物能进行变化，而人却不能。这反倒是人的精神不如物的精神，物的精神比人的精神更加神灵了。

水淹火烧，凡是能害人的东西，都属于金、木、水、火、土五行之类。金能刺伤人，木能打伤人，土能压伤人，水能淹人，火能烧人。假如人死了，人的精神能变成“五行之物”，那就能害人；不能变成“五行之物”，那就不能害人。人死以后如不能变成物那就要变成气了。气能够害人的，是极盛的阳气，这是一种热毒。假如人死了，他的气能产生阳气的热毒，那就能害人；如果不能产生阳气的热毒呢，那就不能害人。

我们论证了死人不会变成鬼，没有知觉，不能祸害人。那么人们所见到的“鬼”这种东西，就不是死人的精神；“鬼”害人的那些事，就不是死人的精神干的，这是很明白的。

订 鬼 篇

《订鬼》是《论衡》的第六十五篇。它是对《论死》、《死伪》、《纪妖》等篇的补充和发展。

本篇从七个方面对各种流行的鬼神传说进行了分析考订。他说鬼的出现是一种精神现象，“凡天地之间有鬼，非人死精神为之也，皆人思念存想之所致也。”人之所以思念存想，是“由于疾病”。人生了病，就“畏惧鬼至”，畏惧就存想，“存想则目虚见”。他指出，人将要死，就见鬼来，但人的死并不是因为鬼，而是因为病。这就像国家将要灭亡，妖就出现，但灭亡国家的不是妖，而是战争。这些思想都是很深刻的。

但是，王充在论及流行的鬼神传说时，承认

了鬼神的存在。他说鬼是由星象的气形成的,是甲乙之神,是人生的一种不是人的东西,是老生物的精怪,是一种妖气,是带毒的太阳之气,能毒杀那些命中注定该死的人,等等。这样,他就又陷入了唯心主义。他的"人将亡,凶亦出;国将亡,妖亦见"的观点,也是唯心主义的。

凡天地之间有鬼,非人死精神为之也,皆人思念存想之所致也。致之何由?由于疾病①。人病则忧惧,忧惧则鬼出②。凡人不病则不畏惧。故得病寝衽③,畏惧鬼至;畏惧则存想,存想则目虚见。何以效之?传曰④:"伯乐学相马⑤,顾玩所见无非马者。宋之庖丁学解牛⑥,三年不见生牛,所见皆死牛也。"二者用精至矣,思念存想,目见异物也⑦。人病见鬼,犹伯乐之见马、庖丁之见牛也。伯乐、庖丁所见非马与牛,则亦知夫病者所见非鬼也。病者困剧身体痛,则谓鬼持箠杖殴击之⑧,若

---

① 疾:病。病:病重。 ② 则:原本作"见",据递修本改。 ③ 寝衽(rèn 任):躺在席子上。衽:席子。 ④ 传:这里泛指一般文献。 ⑤ 伯乐:名孙阳,春秋时人,善于鉴别马。 ⑥ 宋:春秋时的宋国。庖(páo 袍)丁:厨师。解:解剖。以上引文见《吕氏春秋·精通篇》。 ⑦ 目:原本作"自",据刘盼遂说改。 ⑧ 箠(chuí 垂):鞭子。

见鬼把椎锁绳纆立守其旁①，病痛恐惧，妄见之也。初疾畏惊，见鬼之来；疾困恐死，见鬼之怒；身自疾痛，见鬼之击，皆存想虚致，未必有其实也。夫精念存想，或泄于目，或泄于口，或泄于耳。泄于目，目见其形；泄于耳，耳闻其声；泄于口，口言其事。昼日则鬼见，暮卧则梦闻。独卧空室之中，若有所畏惧，则梦见夫人据案其身矣②。夫觉见卧闻③，俱用精神；畏惧存想，同一实也。

一曰：人之见鬼，目光与卧乱也④。人之昼也，气倦精尽，夜则欲卧，卧而目光反，反而精神见人物之象矣。人病亦气倦精尽，目虽不卧，光已乱于卧也，故亦见人物象。病者之见也，若卧若否，与梦相似。当其见也，其人不自知觉与梦⑤，故其见物不能知其鬼与人，精尽气倦之效也。何以验之？以狂者见鬼也。狂痴独语，不与善人相得者，病困精乱也。夫病且死之时，亦与狂等。卧、病及狂，三者皆精衰倦，目光反照，故皆独见人物之象焉。

一曰：鬼者，人所见得病之气也。气不和者中人⑥，中人为鬼，其气象人形而见。故病笃者气盛，气盛则象人而至，至则病者见其象矣。假令得病山林之中，其见

---

① 纆（mò末）：绳索。 ② 案：通“按”。“矣”字前原本有“哭”字，据章录杨校宋本删。 ③ 夫：原本无，据递修本补。 ④ 卧：睡觉。 ⑤ 不：原本作“能”，据《札迻》卷九引元本改。 ⑥ 中：伤害。

鬼则见山林之精。人或病越地者,则见越人坐其侧[1]。由此言之,灌夫、窦婴之徒[2],或时气之形象也。凡天地之间,气皆统于天[3],天文垂象于上[4],其气降而生物[5]。气和者养生,不和者伤害。本有象于天,则其降下,有形于地矣。故鬼之见也,象气为之也。众星之气为人与鸟兽[6],故其病人则见人与鸟兽之形。

一曰:鬼者,老物精也。夫物之老者,其精为人,亦有未老,性能变化,象人之形。人之受气,有与物同精者,则其物与之交。及病,精气衰劣也,则来犯陵之矣。何以效之?成事:俗间与物交者,见鬼之来也。夫病者所见之鬼,与彼病物何以异?人病见鬼来,象其墓中死人来迎呼之者,宅中之六畜也。及见他鬼非是所素知者,他家若草野之中物为之也。

---

① 则:原本作"病",据刘盼遂《论衡集解》改。 ② 灌夫:汉武帝时大将,曾任淮阳太守。因在丞相武安侯田蚡处使酒坐骂,被田蚡告发,遭到族诛。窦婴:汉景帝时任大将军,武帝时封魏其侯并拜相,因营救灌夫被杀。传说田蚡病重时,已死的灌夫、窦婴曾出现在他身旁,见《史记·魏其武安侯列传》。 ③ 统:原本作"纯",据刘盼遂说改。王充认为天与地是物质实体,可以施放元气,所以说"气皆统于天"。参见本书《自然篇》。 ④ 天文:指日月星辰等天体。 ⑤ 王充认为地上的人和万物都是由天上的星辰施放的气构成的。这是一种自然命定论,是错误的。 ⑥ 气:原误作"体"。

一曰：鬼者，本生于人，时不成人，变化而去。天地之性，本有此化①。非道术之家所能论辩。与人相触犯者病，病人命当死②，死者不离人。何以明之？《礼》曰："颛顼氏有三子③，生而亡去为疫鬼④。一居江水，是为虐鬼⑤；一居若水，是魍魉鬼⑥；一居人宫室区隅沤库⑦，善惊人小儿。"前颛顼之世，生子必多，若颛顼之鬼神以百数也。诸鬼神有形体法，能立树与人相见者，皆生于善人，得善人之气，故能似类善人之形，能与善人相害。阴阳浮游之类⑧，若云烟之气，不能为也。

一曰：鬼者，甲乙之神也⑨。甲乙者，天之别气也，其形象人。人病且死，甲乙之神至矣。假令甲乙之日病，

① 王充认为天地间某些有生命的东西，形体可以变化。参见《论衡·无形篇》。 ② 命：王充所说的"命"，是一种决定人死生寿夭、富贵贫贱的超自然的力量，分"寿命"和"禄命"两种。参见《论衡·命义篇》。 ③ 这句话，当出于汉代解说《礼》的纬书，亦见于《汉旧仪》。颛顼（zhuān xū 专须）：传说上古的部落首领。 ④ 疫鬼：使人得病的鬼。 ⑤ 虐鬼：使人得疟疾的鬼。 ⑥ 若水：即今雅砻江。魍魉鬼：山川中的精怪。 ⑦ 区：小屋。隅（yú 于）：角落。沤（ōu 欧）：浸泡，潮湿。库：库房。 ⑧ 浮游：游荡，指游动的阴阳之气。 ⑨ 甲乙之神：古代用甲、乙、丙、丁、戊、己、庚、辛、壬、癸十个天干记日。甲乙之神就是按不同日子轮流值日之神。参见《论衡·诘术篇》。

则死见庚辛之神矣。何则？甲乙鬼，庚辛报甲乙①，故病人且死，杀鬼之至者②，庚辛之神也。何以效之？以甲乙日病者，其死生之期，常在庚辛之日。此非论者所以为实也。天道难知，鬼神暗昧，故其载列，令世察之也。

一曰：鬼者，物也，与人无异也。天地之间，有鬼之物，常在四边之外，时往来中国，与人杂厕③，凶恶之类也，故人病且死者乃见之。天地生物也，有人如鸟兽，及其生凶物，亦有似人象鸟兽者。故凶祸之家，或见蜚尸④，或见走凶，或见人形，三者皆鬼也。或谓之鬼，或谓之凶，或谓之魅⑤，或谓之魑⑥，皆生存实有，非虚无象类之也。何以明之？成事：俗间家人且凶，见流光集其室，或见其形若鸟之状，时流入堂室⑦，察其形谓若鸟兽矣⑧。夫物有形则能食，能食则便利⑨。便利有验，则形体有实矣。《左氏春秋》曰⑩："投之四裔，以御魑魅⑪。"

① 庚辛报甲乙：按阴阳五行说庚辛属金，甲乙属木，金能克木，故庚辛之神能胜甲乙之神。报：克，胜。 ② 杀鬼：即煞鬼。 ③ 杂厕：混杂。"厕"字原本作"则"，据刘盼遂说改。 ④ 蜚尸：会飞的尸体。蜚：通"飞"。 ⑤ 魅(mèi 妹)：传说是老物的精怪。 ⑥ 魑(chī 吃)：传说是山林中的妖怪。 ⑦ 入：原本作"人"，据刘盼遂说改。 ⑧ 形：原本作"不"，据北大《论衡注释》改。 ⑨ 便利：指大小便。 ⑩《左氏春秋》：即《左传》。 ⑪ 参见《左传》文公十八年。

《山海经》[①]曰:"北方有鬼国。"说螭者谓之龙物也,而魅与龙相连,魅则龙之类矣。又言"国"[②],人物之党也。《山海经》又曰:"沧海之中,有度朔之山[③],上有大桃木,其屈蟠三千里,其枝间东北曰鬼门,万鬼所出入也。上有二神人,一曰神荼[④],一曰郁垒[⑤],主阅领万鬼。恶害之鬼,执以苇索,而以食虎[⑥]。于是黄帝乃作礼以时驱之,立大桃人,门户画神荼、郁垒与虎,悬苇索以御凶魅。"有形,故执以食虎。案可食之物,无空虚者。其物也,性与人殊,时见时匿,与龙不常见,无以异也。

一曰:人且吉凶,妖祥先见。人之且死见百怪,鬼在百怪之中。故妖怪之动,象人之形,或象人之声为应,故其妖动不离人形。天地之间,妖怪非一,言有妖,声有妖,文有妖。或妖气象人之形,或人含气为妖[⑦]。象人之形,诸所见鬼是也;人含气为妖,巫之类是也。是以实巫之辞,无所因据[⑧],其吉凶自从口出,若童之谣矣。童谣

---

①《山海经》:先秦时代的一部地理名著,作者不详。内分山经、海外经、海内经、大荒经等,共十八卷,记古代中国及其周边各族的山川地理、物产、神话传说等。 ② 国:指《山海经·海内北经》讲的鬼国。 ③ 度朔之山:传说中的山。 ④ 神荼(shēn shū 申叔):传说中的门神。 ⑤ 郁垒(lǜ 律):神荼的兄弟,也是门神。 ⑥ 食(sì 饲):喂。 ⑦ 气:这里指妖气。 ⑧ 因据:根据。

口自言，巫辞意自出。口自言，意自出，则其为人，与声气自立，音声自发，同一实也。

世称纣之时①，夜郊鬼哭，及仓颉作书②，鬼夜哭。气能象人声而哭，则亦能象人形而见，则人以为鬼矣。鬼之见也，人之妖也。天地之间，祸福之至，皆有兆象，有渐不卒然③，有象不猥来④。天地之道，人将亡，凶亦出；国将亡，妖亦见。犹人且吉，吉祥至；国且昌，昌瑞到矣。故夫瑞应妖祥，其实一也。而世独谓鬼者不在妖祥之中，谓鬼犹神而能害人，不通妖祥之道，不睹物气之变也⑤。国将亡，妖见，其亡非妖也。人将死，鬼来，其死非鬼也。亡国者，兵也；杀人者，病也。何以明之？齐襄公将为贼所杀⑥，游于姑棼⑦，遂田于贝丘⑧，见大豕⑨。从者曰："公子彭生也⑩。"公怒曰："彭生敢见！"引弓射之，豕人立而啼。公惧，坠于车，伤足丧履，而为贼杀之。夫杀襄公者，贼也。先见大豕于路，则襄公且死之妖也。

---

① 纣：殷代最后的一个王。 ② 仓颉：又作苍颉，传说为黄帝时人，文字的发明者。作书：创造文字。 ③ 卒（cù 促）然：突然。卒：同"猝"。 ④ 猥（wěi 伟）：仓猝，突然。 ⑤ 物气：指具有物质性的妖气。 ⑥ 齐襄公：春秋时齐国的国君。 ⑦ 姑棼（fén 坟）：古地名，在今山东淄博北。 ⑧ 贝丘：古地名，在今山东博兴南。 ⑨ 豕：猪。 ⑩ 公子彭生：齐襄公的堂弟。襄公让他杀了鲁桓公，而后又杀了他。

人谓之彭生者，有似彭生之状也。世人皆知杀襄公者非豕，而独谓鬼能杀人，一惑也。

天地之气为妖者，太阳之气也。妖与毒同，气中伤人者谓之毒，气变化者谓之妖。世谓童谣，荧惑使之①，彼言有所见也。荧惑火星，火有毒荧②，故当荧惑守宿③。国有祸败。火气恍惚，故妖象存亡。龙，阳物也，故时变化；鬼，阳气也，时藏时见。阳气赤，故世人尽见鬼，其色纯朱。蜚凶，阳也，阳，火也，故蜚凶之类为火光。火热焦物，故止集树木，枝叶枯死。《鸿范》④，五行二曰火⑤，五事二曰言⑥。言、火同气，故童谣、诗歌为妖言。言出文成，故世有文书之怪。世谓童子为阳，故妖言出于小童。童、巫含阳，故大雩之祭⑦，舞童、暴巫⑧。雩祭之礼，倍阴合阳，故犹日食阴胜⑨，攻社之阴也⑩。日食阴胜，故攻阴之类；天旱阳胜，故愁阳之党。巫为阳

---

① 荧惑：星名，即火星。 ② 荧（yíng 迎）：光。 ③ 荧惑守宿（xiù 秀）：荧惑星侵犯心星。宿：这里指二十八宿中的心宿。 ④《鸿范》：《尚书·洪范》。 ⑤ 按《洪范》五行为水、火、木、金、土，火排在第二位。 ⑥ 按《洪范》五事为貌、言、视、听、思，言排在第二位。 ⑦ 大雩：古代天旱求雨的祭祀。 ⑧ 暴巫：曝晒巫者。暴：通“曝”。 ⑨ 按阴阳五行说，日属阳、月属阴，日食是阴胜阳。此说当然是不科学的。 ⑩ 讨伐社的阴气。社是土地神，按古礼天子有王社，诸侯有国社。古人认为社是阴气之主。

党，故鲁僖遭旱，议欲焚巫①。巫含阳气，以故阳地之民多为巫。巫党于鬼，故巫者为鬼巫。鬼巫比于童谣，故巫之审者，能处吉凶。吉凶能处，吉凶之徒也。故申生之妖见于巫②，巫含阳，能见为妖也。申生为妖，则知杜伯、庄子义、厉鬼之徒皆妖也③。杜伯之属为妖，则其弓、矢、杖、楫皆妖毒也。妖象人之形，其毒象人之兵。鬼、毒同色，故杜伯弓矢皆朱彤也。毒象人之兵，则其中人，人辄死也。中人微者即为腓④，病者不即时死。何则？腓者，毒气所加也。妖或施其毒，不见其体；或见其形，不施其毒；或出其声，不成其言；或明其言，不知其音。若夫申生，见其体，成其言者也；杜伯之属，见其体，施其毒者也；诗妖、童谣、石言之属⑤，明其言者也；濮水琴声⑥，纣郊鬼哭，出其声者也。

---

① 焚巫：事见《左传》僖公二十一年。 ② 申生：春秋时晋献公的太子，因受谗言陷害自杀。后显形并通过新城巫传达自己的预言。事见《左传》僖公十年。 ③ 杜伯：周宣王时大夫，无辜被宣王所杀。传说他死后变成了鬼执朱弓挟朱矢射杀了周宣王。庄子义：春秋时燕国大夫，无辜被燕简公杀死。传说他死后变成鬼，荷朱杖把燕简公击毙在车上。厉鬼：恶鬼。杜伯等故事均见《墨子·明鬼下》。 ④ 腓：同“痱”（féi肥），一种半身不遂的病。 ⑤ 石言：石头说话。《左传》昭公八年载：“春，石言于晋魏榆。” ⑥ 传说春秋时卫灵公到濮水，在那里听到了鬼弹琴的声音。

妖之见出也，或且凶而豫见，或凶至而因出[①]。因出，则妖与毒俱行；豫见，妖出不能毒。申生之见，豫见之妖也；杜伯、庄子义、厉鬼至，因出之妖也。周宣王、燕简公、宋夜姑时当死，故妖见毒因击。晋惠公身当获，命未死，故妖直见而毒不射。然则杜伯、庄子义、厉鬼之见，周宣王、燕简、夜姑且死之妖也。申生之出，晋惠公且见获之妖也。伯有之梦[②]，驷带、公孙段且卒之妖也。老父结草[③]，魏颗且胜之祥，亦或时杜回见获之妖也。苍犬噬吕后，吕后且死，妖象犬形也。武安且卒，妖象窦婴、灌夫之面也。

故凡世间所谓妖祥，所谓鬼神者，皆太阳之气为之也[④]。太阳之气，天气也[⑤]。天能生人之体，故能象人之容。夫人所以生者，阴阳气也。阴气主为骨肉，阳气主

① 因出：接着出现。 ② 伯有：春秋时郑国大夫，因与罕氏、驷氏、丰氏闹矛盾，被驷带及公孙毅攻杀。后有人梦见他预言说驷带、公孙段将在壬子、壬寅二日死掉。是时，两人果然死去。事见《左传》襄公三十年、昭公七年。 ③ 老父：春秋时晋大夫魏仇爱妾的父亲。魏颗是魏仇之子，魏仇死后，魏颗采纳父亲清醒时的意见，把他的爱妾嫁了出去，而没有用她殉葬。在魏颗与秦将杜回战斗时，见一老人用草绳绊倒杜回，使魏颗立了功。这个老人，据说就是其父妾死去的父亲。事见《左传》宣公十五年。 ④ 太阳之气：极盛的阳气。 ⑤ 天气：天施放的气。

为精神。人之生也，阴阳气具，故骨肉坚，精气盛。精气为知①，骨肉为强②，故精神言谈，形体固守。骨肉精神，合错相持③，故能常见而不灭亡也。太阳之气，盛而无阴，故徒能为象，不能为形。无骨肉，有精气，故一见恍惚，辄复灭亡也。

【翻译】

凡是天地之间所有的鬼，并不是人死后的精神变成的，都是人们专心思虑招来的。怎么会招来鬼的呢？是由于生病的缘故。人病了就会忧虑恐惧，一旦忧虑恐惧鬼就出来。凡是人不病也就不畏惧。因此当人病了，躺在席子上时，就害怕鬼来；害怕就胡思乱想，胡思乱想眼睛就虚幻地看见了鬼。用什么来证明呢？文献记载说："伯乐学习鉴别马，察看琢磨他所见到的东西，没有一样不是马的。宋国的庖丁学习解剖牛，三年时间眼里没见到活牛，所看见的都是死牛。"这两个人专心致志到了极点，时刻思索想象，因此眼里能看到异样的东西。人得病看见鬼，就像伯乐看见马、庖丁看见牛一样。伯乐、庖丁所看见的实际上不是马和牛，那么也就知道病人所看

---

① 为知：产生智慧。 ② 为强：产生筋力。 ③ 合错：交错，结合。相持：相互依赖。

见的实际上并不是鬼。病人极为困乏身体疼痛,就说有鬼拿着鞭子、棍棒打击他,或者说看见鬼拿着槌子、锁链、绳索站在他身旁守着,这是因病痛恐惧,所以虚妄地看到鬼了。刚得病时担心害怕,就看见鬼到来,病重怕死,就看见鬼在愤怒;身体因病疼痛,就看见鬼打他,这都是因胡思乱想而凭空招来的,未必就真有鬼存在。精心思索和想象,或者从眼睛发泄,或者从口发泄,或者从耳朵发泄。从眼睛发泄,眼睛就看见鬼的形体;从耳朵发泄,耳朵就听见鬼的声音;从口发泄,口就能说出鬼的事。白天就有鬼出现,晚上睡觉就梦见鬼。单独躺在空屋里,如果心里害怕,就会梦见有人压在自己身上。醒时看见鬼,睡着时听见鬼的声音,都是由于精神起的作用。害怕和胡思乱想,实质是一样的。

有一种说法:人之所以看见鬼,是由于目光因睡觉而昏乱了。人在白天,累得精疲力尽,晚上就想睡觉,睡觉后目光就向体内反照,向体内反照精神就看到了人和物的虚象。人生病后也精疲力尽,眼睛虽然没有睡觉,目光却已经比正常人睡觉时还昏乱了,所以也能看到人和物的虚象。病人看东西,或者睡着,或者没睡,与做梦差不多。当他看见人和物的虚象时,他还不知道自己是醒着呢,还是在做梦,所以他看见的东西就不能知道是鬼还是人,这就是精疲力尽的证明啊。用什么来验证呢？用精神病人看见鬼的情况来验证。疯子和傻子自言自语，与健康人不相同，是因为受疾病折磨而精神错乱的缘故。病人将要死的时候，也与疯子一样。睡觉的人、病人和疯人，三种人都是因为精疲力尽，目光向里反照，所以都能独自看到人和物的虚象啊。

另一种说法：鬼，是人们看到的能致病的一种气。气不协调的能伤害人，能伤害人就叫做鬼。这种不协调的气构成人的形状而出现。因为病重的人不协调的气旺盛，不协调的气旺盛就构成人的形状到来，它一到来，生病的人就看见它的虚象了。假如是在山林中得的病，那他看见的就是山林中的精怪。有人在越地得的病，那他就会看见越人坐在他身旁。由此说来，灌夫、窦婴之类死后现形，或许就是使人致病的气形成的虚象。凡是在天地之间，气都归总于天，日月星辰在天空各自显示自己的形象，它们的气降落到地上就生出了万物。气协调和谐的，就有益于生物，不协调和谐的，就伤害生物。这些气本来就有星象在天上，当它降落下来，就在地上产生各种形体了。所以鬼的出现，就是星象的气造成的。由于各种星象的气表现为人和鸟兽的样子，所以当它使人得病的时候就显现出人和鸟兽的形象。

又一种说法：鬼，是老生物的精气。生物中老了的，它的精气可以虚构成人的样子；也有未老的，天生就能变化，像人的形状。人从天承受的气，有和某种物的精气相同的，那么那种物就能与他相交接。等到他生了病，精气衰弱的时候，那种物就会来侵犯他。怎样来证明？已有现成的事例：民间凡是和物交接的人，都看见有鬼到来。病人所看见的鬼，与那些趁人得病时来交接的物有什么差别呢？人生病时看见鬼到来，像是自家墓中的死人来迎接呼唤自己的，那就是自家六畜的精气变的。如果见到另外的鬼不是平时熟悉的人，那它就是别人家里或野草丛中的生物精气变成的。

又一种说法：鬼，本来是由人生育出来的，但生育时没有变成人，而是变成别的东西走掉了。天地之间有生命的东西，本来就有这种变化，这不是“道术之家”所能谈论清楚的。鬼能触犯人是因为自身有病，得病的人命里注定要死，死的原因离不开这个人本身。用什么来证明？《礼》的纬书说：“古帝颛顼有三个儿子，生下来时就逃跑并变了传播疾病的鬼。一个居住在长江，是使人得疟疾的鬼；一个居住在雅砻江，是山川中的精怪；一个居住在人们房屋中阴暗潮湿的偏僻角落，专门惊吓人们的小孩。”颛顼以前的时代，出生的孩子一定很多，像颛顼儿子所变成的那种鬼神应该有数百个。众鬼神中具有变化形体方法，能站着和活人相见的，都是正常人生的，得到了正常人的阴阳二气，所以能模仿正常人的形体，能给正常人带来伤害。一般的阴阳游荡之气，如云烟之气，是不能变成这种有形体的鬼的。

又一种说法：鬼，是值日的甲乙之神。甲乙，是天的另外一种气，它的形状像人。人得病将要死时，值日的甲乙神之类就会到来。假如在甲乙的日子得病，那么死的时候就会看到（值日神中）的庚辛之神。为什么？因为如果甲乙之日看见了鬼，而庚辛之神能克制甲乙之神，所以病人将要死时，凶恶的鬼就来到，那一定是庚辛之神。用什么来证明呢？用在甲日或乙日生病的人，他死亡的日期，常常是在庚日或辛日那一天来证明。这些看法，我并不认为都符合实际。但是天道很难弄明白，鬼神的事也搞不清楚，所以记载罗列出来，让世人考察甲乙之神的真假。

又一种说法：鬼，就是一种物，和人没有什么区别。在天地之间，有鬼这种物，常住在四方非常边远的地区，时常到中原地区来，与人们相混杂，是一种凶恶的东西，所以病得要死的人才能看见他们。天地生产万物，有时生产的人像鸟兽的样子，至于它生产的凶恶的东西，也有类似人像鸟兽的样子的。所以遇到凶祸的人家，或者能看见飞行的尸体，或者能看见奔走的凶物，或者能看见像人形的东西，这三种东西都是鬼。或者叫它鬼，或者叫它凶物，或者叫它老物精怪，或者叫它山林中的妖物，它们都是活的、实际存在的东西，而不是虚无缥缈类似怪物的虚象。用什么来证明？有这样的事实：民间百姓家将要发生不吉利的事，就会看见一种流动的光聚集在他的屋子里，或者看见形状像鸟的东西，时常流动到堂屋里来，察其形状像鸟兽。物有形体就能吃东西，能吃东西就有大小便。它的大小便能验证，那么它的形体就是实际存在的。《左氏春秋》说："（把浑敦、穷奇、梼杌、饕餮四个恶人）流放到四方的边远地区，去抵御山精水怪的灾害。"《山海经》说："北方有个鬼国。"谈论螭的人说它是一种类似龙的动物，而魅与龙有联系，那么魅也是龙一样的东西。又说"（鬼）"是个国，那么"（鬼）"就应该和普通的人、物是一类的东西。《山海经》又说："在大海中，有座度朔山，山上有棵大桃树，枝干盘绕达三千里，这枝干间东北方面叫鬼门，是一万多种鬼出入的地方。树上有两个神人，一个叫神荼，一个叫郁垒，负责检查和统帅所有的鬼。他把凶恶的害人鬼用芦苇绳子捆上，用来喂老虎。所以黄帝就制定礼仪形式按一定时间驱除鬼，建立用大桃木做成的人，在门窗上画上神荼、郁垒和老虎，悬挂芦苇绳子来防御凶恶的鬼魅。"鬼魅有形体，所以能抓住它喂虎。考查可以吃的东西，没有一样是空虚无实的。鬼魅这种东西，性质与人不同，有时出现有时隐匿，跟龙的不经常出现，没有什么区别。

又一种说法：人将有吉凶的事，吉凶的征兆先出现。人将要死的时候能看见各种奇怪的现象。鬼就在这些奇怪的现象当中。由于妖怪的行动，模仿人的形状，或者模仿人的声音来应对，所以它们的动作都离不开人形。在天地之间，妖怪不只一种，有表现为语言的妖，有表现为声音的妖，有表现为文采的妖。有的妖气模仿成人的形状，有的是人含有妖气而表现为妖。像人的形状的，就是大家所见到的鬼；人含有妖气为妖的，就是巫师一类的人。因此审查巫师的话，并没有什么根据，他预言吉凶的那些话是他自己的嘴编造的，就像儿童的歌谣一样。童谣是儿童自己顺口编的，巫师的语言也是他自己随意编的。口自己说话，思想自己表露，那么鬼变成人形，也就和声音由妖气自动形成，声音由自己发出，同属于一回事了。

世人说殷纣王的时候，夜晚郊外有鬼在哭；在仓颉创造文字时，鬼在晚上哭。妖气既然能模仿人的声音来哭泣，那么也就能模仿人的形状而出现，然而人们认为这就是鬼了。鬼的出现，是一种像人的妖气。在天地之间，祸福的到来，都有先兆和显象，是逐步的而不是突发的，是有迹象的而不是仓猝的。天地的常规，人将要死，凶兆就出现；国家将要灭亡，妖怪也就显现。好比人将有吉利的事，吉祥的兆头就来到；国家将要昌盛，昌明祥瑞的征象就来到一样。所以祥瑞的出现和不吉利的征兆,实质上是一样的。而世人单单说鬼不在吉凶的征兆中,说鬼像神一样能害人,这是不懂吉凶征兆的道理,不看那里有物质性的妖气的变化啊!国家将要灭亡,妖象就会出现,但国家的灭亡并不是妖象造成的。人将要死,鬼就会到来,但人的死也不是鬼造成的。灭亡国家的,是战争;杀死人的,是疾病。有什么证明?齐襄公在将要被贼杀死的时候,到姑棼去游玩,接着就在贝丘打猎,看见一头大猪,随从的人说:"这个大猪是公子彭生变的啊!"齐襄公愤怒地说:"彭生敢出现!"就拉弓射猪。猪像人一样站立起来并且啼叫。齐襄公害怕,从车上掉下来,摔伤了脚、失掉了鞋,而后就被贼人杀了。杀齐襄公的,是贼人。先在路上看到大猪,就是预示齐襄公将要死去的妖气。随从们说它是彭生,那是它有类似彭生的形状。世人都知道杀齐襄公的不是猪,而单单说鬼能杀人,这实在是糊涂。

天地间的气能变成妖的,是极盛的阳气。妖与毒相同,气能伤害人的叫做毒,气能变化的叫做妖。世上的人说童谣是荧惑星的精气促使儿童唱的。这话是有一定见解的。荧惑星是火星,火星有毒光,所以当荧惑星迫近心宿时,国家就有灾祸。火星的气是恍惚不定的,所以妖象就时有时无。龙,是刚阳的动物,所以能随时变化;鬼,是阳的气息,所以能时隐时现。阳气是红色的,所以世人所见到的鬼,它们的颜色都是纯红的。能飞的怪物,是一种阳气,而阳气,是火光,所以能飞的怪物一类就是火光。火炎热能烤焦植物,所以"蜚凶"停聚过的树木,枝叶就枯死了。《尚书·洪范》记载的水、火、木、金、土五行,火排在第二位;记载的貌、言、视、听、思五事,言排在第二位。言和火同属于阳气,所以童谣、诗歌属于妖言。话说出口就能用文字写成,所以世上有文书变成的妖怪。世人说儿童属于阳物,所以妖言由儿童产生。儿童、巫师都含有阳气,所以在求雨的祭祀中,让小孩跳舞并曝晒巫师。求雨的祭祀,是为了助长阴气调合阳气,就像日食是阴胜阳的结果,所以就击鼓讨伐土地神的阴气。日食是阴胜阳,所以要讨伐阴气的同类;天旱是阳胜阴,所以要折磨阳气的同党。巫师是阳气的一党,所以鲁僖公逢旱灾,就与大臣商议要焚烧巫师求雨。巫师含阳气,因此南方的人民多当巫师。巫师与鬼是同类的,所以巫师都是鬼巫。鬼巫等于童谣,所以巫师中高明的,能判断吉凶。能判断吉凶,那么他就和预示吉凶的妖象同属一类,所以晋太子申生的妖象能在巫跟前显现出来。巫含有阳气,也就能见到变化出的妖象。申生的阳气能变成妖,那也就知道杜伯、庄子义这些厉鬼一类也都是妖象了。杜伯之类能变成妖,那么他们使用的弓、箭、杖、船桨等就都是妖的毒气。妖能模仿人的形状,它的毒气就能模仿人的兵器。鬼与毒气同一颜色,所以杜伯的弓箭都是朱红色的。毒气像人的兵器,那么它打中人,人往往就死了。打中人轻的就患半身不遂,打得重的不久就死去。为什么?因为半身不遂这种病,是毒气造成的。妖或者施放它的毒气,不显现它的形体;或者显现它的形体,不施放它的毒气;或者只发出声音,不表现为语言;或者表现出语言,却不知道它的声音。例如申生,就是显现出形体、说出话来的妖;杜伯之类,就是显现出形体,施放出毒气的妖;诗妖、童谣、石头说话之类,就是表现出语言的妖;濮水的弹琴声、纣王郊外的鬼哭声,就是发出声音的妖。

妖的出现,或者是人将要遇到凶事而预先显现,或者是凶事到来接着出现。接着出现,那就是妖象与毒气一起发生;预先显现,就是只有妖象出现但不毒害人。申生的出现,就是预先显现的妖象。杜伯、庄子义、恶鬼的到来,就是接着出现的妖象。周宣王、燕简公、宋夜姑命中注定当时死,所以妖象一显现毒气就打中了他们。晋惠公自身该当俘虏,命定不该死,所以妖象仅仅显现而毒气没射杀他。如果是这样,那么杜伯、庄子义、恶鬼的出现,就是预告周宣王、燕简公、宋夜姑将要死去的妖象;申生的出现,就是预告晋惠公将要被俘虏的妖象;伯有的梦,就是预告驷带、公孙段要死的妖象。老人结草绳绊倒杜回,那是魏颗将要胜利的吉兆,或者是当时杜回将要被俘虏的妖象。灰白色的狗咬吕后,那是吕后将要死,妖模仿狗的形状。武安侯田蚡将要死,妖就模仿窦婴、灌夫的面孔。

所以凡是人世间所说的吉凶,所说的鬼神等,都是极盛的阳气变化的。极盛的阳气,是天施放的一种气。天能产生人的形体,所以也能模仿人的容貌。人之所以出生,是由于承受了阴阳二气。阴气构成人的骨肉躯体,阳气构成人的精神。人的出生,需要阴阳二气俱备,所以人的骨肉坚实,精气就旺盛。精气产生智慧,骨肉产生筋力,所以有精神才能说话,有形体才能维持生命。骨肉与精神,互相结合,互相依赖,所以能长久存在而不灭亡。极盛的阳气,虽然旺盛但无阴气相结合,所以只能变成虚象,不能变成形体。它没有骨肉,只有精神,所以恍惚出现一下,就马上消失了。

祀义篇

《祀义》是《论衡》的第七十六篇。它与《祭意》为一组，在肯定“死人无知”的前提下，批驳祭祀鬼神可以得福的谬论，旨在阐述祭祀的意义，是对《论死》、《订鬼》等篇的补充。

在谶纬迷信流行的东汉时期，一般人普遍相信“祭祀者必有福，不祭祀者必有祸”；“死人有知，鬼神饮食，犹相宾客，宾客悦喜，报主人恩矣”。

王充指出祭祀不过是“主人自尽恩勤”为“所祭者报功”而已。如祭祀社稷是“报生谷物之功，祭祀祖先是“缘死事生，示不敢忘先”。所以王充反对厚礼事鬼，主张祭祀做到竭敬尽礼即可。

他认为天地鬼神并不会因祭品的厚薄而有喜怒，赐福降祸，否则人们“一祭一否，则神一饥一饱，一饥一饱，则神一喜一怒矣”，怎么能赐福给人呢？

王充指出认为鬼神能享用祭品的说法，是由于人们看到祭品“肥香”引起了食欲而推想出来的。死人无知不能变成鬼，“鬼神”到底是什么还是个未知数，用厚礼事鬼，怎么能指望得到鬼神的福祐呢？

世信祭祀，以为祭祀者必有福，不祭祀者必有祸。是以病作卜祟①，祟得修祀，祀毕意解，意解病已，执意以为祭祀之助，勉奉不绝。谓死人有知，鬼神饮食，犹相宾客，宾客悦喜，报主人恩矣。其修祭祀，是也；信其享之②，非也。

实者，祭祀之意，主人自尽恩勤而已，鬼神未必歆享之也③。何以明之？今所祭者报功，则缘生人为恩义耳，何歆享之有！今所祭死人，死人无知，不能饮食。何以

① 卜：占卜。祟：鬼神作怪。 ② 享：原本作“事”，据递修本改。 ③ 歆享：享用祭物。“歆”字原本作“欲”，据递修本改。

审其不能歆享饮食也①？夫天者，体也，与地同。天有列宿②，地有宅舍。宅舍附地之体，列宿着天之形③。形体具，则有口，乃能食。使天地有口能食，祭食宜食尽。如无口，则无体，无体则气也，若云雾耳，亦无能食。如天地之精神，若人之有精神矣，以人之精神，何宜饮食？中人之体七八尺，身大四五围，食斗食，啜斗羹④，乃能饱足，多者三四斗。天地之广大，以万里数。圜丘之上⑤，一茧栗牛⑥，粢饴大羹⑦，不过数斛，以此食天地，天地安能饱？天地用心，犹人用意也，人食不饱足，则怨主人，不报以德矣。必谓天地审能饱食，则夫古之郊者负天地⑧。

山，犹人之有骨节也；水，犹人之有血脉也。故人食肠满，则骨节与血脉因以盛矣。今祭天地，则山川随天地而饱。今别祭山川，以为异神，是人食已，更食骨节与血脉也。

---

① 审：确知。 ② 列宿（xiù 秀）：众星宿。 ③ 着（zhuó 浊）：附着。 ④ 啜（chuò 绰）：喝。 ⑤ 圜丘：古代祭天的坛。 ⑥ 茧栗牛：古人祭天时用作牺牲的牛犊，角刚刚长出来，只有蚕茧和栗子那么大，所以称作“茧栗牛”。 ⑦ 粢（zī 资）：泛指古代祭祀时用的谷物。饴（yí 姨）：麦芽糖。大羹：又名太羹，是不加作料的肉汤。 ⑧ 郊：郊祭，古者冬至帝王在南郊设坛祭天。夏至祭地曰社。

社稷，报生谷物之功。万物生于天地[1]，犹毫毛生于体也。祭天地，则社稷设其中矣，人君重之，故复别祭。必以为有神，是人之肤肉当复食也。五祀初本在地[2]，门、户用木与土，土木生于地，井、灶、中霤皆属于地[3]，祭地，五祀设其中矣，人君重之，故复别祭。必以为有神，是食已当复食形体也。风伯、雨师、雷公，是群神也。风，犹人之吹呴也[4]；雨，犹人之有精液也；雷，犹人之有腹鸣也。三者附于天地，祭天地，三者在矣，人君重之，故复别祭[5]。必以为有神，则人吹呴、精液、腹鸣当复食也。日、月，犹人之有目；星辰，犹人之有发。三光附天[6]，祭天，三光在矣，人君重之，故复别祭。必以为有神，则人之食已，复食目与发也。

宗庙，己之先也[7]。生存之时，谨敬供养，死不敢不信，故修祭祀，缘生事死，示不忘先。五帝三王郊宗黄

---

① 物：原本作“民”，据北大《论衡注释》改。“社稷”，指土神与谷神，古代国家祭祀社稷，“此报生谷物之功”。 ② 五祀：五种祭祀对象。关于五祀的具体内容，各家说法不一。王充以为是井、门、户、灶和中霤神。 ③ 中霤：是屋子中央的那块地方，古人穴居，开中央以采光，叫作中霤，后被人们奉为家中的土地神。“中霤”上原有一“人”字，据刘盼遂《论衡集解》说删。 ④ 吹呴（xǔ 许）：呼气。 ⑤ 复：原本无，据递修本补。⑥ 三光：指日、月、星。 ⑦ 先：即祖先。

帝、帝喾之属[1]，报功重力，不敢忘德，未必有鬼神审能歆享之也。夫不能歆享，则不能神；不能神，则不为福，亦不能为祸。祸福之起，由于喜怒；喜怒之发，由于腹肠。有腹肠者辄能饮食，不能饮食则无腹肠，无腹肠则无用喜怒，无用喜怒则无用为祸福矣。

或曰："歆气[2]，不能食也。"夫歆之与饮食，一实也。用口食之，用口歆之。无腹肠则无口，无口，无用食，则亦无用歆矣。何以验其不能歆也？以人祭祀有过，不能即时犯也。夫歆不用口则用鼻矣，口鼻能歆之则目能见之，目能见之则手能击之。今手不能击，则知口鼻不能歆之也。

或难曰："宋公鲍之身有疾[3]，祝曰夜姑[4]，掌将事于厉者[5]。厉鬼杖楫而与之言曰：'何而粢盛之不膏也[6]？何而刍牺之不肥硕也[7]？何而珪、璧之不中度量也？而

---

① 五帝：关于五帝说法不一，《史记》以黄帝、颛顼、帝喾、尧、舜为五帝。三王：夏、殷、周三代开国的王，即禹、汤、文武。郊宗：指在祭天时以祖先配祭。 ② 歆气：吸取祭品的香味。 ③ 宋公鲍：春秋时宋国国君宋文公，名鲍。事见《墨子·明鬼下》夜姑作祏观辜。 ④ 祝：主持祭祀的官。夜姑：主祭官的名字。 ⑤ 将事：奉命行事。厉者：恶鬼。 ⑥ 膏：肥美。 ⑦ 刍牺：供祭祀用的牺牲，指牛、羊。刍（chú 除）：同"刍"，草。牛、羊吃草，故称刍牺。

罪欤？其鲍之罪欤？'夜姑顺色而对曰：'鲍身尚幼，在襁褓[①]，不预知焉。审是掌之。厉鬼举楫而掊之[②]，毙于坛下。此非能用手之验乎？"

曰：夫夜姑之死，未必厉鬼击之也。时命当死也。妖象厉鬼，象鬼之形则象鬼之言，象鬼之言则象鬼而击矣。何以明之？夫鬼者，神也[③]，神则先知。先知则宜自见粢盛之不膏，珪璧之失度，牺牲之臞小[④]，则因以责让夜姑，以楫击之而已，无为先问。先问，不知之效也；不知，不神之验也。不知不神，则不能见体出言[⑤]，以楫击人也。夜姑，义臣也，引罪自予已，故鬼击之。如无义而归之鲍身，则厉鬼将复以楫掊鲍之身矣。且祭祀不备，神怒见体，以杀掌祀。如礼备神喜，肯见体以食赐主祭乎？人有喜怒，鬼亦有喜怒。人不为怒者身存，不为喜者身亡。厉鬼之怒，见体而罚，宋国之祀，必时中礼，夫神何不见体以赏之乎？夫怒喜不与人同，则其赏罚不与人等；赏罚不与人等，则其掊夜姑不可信也。

且夫歆者，内气也[⑥]；言者，出气也。能歆则能言，犹能吸则能呼矣。如鬼神能歆，则宜言于祭祀之上。今不

---

① 襁褓（qiǎng bǎo 强保）：小孩的被包。 ② 掊（pǒu 剖上声）：打。 ③ 神：神灵。 ④ 臞（qú 渠）：瘦。 ⑤ 见体：现形。见：通"现"。 ⑥ 内（nà 纳）：通"纳"，吸入。

能言，知不能歆，一也。凡能歆者，口鼻通也。使鼻鼽不通①，口钳不开②，则不能歆矣。人之死也，口鼻腐朽，安能复歆？二也。《礼》曰："人死也，斯恶之矣③。"与人异类，故恶之也。为尸不动，朽败灭亡，其身不与生人同，则知不与生人通矣。身不同，知不通，其饮食不与人钧矣。胡、越异类，饮食殊味。死之与生，非直胡与越也。由此言之，死人不歆，三也。当人之卧也，置食物其旁，不能知也。觉乃知之，知乃能食之。夫死，长卧不觉者也，安能知食？不能歆之，四也。

或难曰："'祭则鬼享之④'。何谓也？"曰：言其修具谨洁，粢牲肥香，人临见之，意饮食之。推己意以况鬼神⑤，鬼神有知，必享此祭，故曰"鬼享之"也。

难曰："《易》曰：'东邻杀牛⑥，不如西邻之礿祭⑦'。夫言东邻不如西邻，言东邻牲大福少，西邻祭少福多也。今言鬼不享，何以知其福有多少也。"曰：此亦谓修具谨洁与不谨洁也。纣杀牛祭，不致其礼；文王礿祭，竭尽其敬。夫礼不至则人非之，礼敬尽则人是之。是之则举事

---

① 鼽（qiú 球）：鼻子堵塞。 ② 钳：指紧闭。 ③ 见《礼记·檀弓篇》。 ④ 见《孝经·孝治章》。 ⑤ 况：比方，比照。 ⑥ 东邻：指纣王，以商在周东方而言。杀牛：盛祭。 ⑦ 西邻：指周文王，以周在商的西方而言。礿：夏祭，是用猪的薄祭。引文见《易·既济》九五爻辞。

多助，非之则言行见畔。见畔，若祭不见享之祸；多助，若祭见歆之福，非鬼为祭祀之故有喜怒也。何以明之？苟鬼神，不当须人而食。须人而食，是不能神也。信鬼神歆祭祀，祭祀为祸福，谓鬼神居处何如状哉？自有储偫邪①？将以人食为饥饱也？如自有储偫，储偫必与人异，不当食人之物。如无储偫，则人朝夕祭乃可耳。一祭一否，则神一饥一饱，一饥一饱，则神一喜一怒矣。

且病人见鬼，及卧梦与死人相见，如人之形，故其祭祀如人之食。缘有饮食，则宜有衣服，故复以缯制衣②，以象生仪③。其祭如生人之食，人欲食之，冀鬼飨之④。其制衣也，广纵不过一尺若五六寸。以所见长大之神贯一尺之衣⑤，其肯喜而加福于人乎？以所见之鬼为审死人乎？则其制衣宜若生人之服。如以所制之衣审鬼之衣乎？则所见之鬼宜如偶人之状。夫如是也，世所见鬼非死人之神，或所衣之神非所见之鬼也。鬼神未定⑥，厚礼事之，安得福祐而坚信之乎？

【翻译】

世人相信祭祀，认为祭祀的人一定有福，不祭祀的

---

① 偫（zhì 志）：储备。 ② 缯（zēng 增）：丝织品的总称。 ③ 仪：仪表。 ④ 冀：希望。 ⑤ 贯：穿。 ⑥ 未定：不能肯定。

人一定有祸。所以人们生了病就占卜是什么凶神作怪，知道了作怪的凶神就进行祭祀，祭祀完毕疑虑消除，疑虑消除病就好了。从此人们就固执地认为疾病好转是祭祀的作用，所以更加努力祭祀不敢断绝。说死人有知觉，鬼神能吃喝，就像宾客一样，宾客高兴了，就报答主人的恩情。人们举行祭祀，是对的；相信鬼神能享用供物，那就不对了。

实际上，祭祀的意义，只在于主人自己尽到对鬼神的恩义和殷勤罢了，鬼神未必能享用供物。有什么证明？现在所举行的祭祀是为了报答被祭祀者的功德，那是遵循活人报答功德的办法啊，那里有被祭者享用祭物的事！现在所祭祀的是死人，死人没有知觉，不能吃喝。怎么能确知被祭祀者不能享用供奉的饮食呢？因为天是有形体的，和地一样。天上有众多星宿，地上有房宅屋舍。房屋附着在大地的形体上，星宿附着在天的形体上。形体具备，那才有口，才能吃饭。假如天地有口能吃饭，那就应该把上供的食物都吃光。如果没有口，那就没有实体，没有实体那就是气，气像云雾一样，也就不能吃饭。如果天地的精神，像人所具有的精神一样，那么就人的精神来说，怎么适合吃东西呢？中等人的身体七八尺高，四五围粗，吃一斗饭，喝一斗汤，就能吃饱喝足，最多也不过吃三四斗。天地的广大，用万里来计算。

但在祭天的坛上，一头角像茧栗那么大的牛犊，谷物、麦芽糖、肉汤也不过几斛，用这些东西来给天地吃，天地哪能吃得饱？天地的用心，就像人的思想一样，那么人吃不饱喝不足，就会埋怨主人，是不会用恩德来报答的。一定要说天地能吃饱喝足，那么古代祭祀天地的人就对不起天地(不能指望得到天地的好报答呢)。

山，就像人所具有的骨骼；水，就像人所具有的血脉。由于人吃东西肠肚饱满了，那么骨骼和血脉因此也就强壮旺盈了。如今祭祀天地，那么山河就随着大地吃饱了。现在又另外祭祀山河，认为有不同(天地)的神存在，这就等于说人吃完了，还要再喂喂骨骼和血脉呀。

祭祀社稷，是为了它们生育谷物的功劳。但万物生长在天地间，就像毫毛生长在人体上。祭祀天地，那么社稷就包括在天地中了。君主为了尊重社稷，所以又另外祭祀它。如果一定认为社稷神灵，这就是说人的皮肤和肌肉应当再吃东西。五种祭祀的对象最初都在地上，门、户是用土木建造的，土和木是土地生长的，井、灶堂和中霤都属于土地，祭祀地，五种祭祀就包括在其中了。君主尊重五祀，所以就另外祭祀它们。要一定认为五祀神灵，就等于说人吃完饭，还要再喂喂身体的器官。风伯、雨师、雷公，是一群神。风，就像人的呼气；雨，就像人的有精液；雷，就像人的肚子里的肠鸣。风、雨、雷这三者附着在天地上，祭祀天地，它们就包括在其中了。君主尊重它们，所以又另外举行祭祀。一定要认为风、雨、雷神灵，那人呼气、精液、肚子叫也应当再吃东西了。天下的日、月，就像人有眼睛；天上的星辰，就像人有头发。日、月、星辰三光附着天上，祭祀天，三光就在其中了。君主尊重它们，所以就另外举行祭祀。一定要认为三光有神灵，那么人吃完了，也要再喂眼睛和头发。

宗庙，是安放自己祖先神主的地方。祖先活着的时候，人们谨慎恭敬地供养，祖先死后人们不敢不相信他们有神，所以举行祭祀，按照侍奉活人的原则去侍奉死人，表示不敢忘记祖先。五帝三王在郊祀天的时候用黄帝、帝喾等先祖配享，是为了报答先祖的功绩、尊重先祖的辛劳，表示不敢忘记先祖的恩德，未必有鬼神真个来享用祭物。如果鬼神不能享用祭物，那就不能成为神；不能成为神，那就不能造福，也不能造祸。祸福的起因，是由于喜怒；喜怒的发生，是由于腹肠。有腹肠的就能吃喝，如果不能吃喝那就没有腹肠，没有腹肠那就不能产生喜怒，没有喜怒也就无从造作祸福了。

有的人说："鬼神只是吸取供物的香味，是不吃供品的。"但是，吸取香味与吃喝供品，是同一回事。因为用口吃饭，用口吸气。没有腹肠就没有口，没有口，就没法吃东西，也就无从吸取香味了。怎么能证明（鬼神）不能吸取香味呢？根据人在祭祀时有差错，而鬼神不能立即处罚他们。吸取香味如不用口那就要用鼻子，口鼻能吸到香味那眼睛就能看见，眼睛能看见那么手就能打着。现在手打不着，那就知道口鼻不能吸到香味了。

有人责难说："宋文公鲍身体有病，主祭官夜姑，掌管祭祀恶鬼的事。恶鬼拄着船桨对他说：'为什么你上供的谷物不精美？为什么你上供的牲畜不肥大？为什么你上供的玉器不合乎标准？是你的罪呢？还是宋公鲍的罪？'夜姑和颜悦色的回答说：'宋公鲍本人还幼小，还在襁褓中呢，他没有过问这件事。确实是由我主管的。'恶鬼举起船桨打他，把他打死在祭祀坛下。这难道不是鬼神能说话能用手的证明吗？"

我说：夜姑的死，不一定就是恶鬼打的，而是他当时命里注定要死啊。妖能模仿恶鬼，能模仿鬼的形状那就能模仿鬼的语言，能模仿鬼的语言那就能模仿鬼来打击了。用什么来证明呢？因为鬼是神灵的，神灵就能先知。先知那就应当亲自看见谷物的不精美、玉器的不合标准，牲畜的瘦小、就应当依据这些去责备夜姑，用桨打他就完了，用不着先询问。先询问，就是不能先知的证明；不能先知，就是不神灵的验证。不能先知没有神灵，那就不能现形说话、用桨打人。夜姑，是正直的大臣，把罪过归到了自己身上，所以恶鬼打他。如果夜姑不正直而把罪过推到宋公鲍身上，那么恶鬼就又会用桨去打宋公鲍了。而且祭祀不齐备，神就愤怒现形，因此打杀掌管祭祀的人。如果祭礼周到，神高兴了，那么它肯现形把食品赏赐给主祭的人吗？人有喜怒，鬼也有喜怒。人不会因为愤怒才使身体存在，也不会因为高兴就使身体消亡。如果恶鬼发怒，能现形并惩罚人，那么宋国的祭祀，必然有时符合礼节，为什么神不现形来赏赐人呢？如果鬼神的喜怒与人不同，那么它的赏罚也不会与人一致，赏罚不与人一致，那么它打杀夜姑的事，就不可信了。

再说吸取香味，是吸入气；说话，是呼出气。能吸取香味那就能说话，如同能吸气就能呼气。如果鬼神能吸取香味，那就应当在祭坛上说话。现在它不能说话，就知道它不能吸取香味，这是第一点。凡是能吸取香味的，口和鼻子就是相通的。假如鼻子堵塞不通，口闭住不开，那就不能吸取香味了。人在死后，口鼻就腐烂掉了，怎么能再吸取香味呢？这是第二点。《礼记》说："人死了，就会被人厌恶。"死人与活人不同类，所以人们厌恶它。人死后成为尸体不能行动，腐烂朽坏最后消亡，它的身体与活人不同，知觉也就不能和活人相通了。身体不相同，知觉不相通，它的饮食也就不能与人一样了。胡人、越人是不同的族类，吃喝的口味就不同。死人与活人，这不只是胡人与越人的区别啊。由此说来，死人是不能吸取香味的，这是第三点。当人们睡觉的时候，把食物放在他身旁，他不会知道。睡醒了才能知道，知道才能吃它。死人，是长睡不醒的人啊，哪里能知道吃饭呢？鬼神不能吸取香味，这是第四点。

有人驳难说："'祭祀的时候鬼就享用祭物，'这是什么意思呢？"我说：这是说祭祀的人准备供品谨慎清洁，谷米牺牲肥大馨香，人们面对着看这供品，心里想食用它。就以自己的心意去比方鬼神，认为鬼神如果有知觉，一定会享用这些祭物，因此说"鬼来享用祭物"啊！

有人驳难说："《易经》说：'东边的纣王杀牛盛祭，不如西边的文王用猪薄祭。'这是说纣王不如文王，纣王供奉的牺牲虽大但得福少，文王的祭物虽薄却得福多。现在说鬼不享用祭物，那根据什么知道它所赐的福有多有少呢？"我说：这也是说准备祭品谨慎清洁与不谨慎清洁。纣王杀牛祭祀，但尽礼不周到；文王用猪薄祭，但能竭尽恭敬。所以礼节不周到，人们就否定；礼节恭敬周到，人们就肯定。肯定文王，帮助他的人就多；否定纣王，他的言论和行动就会遭到人们的反对。遭到反对，就像祭祀不被鬼神享用而招来的祸；支持的人多，就像祭祀被鬼神享用而带来的福，其实这并不是鬼神为了祭祀的原因而有喜有怒。怎么来证明？假如鬼是有神灵的，就不应当等人们上供才吃，等人上供才吃，就是鬼没有神灵。如果鬼神真能享受祭品,祭祀是为了求祸福,那么请说说鬼神的日常生活是什么样子呢?是自己有储备呢?还是依赖人们上供的食品解决饥饱呢?如果它自有储备,它的储备一定与人间的有区别,就不应当吃人们的食物。如果它没有储备,那就需要人们每天早晚都祭祀才行。人们有时祭有时不祭,那么鬼神就会时饥时饱,时饥时饱,那么鬼神就会有时愤怒,有时高兴了。

再说病人见到的鬼,以及人在睡梦中见到的死人,都像人的形状,所以人们祭祀鬼神的祭品就和人吃的东西一样。根据吃饭的道理来推论,那鬼神就应当有衣服,所以人们又用丝绸给它做衣服,以仿效他活着时的样子。鬼神的祭品像活人的食物,人想吃它,就希望鬼来享用它。人们所做的鬼神衣服,肥瘦长短不过一尺或五六寸。人们所见的身长体大的神穿一尺长的衣服,神能够高兴而赐福给人吗?如果认为人们所看见的鬼真是死人呢,那么给它制做的衣服就应该像活人的衣服。如果认为所做的(小尺寸)的衣服确实是给鬼穿的呢,那么人们所看见的鬼就应当像土木偶人那样小。如果真是这样,世人所看见的鬼就不是死人的神灵,或者说人们为其制做衣服穿的神就不是他们所看见的鬼。连鬼神是什么都不能肯定,用厚礼侍奉它,怎能指望得到它的保祐并且对它坚信不移呢?

自纪篇(节选)

《自纪》是《论衡》的第八十五篇,也是最后一篇。它是王充晚年写成的自传,记述了自己的家世、生平、思想性格以及对当时一些社会现象的看法,阐述了写作《论衡》的目的,并反驳了当时正统思想的代表者对于他及《论衡》的种种责难和诽谤,是王充一生思想言行的总结。

王充出身"细族孤门",曾作过几任县、郡、州的属官,因"仕数不耦","废退穷居",闭门著书。他痛恨世情势利庸俗,作《讥俗》之书;忧虑统治者昏聩无能,作《政务》之书;为"诠(衡量)轻重之言,立真伪之平(标准)",作《论衡》之书。《论衡》旨在"解释世俗之疑,辩照是非之理"

(《对作》),“没虚华之文,存敦庞之朴,拨流失之风,反恣戏之俗”,使之有益于政治和教化。

王充的思想言行“违诡于俗”,这就招致了正统卫道者的忌恨。他们嘲笑王充“宗祖无淑懿之基,文墨无篇籍之遗”,指责王充的著作,尤其是《论衡》,内容浅薄、文字繁重,“说不合于众”、“实事委琐,文给甘酸”,是“无类而妄生”的“妖变”。

王充面对这些指责和诬蔑,以笔为枪,一一批驳。他愤怒地说:“鸟无世凤凰,兽无种麒麟,人无祖圣贤,物无常嘉珍,才高见屈,遭时而然。”大胆地抨击当时的社会现实,充分表现出了他的战斗精神。

当然,王充在本篇中把自己一生的坎坷遭遇“归之于命,委之于时”,表现出对命运无可奈何的消极情绪,这则是他作为一个封建士大夫所具有的性格弱点。

王充者,会稽上虞人也①,字仲任。其先本魏郡元

① 上虞:县名,在今浙江上虞西,汉时属会稽郡。

城①,一姓孙。几世尝从军有功②,封会稽阳亭。一岁仓卒国绝③,因家焉,以农桑为业。世祖勇任气,卒咸不揆于人④。岁凶,横道伤杀⑤,怨仇众多。会世扰乱,恐为怨仇所擒,祖父汎举家担载⑥,就安会稽,留钱唐县,以贾贩为事。生子二人,长曰蒙,少曰诵。诵即充父。祖世任气,至蒙、诵滋甚,故蒙诵在钱唐,勇势凌人。末复与豪家丁伯等结怨,举家徙处上虞。

建武三年⑦,充生。为小儿,与侪伦遨戏⑧,不好狎侮。侪伦好掩雀、捕蝉、戏钱、林熙⑨,充独不肯,诵奇之。六岁教书,恭愿仁顺,礼敬具备,矜庄寂寥,有巨人之志⑩。父未尝笞,母未尝非,闾里未尝让⑪。八岁出于书馆,书馆小僮百人以上,皆以过失袒谪,或以书丑得鞭。充书日进,又无过失。手书既成,辞师受《论语》、《尚书》,日讽千字⑫,经明德就,谢师而专门,援笔而众奇⑬。

---

① 元城:县名,属魏郡,在今河北大名东。 ② 几字前本有"一"字,据北大《论衡注释》删。 ③ 国绝:失掉封国,即失掉了封爵和土地。 ④ 揆:度,这里指容于人。 ⑤ 横道:拦路。 ⑥ "担"原本作"檐",据递修本改。 ⑦ 建武三年:公元 27 年。建武:东汉光武帝的年号。 ⑧ 侪(chái 柴)伦:同辈伙伴。 ⑨ 掩:乘其不备进行袭击。林熙(xi 西):爬树一类游戏。熙:通"嬉"。 ⑩ 巨:通本作"臣",据递修本改。巨人:成人。 ⑪ 让:责备。 ⑫ 讽:背诵。 ⑬ 援笔:执笔,此指写文章。

所读文书，亦日博多。才高而不尚苟作，口辩而不好谈对，非其人，终日不言。其论说始若诡于众，极听其终，众乃是之。以笔著文，亦如此焉；操行事上，亦如此焉。

在县位至掾功曹①，在都尉府位亦掾功曹②，在太守为列掾五官功曹行事③，入州为从事④，不好徼名于世，不为利害见将。常言人长，希言人短，专荐未达，解已进者过。及所不善，亦弗誉；有过不解，亦弗复陷。能释人之大过，亦悲夫人之细非。好自周⑤，不肯自彰，勉以行操为基，耻以材能为名。众会乎坐，不问不言；赐见君将，不及不对。在乡里慕蘧伯玉之节⑥，在朝廷贪史子鱼之行⑦。见污伤不肯自明，位不进亦不怀恨。贫无一亩

---

① 掾（yuàn 怨）：掾史，是汉代中央和地方行政机构中属官的通称。功曹：总揽总务，又主管人事，是郡吏中握有实权者。《汉官仪》："督邮、功曹，郡之极位。" ② 都尉：郡的军事长官。 ③ 太守：郡的行政长官。列掾：一般的掾史。五官：五官掾，郡太守的属官，主祭祀，地位仅次于功曹。 ④ 州：郡上一级的行政单位。从事：即从事史，是州郡长官自己征聘的属官，位低而权重，甚至可以奏免守、相，案杀令、长。 ⑤ 周：密，隐蔽。 ⑥ 在乡里：指没做官的时候。蘧伯玉：春秋时卫国大夫，节操很高，不追求禄位。 ⑦ 贪：追求。史子鱼：即史鳝，春秋时魏国大夫，言行正直。

庇身[1]，志佚于王公[2]；贱无斗石之秩[3]，意若食万钟[4]。得官不欣，失位不恨。处逸乐而欲不放，居贫苦而志不倦。淫读古文[5]，甘闻异言。世书俗说，多所不安[6]，幽处独居，考论实虚。

充为人清重，游必择友，不好苟交。所友位虽微卑，年虽幼稚，行苟离俗，必与之友。好杰友雅徒，不泛结俗材。俗材因其微过，蜚条陷之[7]，然终不自明，亦不非怨其人。或曰："有良材奇文，无罪见陷，胡不自陈[8]？羊胜之徒，摩口膏舌[9]；邹阳自明[10]，入狱复出。苟有全完之行，不宜为人所缺；既耐勉自伸，不宜为人所屈。"答曰：不清不见尘，不高不见危，不广不见削，不盈不见亏。士兹多口[11]，为人所陷，盖亦其宜。好进故自明，憎退故自陈。吾无好憎，故默无言。羊胜为谗，或使之也；邹阳得

---

① 一亩：即一亩之室，指简陋的住宅。 ② 佚：通"逸"，安乐。 ③ 秩：官吏的等级，汉代官吏的俸禄。以斗、石计，具体发放皆半钱半谷。见《后汉书·百官志》。 ④ 钟：古代容量单位，六十四斗为一钟。 ⑤ 淫：无节制。淫读：广泛阅读。 ⑥ 安：妥。 ⑦ 蜚条：匿名帖子。蜚（fēi 飞）：通"飞"。 ⑧ 胡：何：为什么。 ⑨ 摩：砥砺磨炼。膏：润。 ⑩ 邹阳：西汉人，想结交梁孝王，被羊胜陷害下狱。邹阳在狱中上书表白，梁孝王释放了他，并尊为上客。事见《史记·邹阳列传》。 ⑪ 士兹多口：士大夫是这样善于说长道短的。语出《孟子·尽心下》："士憎兹多口。"

免，或拔之也。孔子称命①，孟子言天②，吉凶安危，不在于人。昔人见之，故归之于命，委之于时，浩然恬忽，无所怨尤。福至不谓己所得，祸到不谓己所为。故时进意不为丰，时退志不为亏。不嫌亏以求盈，不违险以趋平。不鬻智以干禄，不辞爵以吊名。不贪进以自明，不恶退以怨人。同安危而齐死生，钧吉凶而一败成。遭十羊胜，谓之无伤。动归于天，故不自明。

充性恬澹，不贪富贵。为上所知，拔擢越次③，不慕高官；不为上所知，贬黜抑屈④，不恚下位。比为县吏，无所择避⑤。……

俗性贪进忽退，收成弃败。充升擢在位之时，众人蚁附；废退穷居，旧故叛去。志俗人之寡恩，故闲居作《讥俗》、《节义》十二篇⑥。冀俗人观书而自觉，故直露其文，集以俗言。或谴谓之浅⑦。……

充既疾俗情，作《讥俗》之书；又悯人君之政，徒欲治人，不得其宜，不晓其务，愁精苦思，不睹所趋，故作《政

---

①《论语·宪问》："子曰：'道之将行也与，命也。道之将废也与，命也。'" ②《孟子·万章上》："莫之为而为者天也，莫之致而至者命也。" ③ 越次：越级。 ④ 黜（chù 触）：罢免。 ⑤ 此下原有"或曰"一段，今删。 ⑥《讥俗》、《节义》十二篇：王充的作品，基本上保存在今本《论衡》中。一说已佚。 ⑦ 此下原有"答曰"一段，今删。

务》之书。又伤伪书俗文多不实诚，故为《论衡》之书。夫贤圣殁而大义分①，蹉跎殊趋②，各自开门。通人观览，不能订铨③。遥闻传授，笔写耳取，在百岁之前。历日弥久，以为昔古之事，所言近是，信之入骨，不可自解，故作是论④。其文盛，其辩争，浮华虚伪之语，莫不澄定，没华虚之文，存敦庞之朴，拨流失之风，反宓戏之俗⑤。……

充仕数不耦⑥，而徒著书自纪。或戏曰⑦："所贵鸿材者，仕宦耦合，身容说纳，事得功立，故为高也。今吾子涉世落魄，仕数黜斥，材未练于事，力未尽于职，故徒幽思，属文著记。美言何补于身？众多欲以何趋乎？⑧……

充细族孤门。或啁之曰⑨："宗祖无淑懿之基，文墨无篇籍之遗⑩，虽著鸿丽之论，无所禀阶⑪，终不为高。夫气无渐而卒至曰变，物无类而妄生曰异，不常有而忽

① 殁(mò 末)：死。 ② 蹉跎(cuō tuó 搓驼)：失时，指耗时长久。 ③ 订：原本作"钉"，据孙诒让说改。 ④ 是：原本作"实"，据递修本改。 ⑤ 宓戏：即伏羲氏。此下原有"充书形露易观"云云一大段，今删。 ⑥ 仕数不耦：做官屡次不被赏识。耦：遇合。 ⑦ 戏：原本误作"亏"，据孙诒让说改。 ⑧ 此下原有"答曰"一段，今删。 ⑨ 啁(cháo 嘲)：通"嘲"，嘲笑。 ⑩ 文墨：指著述。 ⑪ 禀阶：指学术上的师承和渊源。

见曰妖，诡于众而突出曰怪。吾子何祖？其先不载。况未尝履墨涂，出儒门，吐论数千万言，宜为妖变，安得宝斯文而多贤？”

答曰：鸟无世凤凰，兽无种麒麟，人无祖圣贤，物无常嘉珍。才高见屈，遭时而然①。士贵故孤兴，物贵故独产。文孰常在有以放贤②，是则醴泉有故源③，而嘉禾有旧根也。屈奇之士见④，倜傥之辞生⑤，度不与俗协，庸角不能程⑥。是故罕发之迹，记于牒籍；希出之物，勒于鼎铭⑦。五帝不一世而起，伊、望不同家而出⑧。千里殊迹，百载异发。士贵雅材而慎兴，不因高据以显达。母骊犊骍⑨，无害牺牲；祖浊裔清，不膀奇人⑩。鲧恶禹圣⑪，叟顽舜神⑫。伯牛寝疾⑬，仲弓洁全⑭。颜路庸

---

① 时：时运。 ② 孰：通“熟”。放：通“仿”。 ③ 醴：原本作“澧”，据刘盼遂说改。 ④ 屈（jué 决）：通“崛”，突出的样子。屈奇：杰出。 ⑤ 倜傥（tì tǎng 替躺）：卓越不凡。 ⑥ 角：量器，容四斗。这里指尺度、标准。庸：平庸。 ⑦ 传说禹铸九鼎时曾把许多罕见动植物的样子刻在鼎上。勒：刻。参见《论衡·儒增篇》。 ⑧ 伊：伊尹，商王成汤的辅臣。望：太公望，吕尚。 ⑨ 骊：通“犁”，黄黑色。骍：红色。 ⑩ 膀：通“妨”，妨碍。 ⑪ 鲧：禹的父亲。 ⑫ 叟：瞽叟，舜的父亲。 ⑬ 伯牛：孔子弟子，传说他有麻风病。 ⑭ 仲弓：孔子弟子，伯牛的儿子冉雍。

固①，回杰超伦②。孔、墨祖愚，丘、翟圣贤。杨家不通③，卓有子云④。桓氏稽可⑤，遹出君山⑥。更禀于元⑦，故能著文。

充以元和三年徙家，辟难诣扬州部丹阳、九江、庐江⑧，后入为治中⑨。材小任大，职在刺割，笔札之思⑩，历年寝废。章和二年⑪，罢州家居。年渐七十，时可悬舆⑫。仕路隔绝，志穷无如。事有否然，身有利害。发白齿落，日月逾迈。俦伦弥索⑬，鲜所恃赖。贫无供养，志不娱快。历数冉冉，庚辛域际⑭。虽惧终徂⑮，愚犹沛

---

① 颜路：孔子弟子，颜回的父亲。庸固：平庸鄙陋。② 颜回：孔子弟子，颜路的儿子。③ 杨家：指杨雄的家族。不通：不显贵。④ 子云：即扬雄，字子云。杨：通“扬”。⑤ 稽可：未详。递修本作“稽古”。⑥ 遹（yù 域）：乃。君山：即桓谭，字君山，东汉唯物主义思想家。⑦ 分别禀受元气。元：元气。⑧ 元和：东汉章帝的年号。元和三年：公元 86 年。“辟”下脱“难”字，刘盼遂据《北堂书钞》卷七三、《太平御览》卷六〇二等引补。“元和三年”，《书钞》、《御览》误作章和二年。《后汉书·王充传》：“刺史董勤辟为从事。”⑨ 治中：即治中从事史，州刺史的属官，主选举。⑩ 笔札：等于说纸笔。札：木简。思：指著作念头。⑪ 章和二年：公元 88 年。章和：东汉章帝年号。⑫ 舆：车。悬舆：把车子悬吊起来不再乘坐，指告老退休。⑬ 俦（chóu 愁）：同伙。弥索：越来越稀少。⑭ 庚辛域际：死亡将至。⑮ 终徂：指死亡。徂（cú 粗阳平）：往，逝。

沛。乃作《养性》之书，凡十六篇。养气自守，适食则酒。闭明塞聪，爱精自保。适服药引导，庶冀性命可延，斯须不老。既晚无还，垂书示后。惟人性命，长短有期。人亦虫物，生死一时。年历但讫[1]，孰使留之？犹入黄泉[2]，消为土灰。上自黄、唐[3]，下臻秦、汉而来，折衷以圣道[4]，析理于通材。如衡之平，如鉴之开。幼老生死古今，罔不详该[5]。命以不延，吁叹悲哉！

【翻译】

王充，会稽郡上虞县人，字仲任。祖先籍贯在魏郡元城，又姓孙。祖上几代人曾经参加军队立过战功，被封在会稽郡的阳亭。有一年突然遇到变乱而失掉了封爵和土地，于是就在那里落户，以种田养蚕为业。世代祖先全都勇武，好意气用事，结果都不能容于人。灾荒年头，因为拦路杀伤过人，所以怨家仇人很多。又碰到世道兵荒马乱，怕被仇家捉住，祖父王汎就带全家肩担车载，到会稽山附近去安家，中途留居在钱唐县，从事商业。祖父有两个儿子，大的叫王蒙，小的王诵。王诵就

---

① 讫：终了。原误作“记”，据刘盼遂说改。 ② 黄泉：地下。 ③ 黄、唐：指黄帝、唐尧。 ④ 折衷：取正，作为判断事物的准则。 ⑤ 罔：通“无”。该：具备。

是王充的父亲。王家世代都好意气用事，到王蒙、王诵这一代更加厉害。所以王蒙、王诵在钱唐仗持勇武侵犯别人。最后又跟豪绅丁伯等结了冤仇，全家又搬到上虞县居住。

（汉光武帝）建武三年，王充出生。王充幼年，与同辈的伙伴游戏，就不喜欢随便打闹。同伴们好捉麻雀、捕蝉、猜钱、爬树玩耍，唯独王充不肯玩这些，王诵对他的行为感到很惊奇。王充六岁时，家里人教他写字，他老实厚道，友爱听话，礼貌周到，庄重沉静，有大人的志气。父亲从来没有打过他，母亲从来没有责备过他，邻里从来没有指责过他。八岁进书馆。书馆的学童有一百多人，都因为违犯规矩受到过体罚，或者因为字写得难看挨过鞭子。只有王充书法日益进步，又没有犯过错误。学会写字，就告别老师，去学习《论语》、《尚书》，每天背诵一千字。经书学习明白，品德修养好了，就辞别老师独立去研究学问，每一写出文章，总使大家惊奇。所读的文章书籍，也日渐广泛。才能虽然很高但不喜欢随便写作，口才很好但不喜欢与人谈论对答，不碰到意气相投的人，就整天不开口说话。他的话乍一听好像怪异，与大家不同，听完他的话，大家就认为他正确了。王充挥笔作文，也是这样；行事为人，侍奉尊长，也是这样。

王充在县里职位做到掾功曹，在都尉府里职位也做到掾功曹，在太守府担任列掾，代理五官曹掾、功曹掾的职务，进入州里担任从事史。王充不善于在社会上沽名钓誉，不为个人利害去拜见长官。经常说别人的长处，很少讲别人的缺点。专爱推荐没有做官的读书人，开脱已经做官的人的过错。至于自己不满意的人，就不会去称赞；他们有过错不会为他们开脱，但也不会再去陷害。能原谅别人的大错，也惋惜别人的细小过失。喜欢深藏不露，不愿自我炫耀。尽力把修养操行看作做人的根基，而羞于单纯依靠才能来出名。众人聚会坐在一起，别人不问就不多说；州郡长官接见，不问到自己也不对答。在乡里闲居仰慕蘧伯玉的节操，在朝廷当官追求史子鱼的品行。被污蔑中伤不愿自我表白，官位不升迁也不怀恨。穷得没有一所简陋的住宅来遮蔽身体，心情可比王公还快乐；卑贱得连斗石的俸禄都没有，思想上却像享受优厚俸禄的人一样。得到官位并不欣喜，失去官位也不怨恨。处在安乐的地位欲望并不放纵，居于贫苦的地位志气也不懈怠。广泛阅读古代文献，乐意听到与众不同的言谈。传世的书籍和习俗旧说有很多不妥的地方，所以（自己）隐居独处，来考查论证它们的虚实真伪。

王充为人清高庄重，交游一定选择朋友，不喜欢随便结交。所结交的人地位虽然卑微，年纪虽然幼小，它如果行为不同于俗流，就一定与他做朋友。王充喜欢才能出众的朋友、品德高尚的人士，从不滥交才能庸俗的人。那些庸俗的人就利用王充的一些微小过失，写匿名帖陷害他。但王充始终不为自己辩白，也不责怪怨恨那些人。有人说："你有良好的才干和奇妙的文章，无罪被陷害，何不自己申辩？当年羊胜一类的人，嘴巴利害；邹阳自我辩白，虽然下狱又出来了。假如自己有完美的品行，不应当被人指责；既有能力为自己表白，不应当被人冤屈。"王充回答：不清洁就看不见灰尘，不居高就不存在危险，不宽广就不会被削减，不饱满就不受亏损。士大夫们是这样喜欢多嘴多舌，我被人陷害，大概是理所应当的。喜欢做官才去自我表白，害怕丢官才去自我申辩。我不想升官也不怕丢官，所以我沉默无言。羊胜进谗言，是有种力量指使它；邹阳得到免祸，是有种力量解救他。孔子讲命，孟子说天，吉凶安危，不是人力所能改变的。古人明白这个道理，所以把吉凶安危归结为命，归结为时运，能够胸怀宽广，处之坦然，没有怨恨。有了福，不认为是自己得到的；有了祸，不认为是自己造成的。所以一旦升了官，思想上并不特别得意，一旦降了职，心情也不会懊丧。不因嫌缺少什么而去追求事事具备，不愿逃避险要之地走向平地；不卖弄聪明以求取禄位，不用假意辞官来沽名钓誉；不会贪恋升迁来自我表白，不会害怕丢官去怨恨别人。把安、危、死、生看成是等同的，把吉、凶、败、成看成是一样的，就是遇到十个羊胜，说来也无害。我把这一切都归结于天，所以不去自我表白。

王充的性格恬淡寡欲，不贪求富贵。被上级了解，越级提拔，并不贪慕高官；不被上级了解，被降级停职，也并不因为职位低而恼怒。等到任县吏时，也不挑捡拒绝。……

俗人的性情都是喜欢做官而轻视被贬退的，巴结得志的而抛弃失势的。当王充被提拔当官的时候，众人像蚂蚁爬在食物上那样依附他；当王充被免官而贫困居家的时候，旧交故友就背离而去了。为了记载俗人的忘恩负义，王充在闲居时写成了《讥俗》、《节义》十二篇。希望俗人们读过这本书后能有所觉悟，因此文章直截了当地表露，并使用了通俗的语言。有人进行指责，说我的文章浅薄。……

王充既痛恨俗人的性情，写了《讥俗》等书；又忧虑君主的政治，只想统治人民，却没有合适的统治方法，不明白统治的要领，劳神苦思，看不清努力的方向，所以写了《政务》一书；又痛恨传世的伪书俗文，内容多半不真实，所以写成了《论衡》一书。自从贤圣死后，他们学说的大义就产生了分歧，长期朝着不同方向发展，（后世的学者们)自立门户、各成一派。就是博古通今的人读遍了这些东西,也不能订正铨衡了。久远的见闻代代相传,有用笔记的,有靠耳朵听的,都是些上百年的东西。这些东西经历的时间越久远,人们就越认为这是古时候的事情,所说的大都是对的,对它就入骨地相信,不能自拔,因此王充写作了《论衡》。这部书文辞丰赡,辩论有力,对于那些浮华虚伪的说法,一一加以澄清论定,消除浮华虚假的文字,保存敦厚朴素的本质,矫正流行的不正之风,恢复伏羲时代的淳朴习俗。……

王充做官屡次不被上司赏识,就只著书表达自己的思想。有人开玩笑说:"有大材的人所以可贵,就在于做官能受到赏识,本身受重用,主张被采纳,干事情能建立功业,所以这才称得上高明。现在你处世潦倒不得志,做官屡次被贬斥,没有在事业中表现出来干练之才,力量没有在所担负的职务上发挥出来,所以只能冥思苦想,写文章著书籍。但美好的语言对你本身有什么好处呢? 文章写的再多又想达到什么目的呢?"……

王充出身在低微的家族和孤独的门户。有人嘲笑说:"你家祖祖辈辈没有美善的根基,文章又没有一篇遗留下来,你虽然写了鸿篇巨著,但没有师承渊源,终究算不上高明。气候变化没有渐变过程而突然发生就叫'变',万物没有种类而胡乱产生就叫'异',不常有的东西而忽然出现就叫‘妖’，违背大众的意向而突然出现的言论就叫‘怪’。你的祖先是什么人？你的先辈并没有功绩被记载下来。况且你自己未曾跟随墨家学习过，也没有出入过儒家之门，突然写出数千万言的著作，应该算作妖变，怎么能珍视这些文章而加以赞美呢？”

我回答说：鸟类没有世代相传的凤凰，兽类没有种系相传的麒麟，人没有祖辈相传的圣贤，物没有永恒出现的美好珍宝。才能高超受到压抑，这是遭遇的时运造成的。人才高贵，因此单独出现；物品贵重，所以单独生产。如果文章的成熟总要仿效贤人，这就等于说醴泉出自旧源，嘉禾发自老根。杰出人才的出现，不平凡作品的产生，气度与世俗不相合，一般的尺度是不能衡量的。因此罕见的事迹，就记载在文书上；少有的东西，就铭刻在鼎上。五帝不在同一时代兴起，伊尹、吕望不在同一家族产生。他们地区相距千里，事迹各不相同，时代相隔几百年，兴起的情况也不一样。士人贵在才能出众而不轻易升迁，不依靠出身高贵来取得显赫的官位。母牛黑黄杂色而小牛纯赤色，这并不妨碍用小牛来做祭品；祖上混浊而后代清白，这并不妨碍后代成为杰出的人才。鲧凶恶但禹圣明。瞽叟愚昧但舜神圣。伯牛患恶疾，而仲弓清洁健全。颜路平凡笨拙，而颜回智力超群。孔丘、墨翟祖上愚昧，而孔丘、墨翟是圣贤。扬家祖辈不显达，却出了才能卓越的扬子云；桓氏……，才出现了桓君山这样的人物。这是因为他们重新禀受了特殊的元气，所以能写出好文章。

王充在元和三年搬家，避难到扬州部的丹阳、九江、庐江等地，后来到扬州任治中从事史。由于才能小责任大，主管着纠察弹劾事宜，所以著书的念头，中断几年了。章和二年，离开州里的官职回家闲居。这时年纪已近七十，到了告老退休的时候。做官的门路已经断绝，志愿不能实现也是无可奈何。凡事总是有的顺利有的不顺利，对自己有的有利有的有害。头发白了，牙齿掉了。日子一天天过去了，同辈的朋友越来越稀少，可以依靠的人也很少了。贫困得不到供养，心情很不愉快。岁月慢慢过去，死亡将要来临，虽然害怕死去，但自己心里还充满活力，于是作了《养性》的书，计十六篇。修养正气保重自己，适量吃饭适当饮酒。不闻不问外界事物，爱护精神注意保养，适当地服用些药物和做健身操，希望生命也许可以延长，不至于短时间内就老死。既然晚年已没法返老还童了，只有把我的书传给后人看。人的生命，长短各有期限，也与动物一样，生死有一定的时间。寿命到了终了的时候，谁能挽留得住？如果我死了，就会化作灰土。对于上自黄帝、唐尧，下到秦、汉以来，我都用圣人的道理来判断是非，用通人的方法来剖析事理，就像秤那样公平，就像镜子那样明亮，一切幼、老、生、死、古、今的问题，无不详细具备。寿命已经不长了，真使人叹息伤心哪！

《古代文史名著选译丛书》编纂始末①

马樟根　安平秋

今年1月,《古代文史名著选译丛书》已经出到100种101册(其中《史记》为2册)。4月份,最后的33种也已交稿。这样,全书133种即将呈献在读者面前。② 一项服务当前、造福子孙的普及优秀古代文化、进行爱国教育的大工程将宣告完工了。回想

①《古代文史名著选译丛书》由全国高校古籍整理研究工作委员会主持,古委会直接联系的18个古籍整理研究所为主要承担机构,章培恒、安平秋、马樟根任主编。本文于1992年4月,在《中国典籍与文化》杂志发表时题目是《衣带渐宽终不悔——〈古代文史名著选译丛书〉编纂始末》。这次将此文作为2011年修订版附录时,去掉原正标题,以原副标题为正式题目。 ② 至1994年4月最后定稿时,全书为135部。2011年修订版出版时,全书为134部。

这一套丛书动员18所院校，投入100余人，从1985年筹划，1986年起步，到今天已度过了六七年的岁月，个中甘辛令人难以忘怀。

一、北大·苏州·北大

——酝酿与筹划

编纂这样一套丛书，起因于1981年7月。当时陈云同志派人到北京大学召开了小型座谈会。来人告诉与会人员陈云同志最近在考虑两个问题：一个是粮食，一个是古籍整理。对古籍整理，特别讲到陈云同志说："整理古籍，为了让更多的人看得懂，仅作标点、注释、校勘、训诂还不够，要有今译，争取做到能读报纸的人多数都能看懂。有了今译，年轻人看得懂，觉得有意思，才会有兴趣去阅读。今译要经过选择，要列出一个精选的古籍今译的目录，不要贪多。"这就是后来收入《陈云文选》的那段话。1981年9月，中共中央关于整理我国古籍的文件中一字不差地强调了这段话。1983年，教育部成立了全国高校古籍整理研究工作委员会（简称古委会）。古委会主任周林同志根据中央和陈云同志意见，提出了组织力量今译古籍。但在当时，经过"文革”后的古籍整理工作百废待兴，加之一些学者对今译重要性的认识远非今日之深，这一工作一拖便是两年。

1985年5月，全国高校古委会在苏州召开了一届二次会议。周林同志在会上作了“人才培养和古代文化遗产普及问题”的专题发言，他分析了“解放三十多年来，由于‘左’的路线干扰，特别是‘文化大革命’，几乎使我们的民族文化到了中断的边缘，出现了对古代文化知之不多，或知之甚少的状况”，要教育界的同志“做好普及古代文化知识的工作”，搞好古籍的今注今译就是其中的一项重要任务，“高校古委会要在这方面多下功夫”，“高校古籍研究所无疑应担负起这个任务”。他针对当时一些人轻视古籍的今注今译思想，呼吁“我们对于选本、今译等有利于教育普及的东西，应承认它的学术价值”，“《昭明文选》、《唐诗三百首》、《古文观止》等是地道的选本，流传几百年，发生那么大的影响，能说没有水平？”“专家们深入浅出的在对古文献研究基础上的译注，对普及古代优秀文化作出重大贡献，算不算高水平的成果呢？”“古文既要译得恰当、准确，又要通畅易懂，难度是很大的”，“为了社会主义精神文明建设，古籍整理这方面也要作出应有的贡献”。一石激浪，沉寂了几年的今译古籍的话题又重新活跃起来。会上作了一番认真讨论。

经过这样的酝酿，1985 年 7 月，全国高校古委会科研项目评审组的专家们聚集在北京大学勺园，筹划编纂一套古籍今译的精选本。初步定名为《古籍今译丛书》，议定了收书范围、内容，开列了 65 种书的选目。并决定由科研项目专家评审组召集人、复旦大学古籍所所长章培恒教授和参加过陈云同志在北大召开座谈会、当时古委会主管科研工作的副秘书长安平秋同志共同负责，与秘书处同志一起具体筹划。经几个月的筹备，决定由古委会直接联系的 18 个高校古籍研究所承担这一工作，组成编委会，并开列出 89 种书的选目，对选译的进度、规划亦作了设计。此时，几家出版社闻讯而至，表示愿意出版这套丛书。最早与我们联系的巴蜀书社的段文桂社长以其强烈的事业心和对古籍今译的高度重视感动了我们，于是决定邀请巴蜀书社编辑参加第一次编委会议。

二、从柳浪闻莺到桂子山上

——第一批书稿的产生

第一次编委会于 1986 年 5 月在杭州柳莺宾馆

召开。宾馆因位于西湖十景之一的柳浪闻莺而得名。全国高校18个研究所的24名学者和有关人员聚集在这风景胜地，无心观柳，亦无从闻莺，紧张地工作了三天。会上确定了这套普及读物的读者对象是具有中等以上文化程度的广大群众，收书范围是中国历代文史名著，在名著之中选精。所选书目，在原拟89种基础上，调整为116种，以形成系统性。书中选篇之下分提示、原文、今译、注释四部分，以译文为主，书前有一前言，书中加入必要的插图。每一种书约10—15万字。书名确定为《古代文史名著选译丛书》。即由到会的24位学者组成丛书编委会①，由章培恒、马樟根、安平秋三人任主编。于是，编委会立即分成三个工作小组，在会上分头拟出丛书《凡例》、《编写、审稿要求》和《文稿书写格式》，经讨论修改而形成了正式文字以供遵循。在

① 编委会成员按姓氏笔划排列为：
马樟根　平慧善　安平秋　刘烈茂　许嘉璐　李国祥
金开诚　周勋初　宗福邦　段文桂　董治安　倪其心
黄永年　章培恒　曾枣庄（以上为常务编委）
王达津　吕绍纲　刘仁清　刘乾先　李运益　杨金鼎
曹亦冰　常绍温　裴汝诚（以上为编委）

自报的前提下，会上确定了由18个研究所承担前40部书的今译任务，要求当年年底完成。古委会主任、丛书顾问周林同志对编委会的认真精神、紧张工作和显著效率十分赞赏，他说："有这样一个编委会，有这样一个阵容来做选译，使中国历史文化不成为专属于少数人的知识，使能看报纸的人都读懂自己民族的名著，从而树立爱国主义、建设有民族特色的精神文明，其意义之深远将会在今后愈益显露出来。"于是，有1000余万字的大工程便从这里开始了。

当年年底各研究所的今译书稿经作者完成后，由在该所的编委审改，到1987年5月和7月，先后在复旦大学、北京大学两次召开编委审稿会。这种审稿会，说是审稿，实际上是边审边改，字斟句酌，每部书稿必须经一位编委、一位常务编委审改把关，经过这样两道工序，汇总到主编手中，40部书稿通过了25部。其中部分书稿赶印了样稿征求意见。于是周林同志于7月6日在北大临湖轩邀请了在京十几位专家与正在审稿的编委一起研究样稿，探讨如何提高这套今译丛书的质量。

根据编委审稿发现的问题和在京专家们的意

见，从书亟需在已定体例的框架中条列细则；而出版单位巴蜀书社又希望所出版的第一批书为50种以便形成格局，需要布置各研究所承担新的今译任务。这样，1987年10月在华中师范大学再次召开了编委会，又请了詹锳、周振甫、刘乃和、郭预衡等先生到会指导。

这次编委会是在审看了40部书稿后，发现了一大批问题亟待解决，又是在需要布置下一步任务的状况下召开的，是一次承上启下的编委会。会议初期人们的心情和会上的气氛都带有一股子严峻与急切。会议从5日到8日开了三天半。但是在4日晚上开预备会的时候，主编章培恒先生尚未到会，亦无他是否已从上海出发的信息。5日上午就要开会了，主编不到怎么行呢？5日一早，我们还在沉睡之中，忽听有人敲门，进来的竟是章培恒！一向风神儒雅、衣装考究的章培恒先生，此时却是一身尘灰、满脸疲惫地站在我们面前。原来他从上海出发前，未能买到机票或船票，而上海到武汉又没有直达火车，只好先从上海坐火车到长沙，为了不误5日上午开会，他只好买了一张无座票，夜间从长沙出发一直站到武昌。一向走路辨不清方向的章培恒竟然在夜色未退之前一人从车站摸到了华中师大专家楼，也算是奇迹。

这次编委会，从体例的具体要求、书中选篇是否合适、每篇中的提示如何写、注释的繁简和语言的通俗性，到今译的信达雅如何把握，例如李白的“床前明月光，疑是地上霜，举头望明月，低头思故乡”这样通俗的诗是否要翻译，在在都有热烈的争论。感谢编委们的努力和学术判断力，最后终于形成了一个《细则》，一切争论都统一在这个《细则》之上。编委们在思想明确、分得新的任务之后，显出了少有的轻松与喜悦。会议结束正逢中秋节，华中师大的专家楼坐落在武昌桂子山上。入夜，桂子山上举行了赏月茶会，几张方桌，围坐着全体编委和特邀到会专家。天上明月如盘，清辉洒地，眼前桂树葱茏，桂花飘香，华中师大古籍研究所的青年们活跃席间，引得王达津先生即席赋诗，刘乃和先生清唱京戏。这气氛预示着《古代文史名著选译丛书》克服了当前的困难，第一批50种书稿有如母腹中的胎儿，快要降生了。

三、华清池畔的愁云与人民大会堂的欢欣

——第一批书出版的柳暗花明

1988年10月，编委们再一次聚会，审定第一批

50种中的最后十几部书稿、修改第二批50种中的大量书稿。这次审稿是在“东枕华山、西拒咸阳”的骊山脚下、华清池滨的一家招待所。这里古朴而不豪华，食宿低廉却又实惠，审稿之余，左近有风景可观，有古迹可寻，房内有43℃的温汤沐浴，编委们平日在校教学、科研工作劳累而生活清苦，如今有这样的环境与条件，感到少有的惬意。我们作为主编觉得这也是对编委们两年来辛勤编书的一点补偿。但这种适意之感很快就被两件事所驱散。一件事是书稿的质量。几十部书稿交来，一经审看，从注译到体例完全合格的只有寥寥可数的三四部，余下的，或需小改，或需大改，或根本不合格需退回重作。另一件事是出版发行成了问题。到会的巴蜀书社副社长黄葵同志向大家通报了即将印出的16本书征订情况，最多的为2000册，且只有一种，其他的只有800册、600册，甚至还有200余册。征订不佳，销路不畅，出书要赔钱，出版社为难，编委们又无计可施。此时哪还有心思去观赏“骊山云树郁苍苍，历尽周秦与汉唐”？也无心绪登上骊山，在烽火台前怀古。且正值“楼台八月凉”的节令，只有华清池畔秋雨飘零，秋风瑟瑟，落叶满地，不禁愁从中来。

愁则愁，还得面对现实。书稿质量不高，靠到会近20位编委十余天的逐字逐句修改，终于改定合格17部。至于出版发行问题，巴蜀书社的朋友费心经营，重新设计了封面，改进装帧，将第一批50种装成一个大礼品盒，成盒出售。从中又得到了国家新闻出版署、四川省出版局、国家教委有关司局和各省市教委的大力支持与帮助，发行面得以扩大，到了1990年下半年，首印的17000套书销售已尽，而问讯、索购者不绝，出版社决定再印30000套以供读者需要。中央领导了解到这套丛书受到读者欢迎，欣然为丛书题辞，江泽民总书记的题辞是“做好我国古代文史名著的传播普及工作，使其古为今用，以发扬爱国主义精神”，李鹏总理的题辞是“弘扬民族优秀文化，激励爱国主义精神”。李瑞环同志也为丛书题了辞。

1990年8月22日在北京人民大会堂召开了《古代文史名著选译丛书》出版座谈会。国家领导人李铁映、胡乔木、李德生、陈丕显、廖汉生、王汉斌、王光英出席，古委会主任周林同志主持会议，到会各阶层代表在发言中从不同角度肯定了这套书对促进青少年了解历史、了解国情、了解中华民族优秀传统文化、进行爱国主义教育的作用。时值盛夏，却逢喜雨，洗却了编委和出版社同志心中的忧虑，参加大会堂座谈会的13名常务编委会后又聚集在北京大学讨论深入认识编纂这套丛书的重大意义，研究审改好第二批书稿的具体措施。

四、从舜耕山庄耕作到乐山脚下

——第二批书稿审定之艰辛

第二批书稿50种50册，是1987年10月布置的。1988年10月在西安审改合格的17部书稿都已放入第一批中以替换原已通过的第一批中质量较差的书稿。这样，第二批书稿当时余下的已完成的有20余部，却都不合格，只能要求译注者和编委再行修改。一年之后，编委会汇总来重新改好和新译注交来的第二批书稿44部，1989年10月于济南千佛山下的舜耕山庄召开了常务编委审稿会。

这次审稿，发现的问题较多。有的选目不当，如有的史书重要人物的传不选却选入无关紧要而又无学习价值的人物传，有的名家的文章名篇不选却选入既无文学价值又无借鉴意义的篇章。有的选译所依据的底本不当，舍弃现有的精校本却用校勘不善的本子。有的虽有根据地改动正文却只在注释中说“原作……据别本改”，而不指明据何本改。有的注释过繁，不利于一般读者阅读；有的注释极简，该注释的地方不注，使广大读者看了译文仍无法理解全文的精妙；而更多的是注释不准确，对一字一词增字为训而歪曲了原意的毛病也较普遍。译文问题更多，有的语义不清，佶屈聱牙，把“三顾频烦天下计，两朝开济老臣心”译为“三顾茅庐频烦为天下大计，两朝事业开济尽老臣忠心”，有的为追求通俗生动把“君何往”中的“君”译为“老兄”。每篇的提示，有的写得很长变成了文章赏析，有的虽短却不中肯綮，用了类似“文革”期间的语言扣几顶大帽子了事。看这样的稿子都觉头痛，改这样的稿子更感艰难。审稿历时12天，参加审稿、当时63岁的黄永年先生向我们诉苦：“头发掉了一把！”有的编委说，千佛山古称历山，传说舜在这里开垦耕耘，十分艰辛，我们住在舜耕山庄，预示着我们为这套丛书垦荒笔耕，也要历尽千辛。这次审稿，经过审改之后，有10部书稿合格，有11部需会后再作小的修改方能通过，余下的均需作大的改动或另请人译注。

这次审稿还研究了所选戏曲部分的曲辞如何今译问题，如规定了念白中出现的诗句只注不译，上、下场诗只注不译，注而不译的文字在译文中应予保留以便参读。

到1990年12月，丛书常务编委在广州研究丛书如何体现批判继承精神、如何提高第二批书稿质量时，又有18部书稿完成交来。为了保证书稿质量，使1991年上半年召开的常务编委审稿会得以顺利进行，我们三个主编从广州匆匆赶到北京，用了一周时间审看了这18部书稿，通过了7部，11部退改。当我们看完最后一部书稿碰头研究时，已是12月31日。在1990年一年内，我们仅仅通过了这7部书稿。加上1989年在舜耕山庄通过的10部，也仅有17部，尚差33部方足第二批的50部。

1991年5月，常务编委来到古称嘉州的乐山市，在乐山山腰的八仙洞宾馆继续审改第二批书稿。改稿时间只有十天，要力争将50部推出，其繁重可知。我们在改稿过程中，不禁想到明万历年间嘉州知州袁子让的诗句“登临始觉浮生苦”，想到这套丛书从起步到这次审改已历时5年，当初怎么也没有想到完成这套丛书会是如此的艰辛，真是登临始觉笔耕苦啊！

这次乐山审稿，通过了13部书稿。好在余下的20部书稿只须小改即可在会后交稿，终于在1991年8月将这20部书稿全部改定交巴蜀书社。第二批50部历时近四年终于定稿了。

五、在金陵古都作光辉的一结
——第三批书稿的完成

1990年12月据出版社的要求，这套丛书出齐当为150种，到乐山会上又修正为110种至125种，最后数字的确定根据最后一次审稿结果而定，合格的即入选，不合格的不再修改选入。根据这一共识，今年4月中旬，我们一部分常务编委聚集到六朝古都南京，从已经交来的35部书稿中选择经小改合格的书稿。经过十一天的劳作，选择、改定33部，由到会的常务编委、巴蜀书社的段文桂总编和编委、巴蜀书社的刘仁清副编审带回成都，将经由他们的继续辛苦而使《古代文史名著选译丛书》以133部、1500万字之数呈献给热爱中华文化的读者。

这套丛书从1986年5月起步，历时整整六年，平日繁细工作不计，仅编委大小审稿会就开了12次之多。丛书的发起人、顾问、古委会主任周林同志先后参加了8次审稿会，每次都自始至终和大家在一起，听取审稿情况，了解遇到的问题；当我们遇到困难的时候他为我们鼓劲，当我们感到欣喜的时候他提醒我们不可大意。这次他又和我们一起来到虎踞龙蟠的石头城下，为我们督阵，看我们能否为这套丛书作出光辉的一结。

此时此刻，我们与这次会议的东道主、丛书常务编委、南京大学的周勋初先生漫步在中山陵旁，想到今译丛书已基本完成，自然感到如释重负，但理智却使我们不敢轻松，我们期待着全书133部出齐之后专家、读者的评头品足。

1992年4月26日

（原载《中国典籍与文化》1992年第1期）

古代文史名著选译丛书(修订版)总目

丛书主编:章培恒　安平秋　马樟根

书　名	译注者	审阅者	定价/元
老子注译	张玉春　金国泰	安平秋	16.00
庄子选译	马美信	章培恒	18.00
荀子选译	雪　克　王云路	董治安　许嘉璐	19.00
申鉴中论选译	张　涛　傅根清	董治安	18.00
颜氏家训选译	黄永年	许嘉璐	15.00
论语注译	孙钦善	宗福邦	28.00
孟子选译	刘聿鑫　刘晓东	黄　葵	20.00
墨子选译	刘继华	董治安	14.00
韩非子选译	刘乾先　张在义	黄　葵	19.00
新序说苑选译	曹亦冰	倪其心	25.00
论衡选译	黄中业　陈恩林	许嘉璐	22.00
管子选译	缪文远　缪　伟	董治安	18.00
列子选译	王丽萍	周勋初　倪其心	19.00
韩诗外传选译	杜泽逊　庄大钧	董治安	24.00
盐铁论选译	孙香兰　刘光胜	黄永年	13.00
诗经选译	程俊英　蒋见元	刘仁清	19.00
楚辞选译	徐建华　金舒年	金开诚	15.00
贾谊文选译	徐　超　王洲明	安平秋	17.00
司马相如文选译	费振刚　仇仲谦	安平秋	11.00
文心雕龙选译	周振甫	黄永年	17.00
庾信诗文选译	许逸民	安平秋	18.00

书　名	译注者		审阅者		定价/元
嵇康诗文选译	武秀成		倪其心		18.00
谢灵运鲍照诗选译	刘心明		周勋初		18.00
陈子昂诗文选译	王　岚		周勋初	倪其心	14.00
李白诗选译	詹　锳	等	章培恒		22.00
高适岑参诗选译	谢楚发		黄永年		23.00
元稹白居易诗选译	吴大逵	马秀娟	宗福邦		21.00
柳宗元诗文选译	王松龄	杨立扬	周勋初		18.00
李贺诗选译	冯浩菲	徐传武	刘仁清		20.00
杜牧诗文选译	吴　鸥		黄永年		14.00
李商隐诗选译	陈永正		倪其心		19.00
唐五代词选译	亦　冬		董治安		16.00
唐文粹选译	张宏生		周勋初		18.00
晚唐小品文选译	顾歆艺		平慧善		15.00
黄庭坚诗文选译	朱安群	等	倪其心		18.00
辛弃疾词选译	杨　忠		刘烈茂		24.00
元好问诗选译	郑力民		宗福邦		20.00
宋四家词选译	王晓波		倪其心		16.00
黄宗羲诗文选译	平慧善	卢敦基	马樟根		15.00
吴伟业诗选译	黄永年	马雪芹	安平秋		20.00
方苞姚鼐文选译	杨荣祥		安平秋		20.00
明代散文选译	田南池		马樟根		22.00
顾炎武诗文选译	李永祜	郭成韬	刘烈茂		23.00
张衡诗文选译	张在义 韩格平	张玉春	刘仁清		16.00
汉诗选译	张永鑫	刘桂秋	金开诚		19.00

书　名	译注者	审阅者	定价/元
阮籍诗文选译	倪其心	刘仁清	15.00
三曹诗选译	殷义祥	刘仁清	22.00
诸葛亮文选译	袁钟仁	董治安	16.00
陶渊明诗文选译	谢先俊　王勋敏	平慧善	16.00
杜甫诗选译	倪其心　吴　鸥	黄永年	17.00
王维诗选译	邓安生　等	倪其心	20.00
刘禹锡诗文选译	梁守中	倪其心	20.00
孟浩然诗选译	邓安生　孙佩君	马樟根	18.00
韩愈诗文选译	黄永年	李国祥	20.00
欧阳修诗文选译	林冠群　周济夫	曾枣庄	20.00
曾巩诗文选译	祝尚书	曾枣庄	19.00
苏轼诗文选译	曾枣庄　曾　弢	章培恒	23.00
李清照诗文词选译	平慧善	马樟根	15.00
陆游诗词选译	张永鑫　刘桂秋	黄　葵	24.00
朱熹诗文选译	黄　珅	曾枣庄	20.00
文天祥诗文选译	邓碧清	曾枣庄	20.00
袁枚诗文选译	李灵年　李泽平	倪其心	20.00
王安石诗文选译	马秀娟	刘烈茂　宗福邦	18.00
二程文选译	郭　齐	曾枣庄	25.00
范成大杨万里诗词选译	朱德才　杨　燕	董治安	26.00
萨都剌诗词选译	龙德寿	曾枣庄	28.00
王阳明诗文选译	吴　格	章培恒	18.00
徐渭诗文选译	傅　杰	许嘉璐　刘仁清	17.00
李贽文选译	陈蔚松　顾志华	李国祥　曾枣庄	17.00

书　名	译注者	审阅者	定价/元
三袁诗文选译	任巧珍	董治安	17.00
王士禛诗选译	王小舒　陈广澧	黄永年	13.00
龚自珍诗文选译	朱邦蔚　关道雄	周勋初	13.00
尚书选译	李国祥　刘韶军　谢贵安　庞子朝	宗福邦	14.00
礼记选译	朱正义　林开甲	宗福邦	22.00
左传选译	陈世铙	董治安	22.00
国语选译	高振铎　刘乾先	黄　葵	22.00
战国策选译	任　重　霍旭东	李国祥	21.00
吕氏春秋选译	刘文忠	董治安	17.00
吴越春秋选译	郁　默	倪其心	19.00
史记选译	李国祥　李长弓　张三夕	安平秋	29.00
汉书选译	张世俊　任巧珍	李国祥	22.00
后汉书选译	李国祥　杨　昶　彭益林	许嘉璐	24.00
三国志选译	刘　琳	黄　葵	18.00
晋书选译	杜宝元	许嘉璐	15.00
宋书选译	漆泽邦　孔　毅	李国祥	19.00
南齐书选译	徐克谦	周勋初	18.00
北齐书选译	黄永年	安平秋	16.00
梁书选译	于　白	周勋初	17.00
陈书选译	赵　益	周勋初	17.00
南史选译	漆泽邦	安平秋	22.00
北史选译	刁忠民	段文柱	20.00

书　名	译注者	审阅者	定价/元
周书选译	黄永年	安平秋	15.00
魏书选译	杨世文　郑　晔	周勋初	22.00
隋书选译	武秀成　赵　益	周勋初	20.00
新唐书选译	雷巧玲　李成甲	黄永年	16.00
旧唐书选译	黄永年	章培恒	16.00
新五代史选译	李国祥　王玉德 姚伟钧	周勋初	18.00
旧五代史选译	贾二强	黄永年	17.00
宋史选译	淮　沛　汤　墨	曾枣庄	20.00
辽史选译	郭　齐　吴洪泽	曾枣庄	21.00
金史选译	杨世文　祝尚书 李文泽　王晓波	曾枣庄	21.00
元史选译	樊善国　徐　梓	马樟根	25.00
明史选译	杨　昶	李国祥	20.00
清史稿选译	黄　毅	章培恒	22.00
贞观政要选译	裴汝诚　王义耀	黄永年	18.00
史通选译	侯昌吉　钱安琪	周勋初	16.00
资治通鉴选译	李　庆	黄永年	16.00
续资治通鉴选译	徐光烈	安平秋	24.00
通鉴纪事本末选译	谈蓓芳	章培恒	21.00
洛阳伽蓝记选译	韩结根	章培恒	22.00
梦溪笔谈选译	李文泽	曾枣庄	20.00
徐霞客游记选译	周晓薇　等	黄永年　马樟根	17.00
宋代笔记小说选译	朱瑞熙　程君健	金开诚等	19.00
关汉卿杂剧选译	黄仕忠	刘烈茂	24.00

书　名	译注者	审阅者	定价/元
明代文言短篇小说选译	黄　敏	章培恒	23.00
六朝志怪小说选译	肖海波　罗少卿	刘仁清	21.00
世说新语选译	柳士镇　钱南秀	周勋初	23.00
水经注选译	赵望秦　段塔丽　张艳云	许嘉璐	19.00
唐人传奇选译	周　晨	曾枣庄	24.00
唐五代笔记小说选译	严　杰	周勋初	21.00
大慈恩寺三藏法师传选译	贾二强	黄永年	18.00
宋代传奇选译	姚　松	周勋初	22.00
聊斋志异选译	刘烈茂　欧阳世昌	章培恒	22.00
阅微草堂笔记选译	黄国声	安平秋	16.00
清代文言小说选译	王火青	周勋初	23.00
历代名画记图画见闻志选译	周晓薇　赵望秦	黄永年	17.00
容斋随笔选译	罗积勇	宗福邦	20.00
唐才子传选译	张　萍　陆三强	黄永年	24.00
西厢记选译	王立言	董治安	20.00
元代散曲选译	彭久安	刘烈茂　金开诚	21.00
日知录选译	张艳云　段塔丽	黄永年	22.00
桃花扇选译	张文澍	章培恒　段文桂	15.00
牡丹亭选译	卓连营	章培恒	14.00
长生殿选译	戚海燕	董治安	20.00